JOHN MADDOX ROBERTS
Tag der Abrechnung

ROMAN

SCHERZ

Einzig berechtigte Übertragung aus dem Amerikanischen von Philipp Thüring
Titel des Originals: »A Typical American Town«
Umschlaggestaltung: Adolf Bachmann
Umschlagbild: André Derain »Collioure, le village et la mer«,
Copyright © 1998 ProLitteris, Zürich

1. Auflage 1998, ISBN 3-502-51663-4
Copyright © 1994 by John Maddox Roberts
Alle deutschsprachigen Rechte beim Scherz Verlag, Bern, München, Wien
Gesamtherstellung: Ebner Ulm

1

Ich warf einen Blick in den Rückspiegel, und die Skyline von Columbus war verschwunden. Ich wußte nicht, wann sie verschwunden war, und das machte mir Sorgen, weil ich immer auf solche Dinge geachtet hatte, belanglose Dinge: wenn die Landschaft wechselte, wenn man Staatsgrenzen passierte – die ganze Reihe von Belanglosigkeiten, aus denen solch eine Fahrt besteht. Alles, um die große Leere zu verscheuchen. Wie viele Tage waren es jetzt? Drei? Vier? Ich war mir nicht sicher, und das machte mir ebenfalls Sorgen.

Ich hatte Kalifornien in der flimmernden Hitze der Wüste hinter mir gelassen und die Spitze von Nevada in der Nacht durchquert. Danach war ich mir nicht mehr ganz sicher. Da waren Utah, Colorado und die unglaubliche, flache Eintönigkeit von Kansas. Irgendwo dazwischen waren noch Missouri, Indiana und Illinois gewesen, aber ich war mir nicht sicher, in welcher Reihenfolge. Schließlich dann Ohio. Wenn mich die Erschöpfung übermannte, schlief ich auf den Rastplätzen dem Highway entlang, während die Sattelschlepper die ganze Nacht hindurch vorbeibrausten.

Die Erschöpfung war ein Segen gewesen. Das Drehen und Wälzen, der Lärm, der Schmutz und das Jucken einer langen Fahrt im Sommer – selbst das unangenehmste Gefühl half mit, das große schwarze Nichts zu verdrängen. Nun blieb nur noch ein kleines Stück Ohio, und dann würde ich in Cleveland sein, wo mir ein alter Freund Zuflucht angeboten hatte. Das kleine Stück Ohio war zuviel.

Auf der rechten Seite kam eine Ausfahrt. Ich machte mir nicht die Mühe, den Namen der Stadt im Nirgendwo zu lesen, zu der sie führte. Die Straße, zu der die Ausfahrt gehörte, kreuzte etwa eine Viertelmeile weiter vorn den Highway, auf dem ich mich befand. Sie führte über eine Brücke, die auf soliden Widerlagern und Streben aus Beton ruhte. Es war das Widerlager zur Rechten, das mich interessierte. Es sah massiv und robust aus, als ob es gebaut sei, die Jahrhunderte zu überdauern. In Los Angeles hatte ich unzählige Fahrzeuge gesehen, die an solchen Pfeilern zu stehen gekommen waren, zerknüllt wie eine Handvoll Alufolie. Ich hatte die Straße für mich allein. Niemand würde meinetwegen draufgehen. Ich steuerte den Plymouth auf den Pfeiler zu und drückte das Gaspedal durch.

Der Beton kam rasch näher, grau und bedrohlich wie ein Grabstein. Ich wußte, ich hätte das schon früher tun sollen, anstatt es immer wieder hinauszuschieben und noch mehr Schande auf mich zu laden. Ich fühlte mich großartig. Zwei Sekunden trennten mich von dem großen schwarzen Nichts. Selbstverständlich hatte ich nicht den Mut dazu. Hatte ich nie.

Vor mir ragte der Beton auf, und es schien, als würde jemand anderer das Lenkrad übernehmen, riß es nach rechts, daß die Reifen quietschten und der Pfeiler nach links wegdriftete, als der Plymouth über den Randstein schlitterte, die Reifen sich in den Boden gruben und der Wagen nur knapp die Leitplanke verfehlte und mit schlingerndem Heck die Auffahrt hinaufschoß, wo ich – ohne auszukuppeln – auf die Bremse trat. Jemand könnte, ohne Böses zu ahnen, die Landstraße entlangfahren. So viel Gemeinsinn hatte ich zumindest noch.

Der Plymouth kam widerspenstig bockend zum Stehen. Dann war es, abgesehen vom Ticken heißen Metalls, ruhig. Das Herz in meiner Brust fühlte sich an wie ein Dampfhammer, aber es machte nicht den Anschein, als gelänge das Blut an die entscheidenden Orte. Die Luftröhre schien so zugeschnürt, als ließe sie nichts hindurch, aber die Lungen waren schmerzhaft gebläht. Als ich mich wieder unter Kontrolle hatte, hämmerte ich mit geballten Fäusten auf das Lenkrad ein, und Tränen der Frustration und Ohnmacht quollen mir aus den Augen. Konnte ich nicht einmal diese eine, so simple Sache richtig machen? Offensichtlich nicht.

Ich saß da, beruhigte mich langsam und fragte mich, was ich als nächstes tun sollte. Ich konnte nicht auf der Ausfahrt stehenbleiben. Nach Cleveland oder irgendwo sonst hinzugehen, machte keinen Sinn. Ich schaute mich um. Auf dem Highway waren ein paar Personenwagen und ein Truck zu sehen. Weit und breit keine Polizei, der mein Wagen oder die Spuren am Straßenrand weiter hinter aufgefallen waren. Kein Verkehr auf der Landstraße, die den Highway kreuzte. Dann hob ich die Augen über das Lenkrad hinweg und sah das Schild. MONTICELLO stand darauf. Ein Pfeil zeigte nach rechts gegen Osten.

Wäre ich nicht so benommen gewesen, wären mir die Haare zu Berge gestanden. Monticello. Mein Gehirn funktionierte nicht allzu gut. War dies ein Zeichen? Ich hatte schon als Kind aufgehört, an solche Dinge zu glauben. Gott war es egal, und Gott sandte keine Zeichen. Weshalb war ich dann hier? Weshalb hatte ich diese Brücke aus all den Hunderten auf dem Weg ausgewählt, um mich daran zu zerschmettern? Keine Antwort. Was nun? Es war klar, daß ich nicht den Mut hatte, zu tun, was getan werden müßte. Cleveland? Das war eine Million Meilen weg und interessierte mich nicht. Dort hatte ich nichts verloren. Monticello hingegen, das war etwas ganz anderes. Zumindest lag hier eine gewisse Symmetrie. Anfang und Ende. Ich drehte den Zündschlüssel, und der Motor sprang trotz der rüden Behandlung gleich an. Ich bog nach Osten auf die Landstraße ein. Nach Monticello.

Die Fahrt dauerte nicht lange. Es waren vielleicht zwanzig Meilen, aber nach den letzten neunundzwanzig Jahren meines Lebens kam ich mir vor wie auf einem anderen Planeten. Sanfte Hügel, so weit das Auge reichte. Überall waren schwarz-weiß gefleckte Kühe zu sehen, die das allgegenwärtige Grün etwas auflockerten. Nach einer Weile fiel mir wieder ein, daß man sie Holsteiner nannte. Hier wurde Milchwirtschaft betrieben. Alle paar Meilen kam ein kleiner Laden, der Benzin und ein paar Lebensmittel anbot. Bei einem hielt ich an und tankte nach.

Im Inneren besah ich mir die Ware hinter dem Ladentisch: Angelhaken, Schrotpatronen, Lufterfrischer, Zigarettenpapier, Pfeifentabak – es war wie in einer anderen Zeit. Auf dem Ladentisch stand neben einem Gestell mit Schokoriegeln, Kaugummis und Bonbons ein Plastikbehälter mit dreißig Zentimeter langen Laugenstengeln, so dick wie mein Zeigefinger und über und über bedeckt mit Salz. Sie standen schräg darin, so daß die Stangen, wenn man den Deckel abhob, sich nach außen auffächerten und man sich eine herauspicken konnte. Ich fragte mich, wann ich das wohl zum letzten Mal gesehen hatte. Wahrscheinlich als ich das letzte Mal in der Gegend war.

»Das macht sechzehnzweiundfünfzig für das Benzin. Darf's sonst noch was sein?« Die Frau war so um die Sechzig; lächelnd, offen, vertrauensvoll. Ich hätte jede Wette eingehen können, daß der Laden noch nie überfallen worden war. Ich drehte mich um und sah mir den Eisschrank an. Hinter der Glastür konnte ich die aufgestapelten Sechserpackungen Bier sehen, die von Kondenswasser schimmernden Aluminiumdosen, die grünen und braunen Flaschen, die aussahen wie rechteckige Juwelen.

»Nein danke. Das ist alles.«

Sie summte vor sich hin, während sie den Betrag eintippte. Die Kasse piepste, und die rote Digitalanzeige leuchtete auf. Zumindest das war neu. Ich ging nach draußen und stieg in den Plymouth. Trotzdem er in der Sonne gestanden hatte, war es darin nicht sehr heiß. Es war noch immer Sommer, aber der Herbst stand vor der Tür. Die Farben würden dann wunderschön sein. Unten in Kalifornien blieben die Hügel länger grün, dann wurden sie plötzlich braun. Manchmal regnete es, meistens jedoch nicht. Hier gab es mehr Abwechslung, das wußte ich noch.

Ich fuhr an Farmen vorbei, die an die naiven Drucke von Currier und Ives aus dem neunzehnten Jahrhundert erinnerten. Sie sahen aus, als ob bärtige Männer mit Strohhüten die Felder mit Pferdegespannen bestellen sollten. Doch die Männer, die ich sah, trugen alle Baseballmützen. Ich war noch immer auf dem Land, als ich an dem Schild vorbeifuhr.

WILLKOMMEN IN MONTICELLO
14 380 E.
302 m. ü. d. M.
EINE TYPISCHE AMERIKANISCHE STADT

Gleich hinter dem Ortsschild stand eine weiße Tafel, auf der Metallschilder mit all den örtlichen Vereinen und Organisationen, Logen und Kirchen angebracht waren. Das Gras darum herum war besser gemäht, als es mein Rasen je gewesen war, und die Tafel war umgeben von Kästen voller leuchtender Blumen, deren Namen ich nicht kannte.

Ich fuhr an vereinzelten Häusern mit Gartenzäunen und Vorgärten vorbei. Keines kam mir bekannt vor. Die Gegend kam mir fremd vor, und das wunderte mich. Ich hatte nicht gedacht, daß es Teile von Monticello gab, die ich nie gesehen hatte. Ich war mir nicht einmal sicher, aus welcher Richtung ich in die Stadt fuhr. Nach einer Anzahl ländlich anmutender Wohnstraßen bildeten sich langsam Straßenblocks heraus. Ich fuhr an ein paar Geschäften und Fast-food-Lokalen vorbei, dann sah ich an einer Ecke das Schild eines Restaurants, und mit einem Schlag war die Erinnerung wieder da.

MAISEL'S
seit 1927

Plötzlich wußte ich wieder, wo ich war. Ich war mit Jimmy Maisel zur Schule gegangen. Seine Eltern hatten das Restaurant in den Fünfzigern und späten Sechzigern geführt. Ich bog nach links ab und fuhr gegen Norden. Vorbei am A&P-Supermarkt, den damals alle noch Victoria-Market genannt hatten. Aber jetzt war es kein Supermarkt mehr. Irgend jemand hatte darin ein Fitneßstudio eingerichtet. Eine halbe Minute später war ich auf dem Rathausplatz.

Jede Stadt in dieser Gegend hatte einen Rathausplatz. Wie bei den meisten bestand er aus einem Rechteck von Geschäften und Verwaltungsgebäuden, die auf eine runde Grünanlage mit Bürgerkriegsdenkmal in der Mitte blickten. Ich parkte den Plymouth unter einer alten, verkrüppelten Eiche und stellte den Motor ab.

Als ich ausstieg, war das erste, was mir auffiel, die Stille. Der Ort war nicht verlassen. Ganz im Gegenteil. Auf dem Rasen spielte eine Gruppe lebhafter Teenager Frisbee. Ein junger Mann im Tarnanzug packte eine große Sporttasche in den Kofferraum eines ramponierten alten Hondas. Er trug eine kastanienbraune Baskenmütze, und eine Horde Kinder umringte ihn – ein Fallschirmjäger, dessen Urlaub zu Ende war und der zum Stützpunkt in Bragg zurückkehrte. Ein älterer Mann schüttelte ihm die Hand, während eine Frau in ihr Taschentuch heulte. Aber alles ging ohne Lärm vonstatten, und selbst von den Autos, die den Platz überquerten, war kaum ein Auspuffgeräusch zu vernehmen. Die Stadt war ein zum Leben erwecktes Norman-Rockwell-Bild.

Die Nord- und Ostseite des Platzes waren immer noch so, wie ich sie in Erinnerung hatte. Zu beiden Seiten des Gebäudes der Freimaurerloge standen korinthische Säulen. Der Drugstore gleich daneben hatte noch immer die großen Gefäße mit dem gefärbten Wasser im Schaufenster stehen. Das Lampengeschäft hatte sich nicht verändert, und das Diner im schrägen Dreißiger-Jahre-Stil stand noch immer an der Ecke der Straße nach Westen. Die Fassade war glänzend orange und cremefarben gekachelt, und die langen Fenster waren mit Chrom eingefaßt und an den Ecken abgerundet.

Die Süd- und Westseite waren dann allerdings ein Schock. Das Kino war verschwunden, ebenso der Donut-Shop, der gleich daneben gewesen war, und der zweite Drugstore in der Stadt, der an der Ecke gegenüber dem Diner gestanden hatte. An ihrer Stelle stand jetzt ein einziges, gewaltiges Bankgebäude. Die rote Backsteinfassade war aalglatt und seelenlos. Das alte LeMay-Hotel, das auf der Ostseite gestanden hatte, war ebenfalls nicht mehr da. Es war im Jahr 1880 gebaut worden und hatte den luxuriösesten Speisesaal im ganzen County gehabt. An seiner Stelle stand jetzt ein neues LeMay: ein zweigeschossiges Motel mit Zimmertüren, die direkt auf die Veranda führten. Ich bezweifelte, daß das Restaurant einen guten Ruf genoß.

Jetzt fiel mir alles wieder ein. Eine Flut von Erinnerungen, die jetzt, als ich so dastand und um mich blickte, über mich hereinbrach. Vieles war unverändert. Anderes, wie die Bank, schien so gar nicht an diesen Ort zu passen.

Ich schaute Richtung Süden die Main Street hinunter. Ein paar Häuserblocks weiter kreuzte die Straße dann den Fluß und die Eisenbahnlinie. Die Fassaden der Häuser entlang der Straße sahen aus wie damals. Oder trieb vielleicht mein Gedächtnis auch mit der Wirklichkeit ein Spiel und ließ es so aussehen, als sei ich in die Stadt von vor dreißig Jahren zurückgekehrt? Da es den Anschein machte, als würde ich heute nicht sterben – und ich folglich nichts Besseres vorhatte –, überquerte ich die Straße, die um den Park herumführte, und ging die Main Street hinunter.

Der kräftige Geruch von Leder stieg mir in die Nase, noch bevor ich realisierte, daß ich vor dem Schuhgeschäft stand. Die Tür stand offen, und ich schaute den Mittelgang mit einer Reihe von Stühlen und diesen abgeschrägten Fußschemeln zu beiden Seiten entlang. Im hinteren Ende des Ladens fehlte etwas, und dann kam mir das Fluoroskop in den Sinn. Damals in den Fünfzigern war es das einzige Vergnügen beim lästigen Prozedere des Anprobierens von neuen Schuhen. Das Fluoroskop befand sich in einem hölzernen Kasten, ähnlich einem Rednerpult, und man mußte sich dranstellen und seine Füße unten in eine Öffnung stecken. Durch das Okular konnte man dann das gespenstische grüne Bild seiner Fußknochen sehen. Man konnte sogar mit den Zehenknochen wackeln. Mein Vater und der Verkäufer schauten durch die beiden anderen verzierten, bronzenen Okulare und sahen dabei aus wie zwei Männer aus dem letzten Jahrhundert beim Betrachten unanständiger Bilder.

Einen Block weiter war das Cove. Mein Magen rebellierte, denn ich hatte seit dem frühen Morgen nichts mehr gegessen. Ich öffnete die Tür und ging hinein. Die alte Frau hinter der Kasse musterte mich kühl. Ich konnte es ihr nicht verübeln. Ich sah ziemlich heruntergekommen aus. Dann stutzte sie plötzlich.

»Kenne ich Sie nicht? Haben Sie nicht mal hier gewohnt?«

»Das ist schon lange her«, erwiderte ich. Etwas regte sich in meiner Brust. Ich konnte nicht glauben, daß das alte Mädchen in mir den sechzehnjährigen Jungen von damals wiedererkannte. Ich versuchte mir vergebens vorzustellen, wie sie vor dreißig Jahren ausgesehen haben mochte.

»Ich vergesse nie ein Gesicht.« Jetzt lächelte sie.

Ich wandte mich ab und schaute mich um, so daß sie mein Gesicht nicht sehen konnte. Ich war im alten Ladenlokal. Sie hatten es zu einem Speisesaal umgebaut. Damals hatten hier Glaskästen mit Süßigkeiten gestanden. Sie hatten sie selbst gemacht, und im Cove konnte man die fettesten, wundervollsten Zuckerwaren der Welt kaufen. »Sie haben es etwas verändert«, sagte ich.

Sie kam mit einer Speisekarte hinter der Kasse hervor. »Ja, aber ich war nicht dafür. Als das mit dem Gesundheitsfimmel anfing, kauften die Leute nicht mehr so viel Süßigkeiten, und die

Besitzer dachten, wenn sie ein paar Tische hineinstellten, könnten sie mehr Geld machen.« Sie führte mich in den alten Speisesaal. Ich hatte ihn um diese Zeit ganz für mich allein. Eine Kellnerin, die nur unwesentlich jünger als die Kassiererin war, nahm meine Bestellung auf.

Es dauerte eine Weile, bis das Essen kam, und ich aß bedächtig und genoß das Gefühl, absolut nichts zu tun zu haben. Es war ein Gefühl, das ich in meinem Leben nicht oft gehabt hatte. Das Essen war einfach, aber absolut perfekt: Schweinskoteletts von einem Tier, das sein kurzes Leben nicht weiter als zehn Meilen von diesem Fleck entfernt verbracht haben mußte; Gemüse, das niemals das Innere einer Dose gesehen hatte; Kartoffelpüree von Kartoffeln, die wahrscheinlich erst auf meine Bestellung hin geschält worden waren.

Als ich gegessen hatte, legte ich ein ordentliches Trinkgeld hin, bezahlte die Rechnung und ging nach draußen. Das Essen hatte mich beruhigt, und meine Nerven vibrierten nicht mehr gleich unter der Haut. Es war ein gutes Gefühl, das beste seit langem. Ich ging weiter Richtung Süden. Den letzten Häuserblock vor dem Fluß hatte man umgebaut. Das Viertel hatte als der verrufene Teil der Stadt gegolten, und wo einst heruntergekommene Bars und Spielhallen gestanden hatten, fanden sich jetzt New-Age-Shops mit Kunsthandwerk und teure Boutiquen.

Mir fiel auf, daß ich in der ganzen Straße nicht ein einziges leeres Schaufenster gesehen hatte. Das war eine Seltenheit in Zeiten, in denen alteingesessene Geschäfte gegen die Großmärkte um ihr Überleben kämpften. Irgendwie war das Ganze an Monticello vorbeigegangen. Ich überquerte den Fluß. Etwa dreißig Meter flußaufwärts zu meiner Linken spielten Kinder auf der alten Eisenbahnbrücke, sprangen vom Eisengerüst ins ruhige, braune Wasser des Flusses, kreischten und planschten. Die Betonpfeiler der Brücke waren für mich und meine Freunde ein beliebter Ort zum Fischen gewesen. Wenn wir hörten, daß ein Zug kam, rannten wir los und legten Pennies auf die Schienen, nur um zu sehen, wie sie von den gewaltigen Rädern platt gedrückt wurden. Aus unerfindlichen Gründen fanden wir das unendlich faszinierend.

Mit Schrecken mußte ich feststellen, daß die Schienen verschwunden waren, obwohl die alte Brücke, frisch gestrichen, noch immer stand. Ich schaute auf die andere Straßenseite, und auch das verwinkelte alte Bahnhofsgebäude stand noch immer da; die Gepäckkarren mit den Eisenrädern warteten auf dem Bahnsteig vor dem Railway-Express-Büro. Ich ging über die Straße und die Stufen hinauf zum Wartesaal.

Eine Bronzetafel bei der Tür verkündete, daß das Gebäude jetzt ein Gemeindezentrum war, gestiftet von der Monticello Historical Society mit der großzügigen Unterstützung der Cohan-Familie. Auf einem Anschlagbrett waren verschiedene Aktivitäten aufgeführt, von der Seniorengruppe bis zu den Pfadfindern. Als nächstes stand eine Versammlung der Kriegsversehrten an.

Eine Wand war ganz der Geschichte von Monticello gewidmet. Die Geschichte hatte Monticello nicht eben reichlich bedacht, aber ein paar erwähnenswerte Dinge hatten sich hier schon ereignet. Da gab es eine Kopie der Gründungsurkunde der Stadt aus den zwanziger Jahren des vorigen Jahrhunderts. Eine vergilbte Ausgabe der *Polk County Times* von 1860 berichtete von einer feurigen Rede für die Abschaffung der Sklaverei, die fast einen Volksaufstand ausgelöst hätte. Es gab vergilbte Fotografien von Bürgern, die in den Bürgerkrieg zogen. Ein Gruppenbild zeigte junge Männer, wie sie von diesem Bahnhof ins Ausbildungslager für den Ersten Weltkrieg einrückten.

Eine etwas weniger vergilbte Titelseite der *Monticello Tribune* zeigte die Verwüstung, die der Tornado von 1933 im Westteil der Stadt angerichtet hatte. Ein Panoramafoto zeigte die Siegerparade der Männer, die aus dem Zweiten Weltkrieg zurückkamen. Ich schaute, ob ich meinen Vater darunter sah, aber die Gesichter waren zu klein, um jemanden identifizieren zu können.

Eine letzte gerahmte Titelseite der jetzt vereinten *Polk Times-Tribune* trompetete den Cohan-Chemical-Raub im Dezember '65 hinaus. Man hatte sogar in Los Angeles darüber lesen können, wo ich zu der Zeit wohnte. Es ging um einen Lohngeldraub am hellichten Tag, bei dem vier Menschen getötet worden waren: zwei der Räuber sowie der County-Sheriff und der Kassierer. Die zwei anderen Räuber waren mit zweieinhalb Millionen

Dollar entkommen. Eine Reihe weiterer Artikel berichtete über eine Zeitspanne von zwei Jahren von der immer geringeren Wahrscheinlichkeit, den Fall aufzuklären.

Ein Editorial vom Dezember '75 gab eine Zusammenfassung des Raubes und der Ermittlungen. Dann sah ich den Namen des Autors: Lew Czuk. Als Kinder waren wir gute Freunde gewesen. Wir hatten uns zum letztenmal an einem alkoholreichen Abend in Florida gesehen, wo er für eine Zeitung in Miami gearbeitet hatte. Ich war bei der Militärpolizei und stand nach dreißig Tagen Urlaub vor dem Transfer nach Vietnam. Es war beschlossene Sache, daß ich nach meiner Entlassung eine Ausbildung beim Los Angeles Police Department beginnen würde. Aus mir würde ein phänomenaler Verbrecherjäger. Lew würde einen Kreuzzug als Reporter führen und, noch bevor er dreißig war, den Pulitzerpreis gewinnen. Er war also nach Hause zurückgekehrt. Ohne Pulitzer und ohne große Aussichten, hier in Monticello einen zu holen. Nun, ich hatte auch nicht gerade einen großen Eindruck auf die Kriminalität in Los Angeles gemacht.

Auf dem Weg nach draußen ging ich an Bildern von lokalen Größen vorbei: Angelica Cohan mit ihrer Fotogruppe, andere Mitglieder der Cohan-Familie, die Bänder durchschnitten und Reden hielten. Bei einem der letzten Bilder blieb ich stehen. Es war die Hochglanzfotografie einer Frau, die inmitten eines Meers von farbenprächtigen, leuchtenden Blumen stand. Als mein Blick es im Vorbeigehen streifte, veranlaßte mich etwas, es genauer zu betrachten. Einen Moment lang dachte ich, daß ich die Frau, eine auffallend hübsche Blondine mittleren Alters, schon mal gesehen hatte, aber je mehr ich hinschaute, desto weniger ähnelte sie irgend jemandem, den ich kannte. Ein blaues Schildchen unter dem Bild besagte, daß es sich um Edna Tutt mit ihren preisgekrönten Blumen auf der Landesschau '87 handelte.

Es war schon spät. Die Straßenbeleuchtung ging flackernd an. Die Kinder auf der Eisenbahnbrücke waren verschwunden. Die Welle der Nostalgie verebbte langsam, und ich war nur noch müde. Ich ging zum Platz zurück, vorbei an geschlossenen Geschäften. Monticello war schon immer eine jener Städte gewesen, in denen sie die Bürgersteige um sechs Uhr hochklappten.

Ich stieg wieder in den Plymouth und fuhr hinüber zum LeMay. Der Mann am Empfang sah mich mit einem mittlerweile vertrauten Blick an.

»Lange Fahrt gehabt?« fragte er.

»Länger, als Sie sich vorstellen können«, erwiderte ich.

2

In Monticello konnte man nirgendwo hingehen, ohne über Hinweise auf die Cohans zu stolpern. Sie erinnerten die Leute gerne daran, wer hier in der Stadt das Sagen hatte.

Nach dem Frühstück in der Hotel-Cafeteria ging ich auf den Platz hinaus und begann, die Central Avenue entlangzugehen. Sie teilte die Stadt in nord-südlicher Richtung, genau wie es die Main Street in ost-westlicher Richtung tat. Die Straße stieg sanft an und war mit roten Ziegelsteinen besetzt. Die Einwohner hatten sich stets dagegen gewehrt, daß man die Straßen asphaltierte. Es mochte vielleicht etwas glatt werden im Winter, aber es war bedeutend hübscher anzusehen als ein Schwarzbelag.

Ich marschierte ein paar Häuserblocks, vorbei am alten Kloster, und bog dann nach rechts in die Maple Street ein. All diese Wohnstraßen waren von Eichen, Ahorn- und Kastanienbäumen gesäumt. Einige der Bäume waren uralt und riesengroß, andere waren kleiner und wohl erst vor dreißig oder vierzig Jahren gepflanzt worden, als die Ulmen und Kastanien gleich reihenweise verfault waren.

An der Ecke von Maple und Wright blieb ich eine Weile stehen, um das zweigeschossige Haus mit der Veranda auf zwei Seiten und den Verzierungen unter den Dachrinnen zu betrachten. Wir hatten sechs Jahre lang darin gewohnt, nachdem mein Vater genug bei Cohan Chemical verdiente, um sich etwas Besseres zu leisten als das Haus unten am Fluß, wo wir vorher gewohnt hatten. In einem Fenster hing ein Schild: »Zimmer zu vermieten« und dahinter eine Telefonnummer. Damals war das

Haus weiß gewesen, jetzt war es in einem blassen Grau gestrichen, mit weißen Fensterrahmen. Den Rasen hatte man in einen Rosengarten umgewandelt.

Ich ging um das Haus herum zum Hinterhof, einem kleinen Platz zwischen Haus und Garage, wo damals ein Apfelbaum gestanden hatte. Den Baum gab es nicht mehr, und der Hof war ein weiterer Garten mit Blumen darin, deren Namen ich nicht wußte. Ich erkannte Stockrosen und Hibiskus, aber Gartenarbeit war nicht gerade meine Stärke. Die Beete waren durch zwei Kieswege getrennt, die sich in rechtem Winkel trafen. An dieser Stelle, an der man eigentlich ein Vogelbad erwarten würde, stand ein Zementsockel mit der Skulptur einer nackten Göttin. Die Dinge hatten sich verändert seit meiner Kindheit. Meine Mutter hatte einen, wie sie es nannte, »braunen Daumen« gehabt. Sie konnte nicht mal Unkraut am Leben erhalten.

Ich warf noch einen langen Blick auf das Haus und ging dann weiter die Maple Street entlang. Neben unserer alten Garage führte eine Seitenstraße durch den Häuserblock, und gleich dahinter lag das riesige Anwesen der Cohans.

Die Lage inmitten einer Wohngegend überraschte, aber dies hier war nicht L. A. Hier gab es kein Beverly Hills, kein Bel Air. Die hiesigen Notabeln wohnten wie alle in der Stadt. Das hieß aber nicht, sie wohnten *wie* alle. Das Haus war einer dieser viktorianischen Bauten voller Türmchen und Kuppeln und stand in der Mitte des Grundstücks mit einer Ansammlung von weiteren Gebäuden dahinter.

Etwa fünfzehn Meter von unserer Garage entfernt stand gleich hinter dem Gehsteig mein liebster Kletterbaum.

Während meiner Tarzan-Phase hatte ich viel Zeit darauf verbracht. Er hatte einen kräftigen Ast auf der richtigen Höhe, so daß man ihn mit einem Sprung gerade noch zu fassen bekam. Saß man erst mal darauf, konnte man über die restlichen Äste leichter als auf einer Leiter hochklettern. Ich hatte wunderschöne Stunden auf diesem Baum zugebracht. Es war ein Ort, wo man mit seinen Gedanken verweilen konnte. Allein das Bedürfnis, dies zu tun, hatte schon gereicht, um mich von den meisten Jugendlichen, die ich kannte, zu unterscheiden.

Der Baum hatte eine glatte graue Rinde – perfekt, um seine Initialen einzuritzen. Spätere Generationen waren offenbar zu der gleichen Erkenntnis gelangt, denn der untere Teil des Stammes sah aus wie ein Zaun auf dem Territorium einer L.A.-Gang. Jeder Quadratzentimeter war mit Taschenmesser-Schnitzereien bedeckt. Die neueren waren deutlich und klar, die älteren begannen langsam zu verschwimmen.

Ich war eine ganze Weile in Gedanken versunken. Dann schaute ich die Straße hinauf und hinab, als hätte ich Angst, gesehen zu werden. Ich ging zu dem Baum und streckte die Hände in die Luft. Ich war überrascht, daß ich nicht hochzuspringen brauchte, um den untersten Ast zu erreichen. Ich streckte mich, ergriff den Ast und zog mich hoch.

Das war nicht so schwer, wie es für die meisten Männer in meinem Alter gewesen wäre. Mein früherer Job bestand zu einem Großteil darin, *pachucos* und *homeboys* über die Zäune der *barrios* und *hoods* zu verfolgen. Ich hatte immer darauf geachtet, daß ich in Form blieb, besonders was den Oberkörper anbetraf, was für diese Art urbaner Leibesübungen unabdingbar war. Ich kletterte den Baum hinauf, und schließlich saß ich auf dem Ast, auf dem ich eines heißen Nachmittags gesessen hatte und etwas in die Rinde geritzt hatte. Damals hatten die Buchstaben groß und stolz am Stamm geprangt.

GT
+
LC

Das war vor fast dreißig Jahren gewesen. Wo die Buchstaben einstmals der Welt meine Liebe verkündet hatten, war jetzt nur mehr eine rechteckige, unregelmäßige Narbe. Ich ließ meine Finger darübergleiten und versuchte die Liebe meiner Jugend wiederzufinden. Aber sie war verschwunden, verschlungen von dem Bedürfnis des Baumes, sich selbst zu heilen. Der unebene Fleck verschwamm vor meinen Augen.

»Nach ein paar Jahren verschwinden sie.«

Die Stimme kam von unten. Ich schaute hinab. Eine Frau stand dort. Ich brauchte sie gar nicht zu sehen. Ich erkannte die Stimme. Sie schaute nach oben und hatte die Hände in die Taschen eines kurzen Rockes gesteckt, über dem sie ein ärmelloses Hemd trug.

»Hallo Lola.« Ich bemühte mich, daß meine Stimme nicht allzusehr zitterte.

»Hallo Gabe. Ich war im Haus und sah, wie du zu dem Baum aufgesehen hast. Ich sagte mir, du würdest hochklettern, und du hast es getan.«

Ich kletterte hinunter und landete direkt vor ihr. Ich war überrascht, als ich sah, wie klein sie war. Sie reichte mir jetzt kaum bis zur Brust.

»Ich wußte, du kommst irgendwann zurück«, sagte Lola. »Wie lange ist es jetzt her? Fünfundzwanzig Jahre?«

»Eher dreißig. Wie hast du mich auf die Entfernung erkannt?«

»Ich konnte dein Gesicht nicht sehen, aber niemand sonst bewegt sich so. Ich wußte, daß du es warst. Was führt dich hierher zurück, Gabe?«

Ihr Gesicht war breit und herzförmig und wurde gänzlich von ihren Augen dominiert. Meine Mutter hatte sie, ohne die geringsten Sympathien, »dieses Mädchen mit den unheimlichen Augen« genannt. Lola Cohans Augen hatten eine graue Iris, die so groß war, daß vom Weiß nichts zu sehen war. Ihre Pupillen waren selbst bei schwachem Licht so klein, daß ihre Augen die meiste Zeit wie große graue Bälle aussahen. Es tat ihrer Schönheit keinen Abbruch.

»Ich hatte das Bedürfnis, die Stadt meiner Jugend wiederzusehen. Hat wahrscheinlich mit den Wechseljahren zu tun.«

Sie lächelte. Dabei entstanden Fältchen, die sie nur noch schöner machten. Etwas in mir schmerzte. War ich bloß zurückgekommen, um da wieder anzufangen, wo ich aufgehört hatte?

»Du warst so plötzlich verschwunden, damals«, sagte sie. »Es war ein absoluter Schock für mich.«

»War nicht meine Idee. Meine Eltern sagten, wir gingen nach Kalifornien, und das war's. Was hast du seither gemacht?« In dem Moment, in dem ich es gesagt hatte, wurde mir bewußt, wie absurd die Frage war. Wie hast du die letzten dreißig Jahre zugebracht? Erzähl mal?

»Ich hatte immer zu tun. College. Drei Ehen. Modebranche. Und du?«

»Kurz und bündig«, sagte ich. »Und bei mir: College, ein Krieg, eine Ehe, nochmals College, Beruf, und jetzt wieder hier.«

Sie kam gleich auf den Punkt. »Was für ein Beruf?«

»Cop«, gab ich zur Antwort.

»Du? Irgendwie kann ich mir das nicht so recht vorstellen.«

»Als wir uns das letztemal sahen, war ich ein ganzes Stückchen jünger.«

»Waren wir das nicht alle?«

Die Jahre waren gnädig mit ihr gewesen. Sie hatte eine gesunde Farbe und sah sportlich aus; nicht ein graues Haar. Sie war barfuß, die Zehen kneteten den makellos gepflegten Rasen. Ihre Eltern hatten es nie geschafft, ihr anzugewöhnen, während des Sommers Schuhe zu tragen. Sobald der letzte Schnee geschmolzen war, warf sie sie in die Ecke. Sie trug keinen Ring an der linken Hand. Ihre dritte Ehe hatte offensichtlich nicht besser funktioniert als die zwei davor.

»Seit wann bist du hier?« fragte sie.

»Seit gestern. Ich bin am Nachmittag angekommen und habe im LeMay übernachtet.«

»Wie lange bleibst du?«

Mir wurde bewußt, daß ich mir noch gar keine Gedanken darüber gemacht hatte. »Oh, ein paar Wochen, denke ich. Ich will mich ein bißchen umsehen, ein paar Leute besuchen.«

»Komm mit ins Haus. Es wird heiß hier draußen.« Sie lächelte mir zu. Offen. Einladend.

»Sehr gern.«

Wir gingen unter den riesigen, alten Bäumen über das saftige Gras. Ein dunkelhäutiger, mexikanisch aussehender Mann fuhr auf einer Mähmaschine über den Rasen.

Wir gingen die Treppe zur Tür hoch und betraten die Vorhalle. Die dunkel getäfelten Wände waren mit Porträts behangen. Aus einem opulenten Bilderrahmen starrte ein streng dreinblickender Mann auf mich herab, als sähe er es gar nicht gern, daß ich hereinkam – oder zumindest nicht durch die Vordertür. Er trug einen schwarzen Anzug und ein Hemd mit einem hohen Stehkragen, wie man ihn im frühen neunzehnten Jahrhundert getragen hatte. Unter der eingeschlagenen Nase hatte er die Lippen zu einem dünnen Strich zusammengepreßt.

»In Los Angeles habe ich Leute verhaftet, die mich so ansahen«, sagte ich. »Ist das der alte Patrick?«

Sie lachte. »Das ist er. Unser Gründer.«

Patrick Cohan war ein irischer Einwanderer gewesen, der kurz nach der Gründung der Stadt nach Monticello gekommen war und eine Schießpulverfabrik gegründet hatte. Er hatte Erfolg, dann brach der Bürgerkrieg aus, und die Geschäfte explodierten im wahrsten Sinne des Wortes. Er verdiente Millionen mit dem Krieg und ebenso mit späteren Kriegen, als er nach der Erfindung des Dynamits auch andere Sprengstoffe und später Chemikalien für den zivilen Gebrauch herstellte. Die Familie Cohan wurde der größte Arbeitgeber und Grundeigentümer im County.

»Balzac hat gesagt, daß jedes Vermögen mit einem Verbrechen begonnen hat«, sinnierte sie. »Ich frage mich, ob er Patrick gekannt hat. Sie waren Zeitgenossen.«

»Ich dachte, er sei bloß ein gerissener Geschäftsmann gewesen«, sagte ich.

»Das ist die offizielle Version, aber ich bin mir da nicht so sicher. Er floh während der Hungersnot aus Irland und kam ohne einen Cent nach Boston. Einen Monat später kam er mit fünfzehnhundert Dollar in der Tasche hier an, die er in seine Pulvermühle investierte.«

»Vielleicht war er nur ein guter Pokerspieler«, sagte ich, »wie Scarlett O'Haras Vater.«

»Vielleicht«, meinte sie. »Wenn dem so ist, dann war er der letzte ehrliche Mann in der Familie.«

Sie führte mich einen Gang entlang, der von Fotografien gesäumt war. Es waren eindrucksvolle Landschaftsbilder – so dunkel, daß sie fast wie Negative aussahen, aber mit hellen, klar definierten Konturen.

»Sind die von deiner Mutter?«

Sie lachte wieder. »Das hätte sie wohl gern.«

Wir traten auf eine verglaste Veranda hinaus, die im Gegensatz zum Rest des Hauses freundlich und leicht eingerichtet war. »Das sind Studien von Ansel Adams. Mutter bewundert seine Arbeit. Adams, Weston, Bourke-White – sie verehrt sie alle.«

Fotografieren war für mich etwas, das man an einem Tatort machte. Der seltsame Name erinnerte mich an etwas.

»Ansel Adams? Hat dein Bruder daher seinen Namen?« Ansel Cohan war ein paar Jahre älter als ich und war etwa ein Jahr vor mir aus nie ganz geklärten Gründen aus Monticello weggezogen. An der Schule hatte man sich erzählt, daß ihn sein Vater davongejagt hatte, weil er ein paarmal zuviel mit dem Gesetz in Konflikt geraten war. Es hatten auch noch finsterere Gerüchte die Runde gemacht.

»Ja. Es war der schlimmste Streit, den Mutter und Vater je hatten, und der einzige, den sie gewonnen hat. Er wollte einen Sohn, der seinen Namen trug. Was hättest du gern zu trinken?« Sie ging zu einer Bar, die die ganze Breite einer Wand einnahm, und öffnete einen kleinen Eisschrank. »Wir haben Bier und Wein, weißen und rosé, und eine Menge anderer Sachen. Eistee, Limonade und Cola, wenn es noch etwas zu früh für dich ist.«

»Eistee, bitte.« Ich schaute mich im Wintergarten um. Die Fenster gaben den Blick auf den Rasen frei, über den wir gegangen waren. Die Vorhänge waren grün und weiß gemustert und paßten zu den Polstern der Rattanmöbel. Die Tische waren ebenfalls aus Rattan, mit Tischplatten aus dickem Glas. »Hast du etwas von Ansel gehört?«

Sie stutzte und verharrte einen Moment lang überrascht mit der Karaffe in der Hand. »Gehört?« Dann hellte sich ihre Miene auf. »O ja, er war ja immer noch fort, als du weggingst. Er kam zurück ... laß mich überlegen ... das muß so um '69 gewesen sein, als Vater wußte, daß er Krebs hatte. Ansel kam zurück und übernahm die Geschäfte.«

»Was hat er in der Zeit getan, als er fort war?«

Ich nahm das Glas, das sie mir reichte, und sie schenkte sich selbst Weißwein ein.

»Er hat nie darüber gesprochen, und ich habe ihn nie gefragt.«

Sie sagte es leichthin, aber man führt nicht so viele Verhöre wie ich, ohne ein Gefühl für solche Dinge zu bekommen. Sie war nicht ganz aufrichtig mit mir. Ich tat es mit einem Achselzucken ab. Ging mich sowieso nichts an.

Sie stieß mit mir an. »Auf deine Rückkehr.«

Wir saßen an einem der Tische, und sie schaute einen Moment lang schweigend auf den Rasen hinaus. »Nachdem du weggegangen warst«, sagte sie mit einem leichten Zögern in der Stimme, »hast du mir da jemals geschrieben?«

Das kam unerwartet. »Ja, das habe ich. Du hast nie geantwortet.«

Sie seufzte und nickte. »Ich habe deine Briefe nie erhalten. Dad muß sie abgefangen haben.« Sie schüttelte den Kopf. »Es ist so lange her. Schwer, sich vorzustellen, so jung und so ohnmächtig zu sein. Was hast du denn geschrieben?«

Ich nahm einen Schluck. Der Tee war kühl und floß leicht die Kehle hinunter. »Wie du sagtest, es ist lange her. Eine andere Welt. Wir waren andere Menschen.«

»Du hast recht.« Ihr Blick fiel auf meine linke Hand, die das Glas hielt. »Wo ist deine Frau? Ist sie nicht mitgekommen?«

Ich setzte das Glas ab und drehte am Ring. »Sie ist gestorben. Irgendwie habe ich es nie übers Herz gebracht, den Ring abzulegen.«

Sie sah erschrocken aus. »Ach, tut mir leid. Ich wollte dir nicht weh tun.«

»Es ist schon eine ganze Weile her«, beruhigte ich sie. »Ich hätte den Ring schon vor Jahren abnehmen sollen, aber er hat meinem Vater gehört und . . .« Vom Wintergarten aus konnte man auf die Einfahrt vor dem Haus sehen, wo soeben ein weißer Rolls-Royce durch das Tor mit den zwei Adlern auf den Pfeilern fuhr.

Lola bemerkte meinen Blick und drehte sich um. »Das ist Ansel. Jetzt wirst du ihn kennenlernen.«

Das dürfte interessant werden, dachte ich. Ich kannte ihn vom Sehen, als ich ein Kind war, aber ich war zu jung, um in derselben Clique zu sein. Ansel Cohan war der bekannteste minderjährige Straftäter der Stadt gewesen. Er hing immer mit den Skinner-Jungs herum, war wegen kleinerer Vergehen laufend in Schwierigkeiten. Er lastete wie ein Mühlstein auf Sheriff Fowles' Schultern. Fowles' Sohn Mark erzählte mir immer, wie sehr sein Vater auf eine Gelegenheit wartete, auf Ansel zu schießen. Nicht, um ihn zu töten, nur um ihm ein paar Manieren beizubringen. Für gewöhnlich beschränkten sich Ansels Missetaten auf das Stadtgebiet. Die Cohans hatten den Polizeichef schon immer in der Tasche gehabt.

Die Haustür öffnete sich und wurde wieder geschlossen.

»Ansel, komm auf die Veranda. Hier ist ein alter Freund, den ich dir vorstellen will.«

Dann stand Ansel auf der Schwelle und schaute mich mit einem fragenden Blick an.

Hatte Lola sich erstaunlich wenig verändert, so hatte sich ihr Bruder in einem Maße verwandelt, wie sich ein Mensch nur verwandeln konnte. Der Ansel, den ich gekannt hatte, war ein pickliges Wesen von einem Lümmel mit einer schmierigen Elvistolle und entsprechenden mageren Koteletten gewesen, der, wenn immer das Wetter es erlaubte, in Jeans, einem weißen T-Shirt mit einem Pack Zigaretten im aufgerollten Ärmel und einer schwarzen Motorradjacke herumlief.

Der Ansel, der jetzt vor mir stand, war so vornehm, wie man sich einen Mann nur vorstellen konnte. Sein ehemaliges Wieselgesicht hatte einen harten und adlergleichen aristokratischen Ausdruck, der nur durch einen kurzgeschnittenen Salz-und-Pfeffer-Schnurrbart etwas gemildert wurde. Er war so um die Fünfzig, aber sein Haar war noch immer voll und dunkel, wenn auch mit silbrigen Schläfen. Sein Anzug kostete wahrscheinlich etwa viermal soviel, wie ich im Monat verdiente. Seine italienischen Schuhe sahen aus wie Skulpturen aus Obsidian. Er trat auf die Veranda und hielt mir seine tadellos manikürte Hand hin.

»Ein alter Freund? Ich glaube nicht, daß –«

»Ansel, das ist Gabe Treloar.« Sie strahlte mich an. »Als wir noch Kinder waren, hat Gabe in dem Haus gewohnt, in dem jetzt Mrs. Tutt lebt. Er ist zu Besuch hier.«

»Treloar?« Ich konnte sehen, wie sich die Rädchen hinter seinen Augen drehten. »Oh, jetzt erinnere ich mich. Ich glaube nicht, daß wir uns kannten, aber hat nicht Ihr Vater, Ed Treloar, für meinen Vater in der Fabrik am Fluß gearbeitet?«

»Richtig«, sagte ich etwas brüsk, nachdem man mir meinen Status unter die Nase gerieben hatte.

»Ich glaube, Ihre Familie war bereits weggezogen, als ich die Firma übernahm, aber in der Buchhaltung aus den Zwischenkriegsjahren taucht der Name Ihres Vaters immer wieder auf.«

»Zwischenkriegsjahre?« sagte ich.

»Zwischen Korea und Vietnam«, sagte Lola und nahm einen Schluck. »Die Zeitrechnung der Cohans orientiert sich nach den Kriegen. Die Jahre zwischen diesen Schönwetterperioden sind für uns die Sauregurkenzeit.«

Ansel schaute sie an und lächelte. »Die Streitbarkeit der Amerikaner ist schon immer gut für uns gewesen.« Er wandte sich wieder mir zu. »Und was haben Sie in der Zwischenzeit denn getrieben, Gabe?« Er ging zur Bar und schenkte sich einen Whisky Soda ein und ließ die Eiswürfel mit einer kleinen Zange klingelnd in das schwere Glas fallen.

»Ich habe die meiste Zeit in Los Angeles gelebt.«

»Gabe ist bei der Polizei«, sagte Lola.

»LAPD?« Er betonte jeden Buchstaben. »Ich hoffe, uns geschieht nichts.«

»Ansel«, sagte sie tadelnd.

»Wir sind nur in der Meute gefährlich«, antwortete ich ihm.

»Hast du jetzt Urlaub?« fragte Lola unbekümmert und warf Ansel einen warnenden Blick zu.

»Eigentlich bin ich gar nicht mehr bei der Polizei. Ich bin auf dem Weg nach Cleveland zu einem alten Freund. Er hat mich gefragt, ob ich in seiner Firma arbeiten wolle. Ermittlungen. Als Privatdetektiv.« Ich sah, was Ansel dachte: Weshalb gibt ein Cop, der seine ganze Karriere darauf verwendet hat, ein Netzwerk von Kontakten und Informanten aufzubauen, alles auf, um in einer anderen Stadt neu anzufangen?

»Ich bin jedenfalls froh, daß du dir die Zeit genommen hast, deiner alten Heimat einen Besuch abzustatten«, meinte Lola.

»Ich habe eine Weile in Südkalifornien gelebt«, sagte Ansel. »Wunderbare Gegend. Ich bin nur ungern zurückgekommen, aber die Pflicht rief.« Er nahm einen Schluck aus seinem Glas und strich sich geistesabwesend über den Schnurrbart.

Aus der Eingangshalle war schwach das Klappern von Absätzen auf dem Parkett zu hören, und wenig später trat eine Frau in den Wintergarten. Sie sah etwas beunruhigt aus, aber setzte, sobald sie mich sah, ein förmliches Lächeln auf.

»Kinder, ich ... oh, guten Tag.« Sie streckte mir ihre feingliedrige Hand hin, und ich ergriff sie.

»Gabe Treloar, Mrs. Cohan«, sagte ich. Ihre Hand zitterte leicht, was sich mit dem Fotografieren wohl nicht gut vertrug. »Sie können sich wahrscheinlich nicht mehr an mich erinnern. Ich habe hier ganz in der Nähe gewohnt.«

»Aber ja«, sagte sie. »Edwards Junge. Ist schon eine ganze Weile her, nicht?«

Alles in Ordnung mit Angelicas Erinnerungsvermögen. Sie mußte um die Siebzig sein. Das silbergraue Haar war straff im Nacken zusammengefaßt und betonte ein Gesicht, das einstmals unglaublich schön gewesen war. Spuren davon waren noch immer sichtbar unter den Falten, geplatzten Äderchen und schwarzen Augenringen. Sie sah aus wie eine Gewohnheitstrinkerin, die ihrem Laster kontrolliert und mit Vorsatz frönte.

»Bist du soweit, Mutter?« fragte Ansel. »Der Wagen steht vor der Tür.«

»Lola, Liebes«, sagte Angelica. »Ich wünschte mir, du würdest mitkommen. Auch du hast Verpflichtungen, weißt du.« Sie bettelte nicht, sondern klang eher etwas beleidigt.

»Mit Politik habe ich nichts mehr am Hut, Mutter. Es gibt bessere Methoden, um abzunehmen, als sich ständig übergeben zu müssen.«

Angelica wandte sich wieder mir zu und sagte mit sprödem Lächeln: »Wir müssen los. Schön, Sie wiederzusehen, Mr. Treloar.«

»Wir werden Sie sicher wiedersehen, Gabe«, sagte Ansel, als er seine Mutter in die Eingangshalle hinausdrängte.

»Zweifellos«, antwortete ich.

»Beachte sie einfach nicht, Gabe«, sagte Lola, als sie die Haustür hinter sich zugezogen hatten. »Es sind eben –«

»Es sind eben Cohans«, sagte ich.
»Wie ich.«
»Du warst immer anders.«
»Ich weiß.« Sie erhob sich und schenkte sich mehr Wein ein. »Ich versuchte es sogar mit anderen Namen. Eine Zeitlang war ich Lola Van Zandt, dann Lola Perlstein. Zuletzt war ich Lola Holliman. Aber jedesmal habe ich meinen Namen wieder in Cohan umgeändert, denn das bin ich nun mal.«

»Das klingt aber gar nicht nach dir«, sagte ich ihr. »Lola kriegt, was Lola will. Das sagtest du immer. Jedermann sagte das. Außer deinem Vater.«

»Er hatte in vielen Dingen unrecht. Man geht nicht einfach von einer Familie wie der meinen weg.«

Es schien der richtige Zeitpunkt, um das Thema zu wechseln. »Was sollte diese Bemerkung über Politik? Es ist schon schwer genug, sich Ansel in einem Direktionszimmer vorzustellen.«

»Oh, mein Bruder ist mittlerweile eine große Nummer bei den hiesigen Republikanern. Heute abend findet ein Spendenanlaß für die Wiederwahl unseres Abgeordneten statt.«

»Hat er etwa selbst Ambitionen?«

»Er wird es nicht von sich aus erwähnen, aber heute abend wird er Andeutungen machen, daß er, wenn ihn wirklich alle bedrängen, nicht abgeneigt wäre, für den Senat zu kandidieren. Aber nur, wenn sie ihn zwingen.«

Ansel Cohan? Mit der Schmalztolle und seinem James-Dean-T-Shirt?

»Du siehst nicht aus, als wärst du erfreut.«

Sie legte ihre Beine auf einen anderen Stuhl und kreuzte sie. »Ich mag keine schmierigen Typen. Ich kann Männer nicht ausstehen, die nach Schweiß riechen und ein doppeltes Spiel spielen und gegenseitig über ihre Witze lachen. Irgendwann widert mich Gier an.«

Sie brauchte mir nichts zu erzählen über Dinge, die sie im Leben anwiderten. Sie blickte ins Glas, sah, daß es leer war, und schüttelte den Kopf.

»Ein heißer Tag und ein leerer Magen. Eine üble Kombination. Das Zeug hier steigt mir in den Kopf. Ich habe mich so gefreut, als ich dich da draußen auf dem Baum sah, und wollte dir deinen Besuch nicht verderben. Können wir uns nicht später sehen, wenn ich besser gelaunt bin?«

»Gerne. Morgen zum Abendessen?«

»Das wäre schön.« Ihr Lächeln war nicht gespielt.

»Ist das Lodge noch immer das beste Hauses in der Stadt? Draußen beim See?«

»Es ist ein bißchen in die Jahre gekommen, aber noch immer mein Lieblingsrestaurant.«

Ich stand auf. »Soll ich dich um sieben abholen?«

Sie erhob sich ebenfalls. »Komm nicht zu spät.« Sie stellte sich auf die nackten Zehenspitzen und küßte mich auf die Wange.

Fünf Minuten später stand ich wieder unter dem alten Baum und fragte mich, welche Richtung mein Leben wohl nehmen würde.

Ich überlegte mir, noch eine Weile zu bleiben, einen Monat oder so, bis ich alles ein bißchen klarer sah. Eines war jedenfalls sicher: Wenn ich länger blieb, konnte ich mir nicht leisten, im Le-May zu bleiben. Ich mußte etwas Billigeres finden.

Da fiel mir das Zimmer-zu-vermieten-Schild im Fenster unseres alten Haus wieder ein.

3

Aus einem Fenster im ersten Stock drang Musik, irgend etwas Klassisches. Die zwei Sopranstimmen umrankten sich in sinnlichem Wechselspiel mit einer herzerweichend schönen Melodie. Ich kannte sie – wahrscheinlich aus einem Werbespot oder etwas Ähnlichem. Ich klingelte und hörte es irgendwo drinnen läuten.

»Hallo?« tönte eine Stimme aus dem gleichen Zimmer, aus dem die Musik kam. Ich trat ein paar Schritte von der Veranda zurück und schaute zum Fenster hoch. Hinter dem Vorhang war ganz schwach eine Silhouette auszumachen.

»Ich bin wegen des Zimmers hier, das Sie zu vermieten haben«, sagte ich, lächelte und versuchte, einen respektablen Eindruck zu machen. »Ist es noch zu haben?«

»Aber ja. Kommen Sie rein, ich bin gleich bei Ihnen.«

Ein Haus, in dem man als Kind gelebt hat, ist immer kleiner, als man es in Erinnerung hat. Damals, als wir wegzogen, war ich ein schlaksiger Teenager gewesen, aber ich erinnerte mich noch immer an meinen ersten Eindruck, als wir hier einzogen. Damals war es mir riesig vorgekommen. Jetzt erschien mir die Diele mit der Treppe rechts, die zum ersten Stock führte, sehr eng. Ich ging ins Wohnzimmer.

Seltsamerweise kam es mir überhaupt nicht vertraut vor. Der Raum selbst war unverändert. Ich erinnerte mich viel mehr an die Einrichtung als an das Haus, das neu tapeziert und gestrichen war. Ich hatte den Raum dunkel in Erinnerung gehabt, aber jetzt war alles in hellen, freundlichen Farben gehalten. Ein Bücherbord nahm den Großteil einer Wand ein. Ich ging hinüber, um es mir genauer anzusehen. Die meisten Bücher waren über Pflanzen oder Antiquitäten. Es waren auch einige Bildbände darunter, die aussahen, als seien sie eifrig benutzt worden.

Zuoberst auf dem Bücherbord, auf den Tischen und Regalen standen Dutzende Figurinen. Sie waren Variationen eines einzigen Motivs: Alle waren nackte Frauen. Einige tanzten, andere standen gegen Gefäße gelehnt. Ich sah, daß die Figuren ohne Gefäße ihre Arme so hielten, als sollten sie etwas umfassen. In alle ließ sich etwas hineinstellen.

»Gefallen Ihnen die Dinger?« Sie stand in der Tür. Weiß, weiblich, einsdreiundsechzig, hundertzehn Pfund, um die Fünfzig, blondes Haar, das nicht ganz zu den schwarzen Augenbrauen paßte. Sie trug eine Jogginghose und ein Sweatshirt. Das Gesicht war gerötet und verschwitzt, und ihr Atem ging etwas schwer. Hatte ich etwa ein nachmittägliches Schäferstündchen unterbrochen?

Ich sagte: »Sie sehen nicht wie Dinger aus. Für mich sehen sie aus wie nackte Frauen.«

»Das sagen sie alle«, sagte sie lächelnd. Sie hatte ein wundervolles, strahlendes Lächeln. »Man stellt Blumen hinein. Dies sind Art-déco-Stücke. Die Statuen waren in den Zwanzigern und Dreißigern sehr beliebt.« Sie nahm eine davon in die Hand. Es war eine der Tanzenden, und sie war aus Bronze und mit einer grünlichen Patina überzogen. »Ich finde sie hinreißend. Ich kaufe sie auf Flohmärkten oder in Antiquitätengeschäften.«

»Ich habe Sie schon mal gesehen«, sagte ich.

Das Lächeln erlosch. »Ach ja?«

»Sie sind die Frau mit den Blumen. Ich habe Ihr Bild unten im alten Bahnhofsgebäude gesehen.«

Sie lächelte wieder. »Oh! Das hatte ich ganz vergessen. Mein Garten ist mein ein und alles.«

Aber ich wurde das Gefühl nicht los, daß ich sie wirklich schon gesehen hatte. Den Eindruck hatte ich bereits gehabt, als ich das Bild betrachtet hatte. Es muß vor langer Zeit gewesen sein. Ich versuchte mir vorzustellen, wie sie ausgesehen haben mochte, als sie jung war. Sie war schön gewesen, soviel war sicher. Ihr Körper war immer noch straff und durchtrainiert.

Sie wischte sich den Schweiß mit dem Ärmel ab. »Entschuldigen Sie bitte die Aufmachung. Ich war eben bei meiner Gymnastik, als Sie klingelten.«

»Tut mir leid, daß ich Sie gestört habe.«

»Ach, ich wäre sowieso gleich fertig gewesen. Die letzten Rumpfbeugen sind immer am schlimmsten.«

»Ich mag die Musik«, sagte ich.

»Sie ist schön, nicht wahr. Mögen Sie Opern?«

»Ich erkenne den *Walkürenritt*. Aber das war's dann auch schon. Was war das vorhin?«

»Das Duett aus *Lakmé*, einer Oper von Délibes. Ich habe die CD eben erst gekauft.« Sie schüttelte den Kopf. »Entschuldigen Sie bitte. Ich werde langsam alt und rede zuviel. Ich heiße Edna Tutt.« Sie reichte mir die Hand. Ihre Fingernägel waren kurz, und die Hand etwas rauh. Sie hielt offensichtlich nicht viel von Arbeitshandschuhen.

»Gabe Treloar. Ich habe vor, ein paar Monate in der Stadt zu bleiben, und suche etwas, wo ich wohnen kann. Ich sah das Schild, und es kam mir vor wie ein Omen. Ich habe nämlich mal hier gewohnt.«

»Wirklich? Wann war das?«

»Von '54 bis '63. Wir sind dann nach Kalifornien gezogen. Seither bin ich nie wieder hiergewesen.«

»Was für ein Zufall.« Sie hatte einen leichten Südstaatenakzent. »Hätten Sie sich das Zimmer gern angesehen? Es liegt über der Garage.«

Wir gingen in den hinteren Flur, der zu einem Mehrzweckraum umfunktioniert worden war, und sie nahm einen Schlüssel von einem Nagel an der Wand.

Wir gingen durch die Hintertür auf den Hof hinaus, der jetzt ein Garten war. Als wir an der Skulptur auf dem Sockel vorbeigingen, tätschelte sie sie auf den Hintern. »Das ist meine größte. Es gibt kaum welche, die so groß sind. Diese hier muß wohl in einem Blumengeschäft als Dekoration gedient haben. Sie ist aus massiver Bronze. Ich habe sie bei einem Trödler in Columbus gefunden, der sie als Türstopper benutzte.«

Die Nymphe oder Göttin, oder was immer es war, stand auf den Zehenspitzen und hielt mit hohlem Kreuz eine griechisch aussehende Vase in die Höhe, als bringe sie der Sonne ein Opfer dar. Sie war vielleicht sechzig Zentimeter hoch.

»Ist sie nicht zu wertvoll, um sie einfach hier draußen zu lassen?« fragte ich sie.

Sie seufzte. »Früher mußten wir uns um solche Dinge in Monticello keine Gedanken machen«, sagte sie. »Aber als es vor ein paar Jahren auch hier zu Einbrüchen kam, ließ ich sie am Sockel festschrauben.«

Eine Außentreppe führte zum Zimmer über der Garage. Sie ging die Stufen wie ein Teenager hoch, ohne sichtbare Anstrengung. Es war offensichtlich, daß sie ihr Training ernst nahm. Oben angekommen, stoppte sie und drehte sich um. »Sie rauchen doch nicht oder?«

»Ich habe es mir vor zehn Jahren abgewöhnt«, antwortete ich.

»»Sehr gut. Ich würde das Zimmer nie an jemanden vermieten, der raucht. Sie schloß die Tür auf, und ich folgte ihr hinein. »Ich habe es nur einmal versucht. Als ich achtzehn war, hat mich mein Freund überredet, eine zu rauchen. Es war eine Lucky Strike, und ich war fasziniert von der Packung. Schon damals liebte ich Art déco, und sie war schön: dunkelgrün, mit einem roten Punkt und einem schwarzen Kreis darum. Ich habe nur zwei Züge genommen, aber danach war mir stundenlang schlecht.« Dann drehte sie sich um und schenkte mir wieder dieses bezaubernde Lächeln. »Aber keine Angst, ich bin keiner dieser Gesundheitsfanatiker. Ich werde Ihnen nicht vorschreiben, was Sie zu essen oder zu trinken haben, und wenn Sie wollen, können Sie auch Damen aufs Zimmer nehmen. Aber bei Zigaretten und lauter Rockmusik hört bei mir der Spaß auf.«

Im Inneren war es etwas muffig und heiß, und sie öffnete alle Fenster, um frische Luft hereinzulassen. Als ich hier gewohnt hatte, hatten wir es als Abstellkammer benutzt, aber irgend jemand hatte es zu einer Einzimmerwohnung ausgebaut, mit einem ausziehbaren Sofa und einer Kochnische. Man hatte den Raum unterteilt und ein winziges Badezimmer mit Dusche eingebaut.

»Als ich das Haus gekauft habe, hat hier ein Künstler gewohnt. Der Vorbesitzer hat es umgebaut.«

»Gefällt mir. Wieviel verlangen Sie?«

»Zweihundert im Monat. Zwei Monatsmieten und hundert Dollar Kaution im voraus.«

Ich schaute mich um, als müßte ich es mir zuerst überlegen, aber ich hatte bereits beschlossen, es zu nehmen. Meine Finanzen erlaubten es mir. Eigentlich hatte ich befürchtet, es wäre teurer. »Sind die Nebenkosten inbegriffen?«

»Okay. Vorausgesetzt natürlich, Sie übertreiben nicht.«

»Dann sind wir uns einig. Kann ich heute noch einziehen?«

»Haben Sie viel Gepäck?«

»Alles, was ich besitze, ist im Wagen. Ich habe mein Bankkonto aufgelöst, als ich Los Angeles verließ, aber ich kann rasch ein paar Travellerschecks einlösen. Geht das in Ordnung?«

»Bestens. Über dem Bett ist ein Telefonanschluß. Wenn Sie wollen, können Sie sich eines installieren lassen. Das sollte nicht länger als einen Tag dauern.«

Ich schaute auf die Uhr. Es war nach drei. »Ich hoffe, die Bank hat noch geöffnet?«

»Die Filiale in der Stadt schließt um zwei, aber draußen im

Shopping-Center gibt es eine Nebenstelle, die bis fünf geöffnet hat.«

»Dann komme ich in einer Stunde wieder.«

Wir gingen wieder nach draußen.

»Ich schreibe Ihnen dann schon mal eine Quittung.« Sie schenkte mir dieses wundervolle Lächeln und ging zurück ins Haus. Einen Moment später ging ich aus dem Garten. Die nackte Lady gab mir irgendwie den Segen, als ich an ihr vorbeiging.

Das Shopping-Center war eine Überraschung. Es war nicht so groß, wie ich es gewohnt war, aber es sah komplett fehl am Platz aus – wie ein Stück Kalifornien, das man dreist mitten in eine unberührte Landschaft geklotzt hatte. Dann fiel mir ein, was vorher dort gewesen war: ein Schrottplatz voller rostiger Autos und streunender Hunde. Da bedeutete das Shopping-Center vielleicht sogar eine Verbesserung. Im Inneren war es wie jedes andere Shopping-Center in Amerika: dieselben Geschäfte, dieselbe Musik. Bei der Bank löste ich ein paar Travellerschecks ein, hielt unterwegs in der Nähe der alten Eisenbahnbrücke an einer Autowaschanlage und verabreichte dem Plymouth ein redlich verdientes Bad.

In einem Supermarkt deckte ich mich mit den allernötigsten Lebensmitteln, ein paar billigen Pfannen und einem Teekessel ein: Junggesellenhäuslichkeit. Ich kaufte eine Ausgabe der *Polk Times-Tribune*. Es war, trotz des ländlichen Anstrichs, eine Tageszeitung. Die meisten Leute informierten sich über nationale und internationale Ereignisse durch Zeitungen aus Columbus, aber mich interessierte, was hier in der Gegend los war.

Es war schon beinahe dunkel, als ich in der Einfahrt vor der Garage hielt. Als ich auf die Tür zuging, hörte ich aus dem Inneren des Hauses klassische Musik – keine Oper dieses Mal. Ich klopfte, und Edna Tutt öffnete die Tür.

»Kommen Sie rein, Gabe. Es ist alles vorbereitet.« Edna Tutt war frisch geduscht und roch nach frischer Seife. Sie trug einen Frottee-Overall und Badeschlappen. »Ich habe Ihnen Bettwäsche auf Ihr Zimmer gebracht.«

»Vielen Dank, das ist sehr aufmerksam.«

»Man kann sich nicht an einem einzigen Nachmittag einrichten. Brauchen Sie noch Teller, Gläser, Dinge zum Kochen?«

»Ich habe mir schon ein paar Sachen besorgt. Wahrscheinlich werde ich die meiste Zeit auswärts essen.«

»Nun, falls Sie etwas brauchen, fragen Sie einfach.«

»Ich hätte mir keine hilfsbereitere Vermieterin wünschen können.«

»Es ist schön, wieder jemanden hierzuhaben. Manchmal fühle ich mich schon ein bißchen einsam.«

Ich wußte nicht, was ich darauf antworten sollte. »Ich denke, ich gehe mal nach oben.«

»Hier sind Ihre Quittung und Ihr Schlüssel. Ich hoffe, Sie verbringen eine angenehme Nacht.«

Ich dankte ihr und ging hinaus. Es fiel mir schwer, mir einen offenherzigen Menschen wie Edna Tutt als einsam vorzustellen. Ich trug meine Habseligkeiten in mein neues Zuhause, verbrachte eine halbe Stunde damit, alles zu verstauen und das Bett zu machen. Danach setzte ich mich hin und fragte mich, was ich wohl als nächstes tun sollte. Ich setzte den Teekessel auf, machte mir eine Tasse Tee und nahm die Zeitung zur Hand.

Dem Impressum entnahm ich, daß Lew Czuk jetzt Herausgeber und Chefredakteur der *Times-Tribune* war. Ich beschloß, bei ihm vorbeizuschauen. Als wir Kinder waren, hatte Lews Vater einen Zeitungs- und Tabakwarenladen gehabt. Ich las viel, und Lews Eltern ließen mich in den Magazinen blättern. Noch besser war, daß Lew einen eigenen Schlüssel für den Laden hatte. Nachts schlichen wir uns dann durch die Hintertür hinein und gingen ins Lager. Dort schauten wir uns beim Schein einer nackten Glühbirne alle Sexmagazine an. Gemessen am heutigen Standard waren sie zwar harmlos, aber in den Fünfzigern eine wahre Offenbarung für einen von Hormonen geplagten Halbwüchsigen. Wir konnten nicht genug kriegen von den endlosen Variationen von Busen und Brustwarzen, von den üppigen Rundungen weiblicher Pobacken, von der Sanftheit retuschierten Fleisches. Ach, die Jugend.

Es gab einen Lokalteil. Einige der Namen klangen irgendwie vertraut. Sheriff Fowles stellte sich zur Wiederwahl. Das ließ mich stutzen, weil Sheriff John Fowles 1965 beim Cohan-Chemical-Raub erschossen worden war. Es mußte sich um seinen Sohn Mark handeln. Ich hatte Mark nur flüchtig gekannt. Er war nicht katholisch und ging folglich auch nicht in St. Anne zur Schule. Eine Zeitlang waren wir zusammen bei den Pfadfindern gewesen und hatten uns angefreundet. Er hatte mich ein paarmal mit ins Büro seines Vaters genommen, und der Sheriff hatte mir sein kleines Arsenal in einem abgeschlossenen Nebenzimmer gezeigt, wo er die Schlagringe, Totschläger, Schnappmesser und Pistolen aufbewahrte, die er und seine Vorgänger konfisziert hatten. Er hatte mich die Thompson-Maschinenpistole halten lassen – ein Überbleibsel der Dillinger-Ära, als Banden überall im Mittleren Westen Banken überfielen.

Es dauerte eine Weile, bis ich das Geräusch wahrnahm. Es war etwas, das nicht in die Stille der Nacht paßte. Es war das Schluchzen einer Frau, gedämpft, wie wenn sie die Hand oder ein Taschentuch vors Gesicht hielte. Ich schaute zum Fenster hinaus und versuchte herauszufinden, woher die Schluchzer kamen. Unter mir lag der blumenüberwachsene Hinterhof. Konnte das Edna sein? Aber im Haus brannte kein Licht. Nach ein paar Minuten wurde es wieder still, und ich fragte mich, ob ich mir nicht vielleicht alles eingebildet hatte.

Ich legte mich hin und machte das Licht aus, damit ich nicht immer auf den Fleck an der Decke starrte. Warum war ich zurückgekommen? Was hoffte ich in einer Stadt zu finden, die ich vor dreißig Jahren verlassen hatte? Hier gab es nichts als die Vergangenheit; das Zerrbild der Erinnerungen eines Jungen, der mir heute selbst fremd war. Versuchte ich tatsächlich etwas zu finden, oder verhielt ich mich bloß wie ein verwundetes Tier, daß nach Hause kriecht, um zu sterben?

Etwas gab es: Morgen abend würde ich mit Lola Cohan essen gehen.

4

Als ich aufwachte, wußte ich gleich, wo ich war – merkwürdig, wenn man in einem fremden Bett in einem fremden Zimmer aufwacht. Das Licht, das durchs Fenster drang, kam mir auf eine Weise vertraut vor, wie ich es in Kalifornien nie empfunden hatte – nicht einmal nach drei Jahrzehnten. Ich stand auf, wusch und rasierte mich und zog mich dann an. Das Gesicht, das mir aus dem Spiegel entgegenschaute, sah gar nicht schlecht aus – wenn man die Umstände in Betracht zog. Ich überlegte mir, ob ich am Morgen nicht wieder joggen sollte.

Ich ging nach draußen und die Treppe hinunter in den Hof. Edna kniete auf einem der Wege und grub mit einer kleinen Schaufel in der Erde. Sie trug Jogginghosen, eine Bluse, die den Rücken frei ließ, und eine dieser transparenten, grünen Augenblenden – wie der Schirm einer Baseballmütze ohne den Rest. Als ich unten an der Treppe angekommen war, schaute sie mich unter ihrer Blende hervor an und lächelte.

»Gehen Sie in die Stadt?«

»Ich dachte mir, ich gehe ein, zwei alte Freunde besuchen.« Ich betrachtete ihre sonnengebräunten Schultern, auf denen nicht eine einzige Sommersprosse oder ein Muttermal zu sehen war. »Wissen Sie denn nicht, daß es ungesund ist, sich ungeschützt der Sonne auszusetzen? Hautkrebs, schrumpelige Haut und so weiter.«

Sie richtete ihren Oberkörper auf und wischte sich die Hände an den Oberschenkeln ab. Keine Arbeitshandschuhe. »Meine Systeme laufen mit Sonnenenergie, und ich muß die Batterien aufladen, bevor der Winter kommt. Tage wie diesen wird es nicht mehr viele geben. Gegen Ende des Winters bin ich immer erschöpft und mißmutig. Wenn dann im Frühling die Sonne kommt, tanke ich wieder Energie. Um Ihnen die Wahrheit zu sagen, ich bin es leid, hören zu müssen, daß ein weiteres harmloses Vergnügen gefährlich ist. Ich benutze Sonnencreme und kümmere mich nicht weiter darum.«

»Da haben Sie recht.«

Ihr Lächeln wurde breiter. »Ich habe gute Gene geerbt, die die

Falten in Schach halten, und in meinem Alter mache ich mir über Krebs nicht mehr groß Gedanken. Die Leute benehmen sich, als würden sie unsterblich, wenn sie alles meiden, das Spaß macht. Ich finde das äußerst traurig. Ich sehe junge Menschen in den Zwanzigern, die eine Heidenangst vor Schokoladentorten haben!«

»Aber geraucht wird nicht«, erinnerte ich sie. »Und Sie sind kompromißlos, was Ihr Training anbetrifft.«

Sie grinste und zeigte dabei eine kleine Lücke zwischen den Zähnen. »Ich hätte nichts gegen das Rauchen, wenn mir vom Geruch nicht schlecht würde. Und ich habe es schon immer genossen, an meinem Körper zu arbeiten. Als ich jung war, habe ich das Leben in vollen Zügen genossen, und ich habe es seither nie bereut. Finden Sie nicht, daß das gesünder ist, als sich immer über das Gewicht und die Lebenserwartung Sorgen zu machen? Weshalb sollte ich wegen ein, zwei Jahren Senilität auf den Sonnenschein verzichten?«

»Da muß ich Ihnen recht geben.«

»Gut. Das war meine Rede für heute morgen, und jetzt will ich Sie nicht länger aufhalten. Ich hoffe, Sie finden Ihre alten Freunde.«

Ich ging zu meinem Wagen, überlegte es mir dann aber anders. Sie hatte recht: Es war ein wunderschöner Morgen. Ich ging am Grundstück des Cohans vorbei, bog an der Kreuzung rechts in die Poplar Street ein und erreichte drei Blocks weiter die Main Street.

Als ich in der Stadtmitte angekommen war, hatte ich Hunger. Im Cove gab es kein Frühstück, aber an der Poplar Street westlich der Main fand ich an dem Ort, wo früher ein Plattenladen und eine heruntergekommene Pfandleihe gestanden hatten, ein unauffälliges Café. Ich setzte mich an einen Tisch am Fenster, und eine Kellnerin brachte mir die Speisekarte. Beim Anblick der Auswahl an Früchten und Kleiebrötchen fragte ich mich unwillkürlich, ob Gott sich wohl sehr um meinen Cholesterinspiegel sorgte. Ich dachte mir, zum Teufel damit, und bestellte ein Steak mit Spiegelei und dazu Pancakes mit Ahornsirup.

Während ich auf mein Essen wartete, trank ich Kaffee mit

Milch und richtigem Zucker. Als mein Frühstück schließlich kam, verschlang ich es wie ein hungriger Wolf. Ich legte das Trinkgeld auf den Tisch und bezahlte an der Kasse. Als ich wieder auf der Straße stand, fühlte ich mich um einen Kopf größer und bereit, dem Leben ins Angesicht zu sehen.

Auf der gegenüberliegenden Straßenseite war der alte Zeitungsladen, der Mr. Czuk gehört hatte. Der Geruch von Zigarren und Pfeifentabak war schwächer als damals, und das Innere war völlig neu eingerichtet. Den Lagerraum, den ich in so guter Erinnerung hatte, hatte man zu einem kleinen Büro umfunktioniert. Durch die offene Tür sah ich einen Computermonitor. Ein fetter Kerl, dem der Bauch über den Gürtel herabhing und den ich nicht kannte, saß hinter dem Ladentisch und las ein Science-fiction-Taschenbuch.

»Suchen Sie etwas Bestimmtes?« Er trug eine Brille mit dicken Gläsern, und ein Bart umrahmte sein Gesicht. Ich schätzte ihn auf Mitte Dreißig.

»Ich habe früher mal hier gewohnt. Gehört der Laden noch immer den Czuks?«

»Nein. Ich habe ihn Lew 1973 abgekauft. Er gibt jetzt die *Times-Tribune* heraus.« Ich schaute ihn genauer an. Doch schon eher um die Vierzig. Er reichte mir die Hand. »Ich bin Scott Van Houten.«

Ich ergriff seine Hand. »Gabe Treloar.« Sein Händedruck war verblüffend kräftig.

»Sind Sie ein Freund von Lew?«

»Das war vor vielen Jahren. Wo finde ich ihn?«

»Das *Times-Tribune*-Gebäude liegt an der Central Avenue, zwei Blocks östlich vom Rathausplatz, gegenüber vom Gerichtsgebäude.«

»Ja, jetzt erinnere ich mich wieder.« Ich schaute mich im Laden um.

»Als Kind habe ich viel Zeit hier verbracht. Es sieht alles ganz anders aus.«

»Ja, das Buch- und Zeitschriftengeschäft hat sich in den letzten zwanzig Jahren enorm verändert. Es ist schwer, gegen die Ladenketten und Einkaufszentren anzukommen.«

»Sie scheinen ganz gut zurechtzukommen.« An der Wand hingen alle gängigen Zeitschriften, und die Gestelle mit den Taschenbüchern waren gut gefüllt.

»Nun, das habe ich nicht erreicht, indem ich versucht habe, mehr Bücher von Danielle Steel zu verkaufen als die Großen. Kommen Sie, ich zeige es Ihnen.«

Da ich nichts Besseres zu tun hatte, folgte ich ihm. Der Raum daneben war größer als derjenige, in dem wir eben noch gewesen waren. An den Wänden hingen Plakate von Filmklassikern. Der Raum war, Regal an Regal, angefüllt mit Comic-Heften und Magazinen, wovon die meisten in wiederverschließbaren Plastiktüten verpackt waren. Ein paar Teenager blätterten in Magazinen. Ich stöberte durch ein paar Regale. Die meisten Titel hatte ich noch nie gehört, aber ich vermochte mich an einige der älteren zu erinnern. Ich zog eine verpackte Ausgabe von *Plastic Man* heraus, das ich hier in diesem Laden gelesen hatte. Die Ecken waren etwas zerfleddert. Das Preisschild besagte, daß es fünfzig Dollar kostete.

»In erstklassigem Zustand wäre dieses Exemplar ein kleines Vermögen wert«, sagte er.

»Meine Mutter hat all meine Comics weggeworfen, als wir von hier weggezogen sind«, sagte ich.

»Alle Mütter haben das getan. Deshalb sind sie ja so wertvoll. Das hier ist mein Lager, aber wenn Sie ein bestimmtes Heft oder Magazin suchen, lassen Sie es mich wissen. In der Regel kann ich es innerhalb achtundvierzig Stunden beschaffen.«

Wir gingen wieder nach vorne in den Laden, und er zeigte auf das kleine Büro, wo auf dem Computermonitor, der auf dem Schreibtisch stand, eine Reihe von Wörtern und Symbolen aufleuchteten. »Früher habe ich Wochen damit verbracht, Ausstellungen und Messen zu besuchen«, sagte Van Houten, »aber heute ist die Branche landesweit vernetzt.«

»Ich werde es mir merken«, sagte ich. Ich bedankte mich, und wir schüttelten uns die Hände. Ich trat wieder auf die Straße hinaus.

Die Gegend östlich des Rathausplatzes war mir nicht so vertraut: das Gerichtsgebäude, die Polizeiwache, das Büro des Sheriffs – Erwachsenenterritorium. Das einzige Mal, daß ich im

Times-Tribune-Gebäude gewesen war, war auf einem Schulausflug in der neunten Klasse gewesen. Alles, was in meiner Erinnerung davon haftenblieb, war der Lärm der Druckmaschinen und der überwältigende Geruch von Tinte und Lösungsmitteln.

Gleich hinter der gläsernen Eingangstür des *Times-Tribune*-Gebäudes war der Empfang. Es war ein relativ moderner, zweigeschossiger Bau mit einer Front aus hellen Ziegelsteinen mit viel Glas und dem Namen der Zeitung in Aluminiumlettern auf dem Dach. Die Frau am Empfang schaute auf und lächelte routiniert. Das Lächeln konnte nicht verbergen, daß sie mich von Kopf bis Fuß musterte. Sie sah gleich, daß ich ein Cop war.

»Kann ich Ihnen behilflich sein, Sir?«

»Ist Lew Czuk im Haus?«

»Dürfte ich Sie nach dem Grund Ihres Besuches fragen?« Das kleine Schild auf dem Tisch wies sie als Sharon Newell aus. Sie war klein, schwarzhaarig und hatte diesen weißen, weichen Hals, wie ich ihn immer mit ausschweifender Sinnlichkeit in Verbindung brachte. Warum, weiß ich nicht.

»Es ist persönlich.«

»Gut, ich sehe mal, ob er gerade Zeit hat.« Sie manipulierte an ihrem Intercom herum. Ich konnte mir lebhaft vorstellen, wie beschäftigt der Herausgeber einer Zeitung in einer Stadt wie Monticello sein mußte. Diese sensationellen letzten News aus dem Seniorenklub konnten einem wirklich an den Nerven zerren.

»Sie können hineingehen, Sir«, sagte sie und fragte sich dabei, wer zum Teufel ich bloß war. »Mr. Czuks Büro ist im oberen Stockwerk, geradeaus, ganz am Ende des Korridors.«

Lew schaute auf, als ich zur Tür hereinkam. Er hatte bedeutend weniger Haare als damals, als ich ihn zuletzt gesehen hatte, und die Haut an den Wangen hing ein wenig schlaff herab, aber sonst hatte er sich nicht groß verändert. Er erhob sich von seinem Stuhl.

»Ja, bitte? Ich glaube nicht, daß . . .« Er verstummte unsicher.

»Hallo Lew.« Ich streckte ihm die Hand hin. Meine Stimme mußte mich verraten haben.

»Gabe? Mein Gott, Gabe?« Er grinste, kam um den Schreibtisch herum, packte meine Hand und schüttelte sie kräftig. »Mein Gott, wie lange ist das her, Gabe? Zwanzig Jahre? Nein, vierundzwanzig, fast fünfundzwanzig! In Florida, bevor du nach Übersee gingst. Setz dich, Gabe. Was führt dich hierher?«

»Ach, war das nur so eine Eingebung«, wehrte ich ab. »Ich war auf dem Weg nach Cleveland und sah den Wegweiser nach Monticello, und da dachte ich, warum eigentlich nicht. Also bin ich hergekommen.«

Er setzte sich wieder hin und schüttelte den Kopf. »Daß du heute morgen durch diese Tür kommen könntest, hätte ich nie gedacht.« Er legte die Füße auf den Tisch. Es machte den Anschein, als täte er dies öfter. »Bist du eben erst angekommen?«

Ich schüttelte den Kopf. »Vorgestern. Gestern habe ich mich ein bißchen umgeschaut und mir ein Zimmer gesucht.«

»Dann willst du also eine Weile hierbleiben? Großartig! Wie lange?«

»Das weiß ich noch nicht. Vielleicht einen Monat. Ich bin irgendwie unentschlossen.«

»Dann haben wir etwas Zeit füreinander. Himmel, wir werden uns eine Menge zu erzählen haben. Als du in Übersee warst, hast du mir geschrieben, daß du heiraten würdest. Hast du deine Frau mitgebracht?«

»Sie ist gestorben.«

»Oh . . .« Er errötete. »– Tut mir leid, Gabe.«

»Ist schon eine Weile her. Und du?«

»Ich habe nie geheiratet. Tja, es hat nie geklappt. Und hast du Kinder?«

Ich schüttelte den Kopf. »Nein. Wir haben es versucht.«

»Ja«, als ob er eine Vorstellung davon hätte, wie das war. »Eine Menge Dinge laufen nicht so, wie man es sich vorstellt.« Er runzelte die Stirn, dann hellte sich seine Miene auf. »Was hast du heute abend vor? Wollen wir zusammen essen gehen? Ein paar Drinks?«

»Schon besetzt. Ich gehe heute abend mit Lola Cohan essen.«

Das verschlug ihm die Sprache. »Du knüpfst also dort wieder an, wo du aufgehört hast?«

»Ich hatte gar nicht an sie gedacht«, log ich. »Ich bin ihr gestern eher zufällig begegnet. Ansel habe ich auch getroffen. Stimmt es, daß er in die Politik will?«

»Und wie. Schwer zu glauben, nicht wahr? Er leitet Cohan Chemical jetzt schon so lange, daß die meisten Leute vergessen haben, was für ein mieser, kleiner Gauner er damals war, als wir noch Kinder waren.«

»Er war nicht bloß ein kleiner Gauner, wenn die Geschichten stimmen, die man sich über ihn erzählt hat. Und das waren keine Sachen, die jemand, der in die Politik will, gerne an die Öffentlichkeit gezerrt sieht.«

»Schau, Gabe«, sagte er jetzt wieder ernst. »Am besten, du machst einen großen Bogen um Ansel. Er ist ehrgeizig, und ihm gehört die Stadt und ein großer Teil von Polk County. Er ist ein wichtiger, *sehr wichtiger* Geldgeber der hiesigen Republikanischen Partei. Er hat einflußreiche Freunde in Columbus und in der Partei. Niemand hier wird diese alten Geschichten ausgraben. Also, Gabe, weshalb dieses plötzliche Interesse?«

»Als er mich gestern mit Lola zusammen sah, hat er sich nicht gerade vor Begeisterung überschlagen.«

»Nein«, meinte Lew nachdenklich, »das hat er sicher nicht.«

»Warum?« Sie hat mir erzählt, sie sei schon dreimal verheiratet gewesen. Es ist ja nicht so, als würde ich das Nesthäkchen dem Schoß der Familie entreißen.«

»Es ist eine merkwürdige Familie. Die spielen nicht nach denselben Regeln wie wir. Es sieht so aus, als wolle er sie mit Ted Rapley verheiraten. Er ist Staatsanwalt in Columbus. Stammt ursprünglich von hier und ist auch jetzt viel in Monticello.«

Der Name kam mir vertraut vor. »Rapley. Großer Kerl drüben an der staatlichen Schule, während wir an der St. Anne waren?«

»Genau der. Er ist eng befreundet mit Ansel – noch dicker mit Lester Cabell, dem Polizeichef. Sie spielten zusammen im selben Football-Team. Nicht ganz so eng mit Sheriff Fowles.«

»Die wollen wohl eine politische Allianz schließen, nicht?« Ich war lange genug Cop gewesen, um vor ehrgeizigen Staatsanwälten auf der Hut zu sein.

»Längst geschehen. Aber wenn sie miteinander verschwägert wären, würde sie noch zementiert. Paß also auf, wo du hintrittst. Wenn Ansel dich nicht in der Stadt will, hetzt er dir Lester auf den Hals.«

»Unter welchem Vorwand?« fragte ich und wurde mir im selben Moment bewußt, wie töricht die Frage war.

»Ach komm schon, Gabe. Du weißt, wie das geht. Es ist sicher einfacher, einen Haftentlassenen zu überzeugen, sich einen anderen Wohnsitz zu nehmen, aber es würde ihm schon etwas einfallen. Er könnte dich zumindest schikanieren. Los Angeles ist weit weg, und ich bezweifle, daß du viel Erfolg hast, wenn du an seine berufliche Loyalität appellierst.«

»Ich bin nicht mehr beim LAPD. Ich bin ... pensioniert. Ich war auf dem Weg nach Cleveland, um bei einer Detektei einzusteigen, als ich beschloß, einen Umweg zu machen.«

»Ich bin froh, daß du es getan hast. Ich –« Sein Intercom summte.

»Mr. Czuk, der Herr von der Städtebaukommission ist hier, Mr. Fullbright.«

»Okay, schicken Sie ihn hinauf, Sharon.« Er sah zu mir auf. »Tut mir leid, Gabe. Aber wenn es mit dem Abendessen nicht klappt, wie wäre es dann mit dem Mittagessen? Um zwölf Uhr im Cove?«

Ich stand auf. »Gut. Ich muß noch ein paar Sachen erledigen, den Telefonanschluß bestellen und solche Dinge. Ist die Bibliothek noch immer am selben Ort?«

»Immer noch eine Leseratte, was? Nein, gleich gegenüber vom alten Gebäude, in einem neuen Bau. Übrigens, wo wohnst du?«

»Du wirst es nicht glauben: In meinem alten Haus an der Ecke Maple und Wright. Im Appartement über der Garage.«

»Direkt in Ansels Vorgarten«, sagte er und schüttelte den Kopf. »Wer wohnt denn jetzt dort? Ah, richtig, die Frau, die die Blumen züchtet. Sharon schreibt einmal im Jahr über sie, wenn sie an irgendeiner Gartenausstellung einen Preis gewinnt.«

»Sharon? Deine Empfangsdame?«

»Empfangsdame, Reporterin, Vertriebsleiterin und so weiter. Ich kann mir hier keine große Belegschaft leisten.«

Es klopfte an der Tür, und wir reichten uns die Hand. Im Hinausgehen versprach ich ihm, ihn genau um zwölf Uhr zum Mittagessen zu treffen. Vor der Tür wartete ein rundlicher Mann mit gerollten Plänen unter dem Arm. Ich ging den Korridor entlang und die Treppe hinunter. Miss Newell lächelte mir so fröhlich und breit zu, daß man eine Goldkrone im Mundwinkel sehen konnte. Ich lächelte zurück – nicht ganz so breit.

»Besuchen Sie uns gelegentlich wieder, Mr. Treloar«, sagte sie, als ich zur Tür hinausging.

Ganz schön gerissen. Ich mußte Lew warnen, mit dem Intercom etwas vorsichtiger zu sein. Dann fiel mir ein, daß Lew ja nur meinen Vornamen gebraucht hatte. Ich würde mich vor Miss Newell vorsehen müssen.

Draußen warf ich einen Blick auf die andere Straßenseite. Das Büro des County-Sheriffs befand sich im Gerichtsgebäude, das des Polizeichefs im Rathaus. Früher waren Polizeichefs in einer Kleinstadt relativ isoliert gewesen und hatten nicht einmal groß Kontakt zu den staatlichen Stellen gehabt. Heute hatten sie via Computer unmittelbar Zugriff auf Akten im ganzen Land. Cabell hätte mich in diesem Moment gerade überprüfen können. Schöne Heimkehr.

Von einer Telefonzelle aus organisierte ich einen Telefonanschluß. Dann ging ich zur Bibliothek. Ich fand sie gegenüber von einem riesigen neuen YMCA, an dessen Stelle nicht nur die alte Bibliothek, sondern auch eine schöne viktorianische Villa gestanden hatte. Ich fragte mich, ob sie wohl abgebrannt war.

Im Inneren der neuen Bibliothek roch es genau wie damals, die mich in eine Welt, weit über Monticello, Ohio, hinaus entführt hatte. Aber jetzt war ich nicht zum Vergnügen hier. Ich fragte die Bibliothekarin, ob sie alte Ausgaben der Zeitungen aus Columbus hatten.

»Ja, auf Mikrofilm, bis zurück in die zwanziger Jahre. Für alles, was davor liegt, müssen Sie in die Zentralbibliothek in Columbus gehen.«

»Das wird reichen«, versicherte ich ihr. »Mich interessieren nur die letzten paar Jahre.«

Sie zeigte mir, wo die Zeitungen archiviert waren, und erklärte mir, wie das Lesegerät für die Mikrofilme funktionierte, obwohl ich ihr versicherte, ich wäre damit vertraut. Sie wollte jedoch kein Risiko eingehen.

Ich wußte nicht, wie viele Stunden ich bereits mit solcher Knochenarbeit verbracht hatte. Zahllose Kriminologie-Kurse an der Universität, Fälle bearbeiten, das meiste davon war unvorstellbar langweilig. Aber so viel Erfahrung gibt einem ein Gefühl für die Arbeit. Ich lud die Streifen einen nach dem anderen in das Lesegerät. Ich überflog die Seiten und hielt nur bei den Namen, an denen ich interessiert war, inne. Es war nicht besonders schwierig. Den größten Teil der Zeitungen konnte ich überspringen. Was mich interessierte, stand in den ersten zwei Seiten des ersten Bundes oder des Lokalteils. Ich wollte nur eine Ahnung haben, was hier so vor sich ging, und nicht eine ausführliche Untersuchung durchführen. Die Namen, nach denen ich suchte, waren Cohan und Rapley, und es dauerte nicht lange, bis ich sie fand.

Rapley sonnte sich im Glanz einer Reihe von spektakulären Prozessen. Er riß sich immer die besten Fälle unter den Nagel und war ein feuriger Befürworter der Todesstrafe. Er war ein richtiger Kleinstadtheld mit konservativen Wertvorstellungen und verbrachte einen großen Teil seiner Zeit damit, die Verlagerung von Arbeitsplätzen der hiesigen Industrie nach Fernost zu beklagen – obwohl das herzlich wenig mit seinem Amt als Staatsanwalt zu tun hatte.

Ansel fand sich ebenfalls darin, meist in irgendeiner politischen Funktion, oder wenn er gerade gegen die Umweltschutzgesetze ankämpfte, die die chemische Industrie lähmten. Er war eher eine politische als eine wirtschaftliche Größe. Cohan Chemical war eine große Nummer im ländlichen Polk County, aber in einem Schwerindustriestaat wie Ohio bloß von marginaler Bedeutung.

Es gab eine ganze Anzahl von Fotografien, die die beiden zusammen zeigten, wie sie bei Wahlveranstaltungen der Republikaner Reden hielten und Hände schüttelten. Ich schaltete das Gerät aus und rieb mir die Augen. Dann stellte ich die Mikrofilme zurück und ging zum Ausgang.

Es war schon gegen Mittag, und ich machte mich auf den Weg zurück ins Zentrum. Die ältere Kellnerin kam gleich auf mich zu, als ich zur Tür hereinkam.

»Sie sind mit Mr. Czuk verabredet? Er ist im hinteren Speisesaal. Folgen Sie mir.«

Sie führte mich durch den Vorraum, wo damals der Ladentisch mit den Süßigkeiten gestanden hatte, zu einem kleinen Zimmer gleich neben dem großen Speisesaal. Die meisten Tische waren besetzt. Lew hatte einen Martini vor sich. Ich setzte mich, und die Kellnerin reichte mir die Speisekarte.

»Kann ich Ihnen etwas zu trinken bringen, während Sie die Speisekarte studieren?«

»Nur ein Glas Wasser, bitte.« Sie entfernte sich, und ich wandte mich Lew zu. Sein Glas war fast schon leer. »Daß ich dich hier finden würde, hätte ich nicht erwartet, Lew. Wie kommt es, daß du hierher zurückgekommen bist und das Lokalblatt herausgibst?«

Er lachte kurz. »Ach, du weißt ja, wie so was geht. Ich wollte nach Florida und ein ganz heißer Enthüllungsjournalist werden. Ein paar Jahre lang habe ich es auch versucht, aber dann geschah das mit Watergate. *Alle* wollten den nächsten großen Coup landen.« Er leerte sein Glas und bedeutete der Kellnerin, ihm noch einen zu bringen. »Einige dieser Jungs direkt von der Journalistenschule hatten Zähne wie Haifische. Ich mußte erkennen, daß ich einfach nicht den nötigen Killerinstinkt hatte. Schreibtischarbeit, vor allem in der Redaktion, lag mir besser. Jedenfalls hatte ich genug von Florida und kam hierher zurück. Der alte Ed Perkins – er hatte die *Times-Tribune* seit Menschengedenken herausgebracht – war langsam zu alt, um alles selbst zu machen, und so wurde ich sein Assistent. Nachdem ich ein paar Jahre die ganze Arbeit alleine gemacht hatte, verkaufte ich den alten Zeitschriftenladen, machte ein paar Wertschriften, die ich geerbt hatte, zu Geld und kaufte Perkins' Anteile auf.«

»Den neuen Besitzer des Ladens habe ich schon kennengelernt.«

Er lachte. »Scott? Ein richtiges Original, nicht? Schon als er noch zur Schule ging, hat er für meinen Vater gearbeitet. War ganz verrückt nach Comics und Zeitschriften. Mein Vater war ziemlich nachlässig, wenn es darum ging, unverkaufte Ausgaben zurückzuschicken. Wenn nur eine oder zwei Nummern übrigblieben, machte er sich manchmal nicht die Mühe. Keller und Garage waren voll davon. Jedenfalls durfte sich Scott zum Ausgleich für die schlechte Bezahlung nehmen, was er wollte. Er hatte ja keine Ahnung, daß die Dinger etwas wert sein könnten.«

Die Kellnerin brachte seinen Martini, und wir gaben unsere Bestellung auf.

»Als ich beschloß, den Laden zu verkaufen«, fuhr Lew fort, »machte mir Scott ein Angebot. Ich fragte ihn, wie er sich das leisten könne. Es stellte sich heraus, daß er eine erstklassige Ausgabe des ersten *Playboy* und ein paar Comics aus den Dreißigern besaß. Sie brachten ihm genug ein, um den Laden und das Blumengeschäft daneben zu kaufen.«

Unser Essen kam, und wir sprachen über alte Freunde und Lehrer und Dinge, an die wir uns nur noch vage erinnerten. Wir brachten uns gegenseitig auf den neuesten Stand, sprachen aber nicht über die letzten paar Jahre. Es lief gut, und wir verfielen nicht in jenes betretene Schweigen, das gewöhnlich eintritt, wenn man sich mit einem alten Freund, den man jahrelang nicht gesehen hat, unterhält, und dann feststellt, daß beide nicht mehr die Jungs von damals sind und man nichts mehr gemeinsam hat. Ich wußte, daß das irgendwann eintreten würde, aber noch nicht jetzt.

»Du und Lola fangt also wieder dort an, wo Ihr aufgehört habt?« sagte Lew, nachdem die Teller abgeräumt worden waren. Er war mittlerweile beim dritten Martini.

»Ich würde es nicht so nennen. Nach all der Zeit kenne ich sie eigentlich gar nicht mehr. Wir sind zum Abendessen im Lodge verabredet. Ich nehme an, wir werden beide vorsichtig sein.«

Er nickte ernst. »Ist wohl besser so. Ich weiß wirklich nicht viel über sie. Man sieht sie kaum in der Öffentlichkeit, und sie scheint nicht viel mit dem Rest der Cohans zu tun zu haben.«

»Aber sie wohnt immer noch in der Villa.«

»Warum auch nicht? Es ist schließlich nicht gerade ein Reihenhaus. Und ich nehme an, sie wird es irgendwann mal erben.« Der Alkohol hatte seine Zunge gelöst, und er war schon ziemlich aufgeräumt.

»Weil Ansel kaum heiraten und eine Familie gründen wird? Wenn er politische Ambitionen hat, könnte er genau das tun. Er wäre nicht der erste, der in den sauren Apfel beißt und das tut, was man von ihm erwartet, wenn so viel auf dem Spiel steht.«

Lew schaute sich um, ob uns jemand hören konnte. Wir waren die einzigen in dem kleinen Raum.

»Das bezweifle ich. Du kennst doch diese Geschichten von früher, oder? Nun, die stimmten. Damals, in der guten alten Zeit, als wir alle noch nicht so aufgeklärt und tolerant waren, was die Präferenzen anderer betraf, hätten wir gesagt, Ansel sei so schwul, wie es nur eben ginge.«

»Wir mögen vielleicht sensibel geworden sein, was die Rechte der Homosexuellen angeht, aber es reicht noch immer, um eine politische Karriere zu zerstören.«

Er zuckte die Schultern. »Wer wird schon etwas sagen? Ganz sicher nicht jemand von hier. Jeder weiß von Ansels Neigungen, und wir sind im konservativen Herzen Amerikas, aber bei einem Mann, auf dessen Lohnliste das halbe County steht, kann man über vieles hinwegsehen.« Er schaute auf die Uhr, vielleicht weil er merkte, daß er zuviel redete. »Oh, es ist schon spät. Sharon wird mich gleich holen lassen.«

Wir standen auf, gaben uns die Hand und bekräftigten, uns so bald wie möglich wieder zu treffen.

Ich bummelte eine Zeitlang durch die Stadt und besorgte noch ein paar Dinge, die ich benötigte. Ich kaufte mir sogar ein Paar Joggingschuhe. Am späten Nachmittag ging ich die Central Avenue hinauf, vorbei am Krankenhaus und der Schule. Im nächsten Straßenblock sah ich das Kloster, ein großes, altes Gebäude. Jemand rief von der Veranda herab meinen Namen.

»Gabriel?«

Ich schaute überrascht auf. Auf der schattigen Veranda saß eine alte Frau in einem Schaukelstuhl. Sie trug das Gewand des Ordens, der an St. Anne's unterrichtete. Ich ging auf sie zu, betrachtete ihr Gesicht und versuchte mir vorzustellen, wie es vor Jahren ausgesehen hatte.

»Schwester Margaret Michael?«

Sie lächelte, und ihr fein geschnittenes Gesicht legte sich noch mehr in Falten. »Sie waren schon immer aufmerksam, Gabriel.«

Ich ging die Treppe zur Veranda hoch. »Ich bin erstaunt, daß

Sie mich erkannt haben. Es ist doch immerhin schon eine ganze Weile her.«

»Ich habe Sie erwartet.«

»Woher wußten Sie, daß ich in der Stadt bin, Schwester?«

»Mrs. Cekola kam vor einer Stunde vorbei. Sie arbeitet an der Schule, und das neue Schuljahr beginnt bald. Sie erhielt einen Anruf von dieser Zeitungsschnüfflerin Sharon Newell. Sie fragte nach jemandem, der Gabe hieß und zur gleichen Zeit wie Lew Czuk St. Anne's besuchte. Gabriel ist kein alltäglicher Name, und es dauerte nicht lange, Sie zu finden.«

Ein kleines Rätsel war also gelöst. Schwester Margaret Michael hatte an der St. Anne's die fünfte und sechste Klasse unterrichtet. Sie war eine vogelähnliche kleine Frau, die ununterbrochen redete, wenn sie aufgeregt war – was häufig der Fall war. Wir mochten sie, weil sie im Gegensatz zu den anderen Nonnen Humor hatte. Außerdem lag sie uns nicht den ganzen Tag damit in den Ohren, was für unverbesserliche, boshafte kleine Teufel wir waren.

»Unterrichten Sie noch immer, Schwester?« fragte ich sie höflich.

Sogar ihr Lachen war wie das eines Vogels. »Mein Gott, nein! Ich wurde schon vor Jahren pensioniert. Wann war das? Etwa zu der Zeit, als die lateinische Lithurgie abgeschafft wurde.« Sie seufzte. »Das hat mir beinahe das Herz gebrochen. Wenn die Leute protestantisch sein wollen, weshalb treten sie dann nicht einfach in eine protestantische Kirche ein?«

»Aber gesagt haben Sie das nicht, oder, Schwester?«

»Selbstverständlich nicht. Wir dachten alle so, aber in unserem Gelübde hatten wir Gehorsam geschworen.«

»Manchmal muß man die Launen seiner Vorgesetzten einfach über sich ergehen lassen, obwohl man weiß, daß sie im Unrecht sind.«

»Ich fürchte, das ist etwas, was wir Ihnen in der Schule nicht beigebracht haben.«

»Das ist eines der Dinge, die man selbst lernt. Ich glaube, ich begriff es, als ich in der Armee war. Als ich dann zur Polizei kam, machte ich es bereits automatisch.«

»Wir dürfen unsere Augen aber trotzdem nicht verschließen.«
Sie blickte an mir vorbei und fuhr etwas geistesabwesend fort.
»Wir haben eine große Verantwortung. Lehrer, Polizisten . . . das
Leben anderer Menschen wurde uns anvertraut, nicht wahr?«

»Richtig«, sagte ich, vielleicht etwas gar brüsk.

Sie nahm keine Notiz davon. »Sie entschieden sich also, Polizist zu werden. Das überrascht mich nicht. Sie waren immer ein ernster Junge, Gabriel. Ich wußte, Sie würden den rechten Weg einschlagen. So viele entscheiden sich für die einfachere Variante.«

Es war ein seltsames Kompliment, aber es war eine ganze Weile her, seit man mir zuletzt eines gemacht hatte. »Das trifft wahrscheinlich zu.«

»Aber sie werden nie glücklich dabei.« Ich machte mich auf eine Predigt gefaßt, aber auf das Läuten einer Glocke aus dem Haus hin blickte sie zur Seite. »Vesper«, sagte sie und erhob sich von ihrem Schaukelstuhl. »Ich muß in die Kapelle. Gabe, es war schön, Sie wiederzusehen. Bitte kommen Sie nochmals vorbei, bevor Sie abreisen.«

Ich nahm ihre feingliedrigen, knochigen Hände in die meinen. Es war nicht mehr dran als an dürrem Laub. »Ganz bestimmt, Schwester.«

Sie drehte sich um und schlurfte durch die Tür. Sie verschwand im dunklen Haus wie eine verblassende Erinnerung.

5

Die große, kreisrunde Einfahrt war so einschüchternd, wie sie gedacht war. Sie ließ den Plymouth billig und schäbig aussehen. Zumindest gab es keinen hochnäsigen Türsteher, der sich seine weißen Handschuhe an meinem kleinbürgerlichen Türgriff hätte schmutzig machen können. Türsteher gehörten selbst bei den Cohans längst der Vergangenheit an.

Lola öffnete die Tür, bevor ich klopfen konnte. Sie trug ein kurzes Sommerkleid aus grüner Seide mit Spaghettiträgern, das ihr gerade mal bis zur Mitte der Oberschenkel reichte. Viel hatte sie nicht an, aber was vorhanden war, sah teuer aus. Dazu trug sie ein passendes Handtäschchen und einen Seidenschal. Sie war nicht gerade barfuß, aber die Sandalen mit winzigen Absätzen und einem Geflecht aus schmalen Lederriemen ließen ihren Füßen genügend Luft.

Ich hielt ihr die Autotür auf, und als sie sich auf den Beifahrersitz setzte, rutschte ihr der Rocksaum fast bis zur Hüfte hoch. Falls sie es bemerkt hatte, so störte es sie jedenfalls nicht. Frauen wissen für gewöhnlich, wieviel sie von sich zeigen. Ich setzte mich hinters Lenkrad und fuhr zum Tor.

»Die meisten Männer tun das etwas eleganter«, sagte sie.

»Tun was eleganter?«

»Eine Frau mustern. Du hast ausgesehen, als hättest du einen Verdächtigen vor dir.«

»Die Macht der Gewohnheit.«

Ich legte den Gang ein und bog in die Straße ein. Die Reifen gaben dieses eigenartige summende Geräusch von sich, als wir über die rote Straßenpflasterung fuhren. Außerhalb des Ortes waren die Straßen geteert, und die Reifen verstummten. Die Landstraße lag im Dämmerlicht und sah friedlich aus, wie das nur Landstraßen im mittleren Westen können. Wir fuhren an einer Garage vorbei, an die ich mich vage erinnerte und die mit Schildern mit roten fliegenden »Mobil«-Pferden aus fünfzig Jahren übersät war. Gleich dahinter führte eine Seitenstraße nach links zum See.

Das Lodge sah aus wie eine große, morsche Scheune mit einer grellen Neonreklame auf dem Dach. Ich parkte den Wagen auf dem Kiesplatz davor und hielt Lola die Wagentür auf. Wir gingen zum Eingang, und ich sog den Geruch des Sees ein. Er war nicht überwältigend fruchtig wie der Geruch des Ozeans, sondern feucht, erdig-morastig und paßte zum Quaken der Frösche und Zirpen der Grillen.

Das Interieur des Lodge konnte es mit jedem Restaurant in Bel Air aufnehmen, aber sie hatten das Gebäude außen verlottern lassen. Der Maître de service führte uns zu einem Tisch am Fenster, das die ganze Länge der dem See zugewandten Wand einnahm. Die Lichter der umliegenden Häuser spiegelten sich im Wasser, und der Mond steuerte sein eigenes fahles Licht bei. Irgendwo da drüben mußte das alte Sommerhaus der Cohans sein.

»Das Bootshaus ist noch immer da«, las sie meine Gedanken.

»Noch eine unerledigte Geschichte«, sagte ich. Eine Kellnerin brachte große, in Leder gebundene Speisekarten und fragte, ob wir einen Cocktail wollten.

»Wodka Martini«, sagte Lola. Ich schüttelte nur den Kopf.

Die Speisekarte war lang und teuer. »Was kannst du mir empfehlen?«

»Ich persönlich mag den Heilbutt am liebsten, aber die geräucherten Entenfilets sollen sehr gut sein.« Sie fuhr sich mit einem ihrer spitzen Fingernägel über die Wange und ließ den Blick über den See schweifen. »Wir konnten das Restaurant vom Haus aus sehen. Erinnerst du dich noch? Wir fragten uns, was hier drin wohl vorgeht. Hier war Erwachsenenterritorium.«

»Und was war das für eine Enttäuschung, als wir es herausfanden, weißt du noch?« fragte ich sie.

»Die meisten Erwachsenendinge haben sich als Enttäuschungen herausgestellt. Allerdings nicht alle.«

»Nein«, sagte ich, »nicht alle.«

Die Kellnerin kam wieder und nahm die Bestellung auf. Lola wählte den Heilbutt, und ich entschied mich für die Ente. Wir machten eine Weile in höflicher Konversation, umkreisten uns, um mehr über den anderen in Erfahrung zu bringen, herauszufinden, ohne selbst allzuviel von sich preiszugeben – wie zwei Anwälte, die eine Einigung aushandeln. Daß wir so vorsichtig waren, sagte eine Menge aus über das Leben, das wir geführt hatten, seit wir uns das letzte Mal gesehen hatten.

»Wer ist nun dieser Rapley?« sagte ich, als ich genug davon hatte.

»Gabe! Du hast mir nachspioniert!« Genau in diesem Moment kam unser Essen.

»In einer Stadt wie dieser braucht man nicht zu spionieren. Halt einfach die Ohren offen, denn früher oder später erfährst du alles.«

»Ich glaube dir kein Wort. Du hast Polizist gespielt.« Sie gab sich Mühe, entrüstet zu klingen, aber sie schien eher geschmeichelt zu sein, daß ich mir die Mühe gemacht hatte. »Nun, wenn du es denn unbedingt wissen mußt, Ted ist ein alter Parteifreund meines Bruders.«

»Und Ansel will, daß du ihn heiratest?«

»Ich heirate sicher nicht, um seine Karriere zu fördern.« Sie nahm einen Bissen von ihrem Heilbutt. »Jedenfalls habe ich das die ersten drei Mal nicht getan.«

Die geräucherte Ente war köstlich. »Aber Ansel will diesmal ganz nach oben, oder nicht? Wenn jemand solche Pläne hat, kann er unter Umständen mächtig Druck ausüben.«

Sie lehnte sich zurück und tupfte sich mit der Serviette die Lippen ab. »Gabe, das würde viel netter klingen, wenn du besorgt wärst. Du klingst wie ein Cop, der jemanden verhört.«

»Tut mir leid. Wie ich sagte: die Macht der Gewohnheit. Es ist nur, daß ... Es ist nur, daß wir uns vor so langer Zeit trennten, und es kam sehr plötzlich. Ich hatte seither immer das Gefühl, wir hätten noch Dinge zu klären.«

»Zwei Kinder vor so vielen Jahren. Sollte das heute noch von Bedeutung sein?«

»Wir sitzen hier zusammen«, sagte ich. »Ich bin zurückgekommen, und du wolltest mit mir essen gehen. Weshalb, wenn du doch diesen Rapley heiratest?«

»Ich habe nie gesagt, daß ich ihn heiraten werde«, sagte sie ein wenig gepreßt. »Vielleicht wollte ich nur mit einem alten Freund sprechen.«

Ich wollte mich nicht wie ein Vollidiot aufführen. »Tut mir leid. Wie ich sagte: die Macht der Gewohnheit.« Es klang nicht sehr überzeugend, aber sie schien es zu schlucken.

»Nun, sieht so aus, als ob wir beide durch die Ehemühle durch sind. Kinder?«

»Nein, aber wir wollten welche. Und du?«

Der Schmerz zeichnete feine Linien um ihre Augen. »Ich hatte ein kleines Mädchen, Julia, aus erster Ehe. Sie starb an Leukämie, als sie sechs war. Danach hatte ich zu große Angst, um es noch einmal zu versuchen. Ich hätte erneuten Schmerz nicht verkraften können. Ich ließ mich unterbinden, und das war wahrscheinlich der Grund, weshalb Sam und ich uns trennten. Er wollte ein ganzes Haus voller Kinder, am besten Jungs.«

»Tut mir leid«, sagte ich. Was sonst konnte man sagen?

»Du hast also deine Frau verloren und ich mein Kind. Unsere Leben sind doch nicht so unterschiedlich verlaufen.«

»Hast du die ganze Zeit über hier gelebt?«

»Du meine Güte, nein! Wäre ich hiergeblieben, hätte es mir schon lange den Rest gegeben. Ich lernte Sam kennen, als ich ans Vassar-College ging, und wir lebten in Boston. Nach Julias Tod wollte ich nicht dort bleiben, und ich ging für eine Weile nach Houston. In den Siebzigern lebte ich die meiste Zeit in Paris.«

Nichts über Ehemann zwei und drei, und ich hielt es für klüger, nicht zu fragen. Eine Zeitlang sprachen wir über die langen Jahre dazwischen, aber nach der Sache mit dem Tod ihrer Tochter mieden wir die wirklich heiklen Themen. Irgend etwas hielt mich davon ab, allzuviel über mich zu erzählen.

Nach einer Weile kamen wir uns nicht mehr näher. Die Unterhaltung glitt ins Banale ab, wie es in der Regel der Fall ist, wenn man Zeit zum Überlegen braucht und sich darüber klarwerden will, welche Richtung man nehmen soll. Es war Zeit, den Abend abzuschließen.

Auf der Rückfahrt sprach sie wenig und schien in Gedanken versunken zu sein. Es mußten angenehme Gedanken sein, denn um ihre Mundwinkel spielte ein kleines Lächeln.

In der Cohan-Villa brannten jede Menge Lichter, als wir vorfuhren. Ich begleitete Lola zur Tür.

»Es war ein wundervoller Abend, Gabe«, sagte sie, »aber ich glaube nicht, daß es so bleiben würde, wenn ich dich hereinbäte. Mutter und Ansel sind im Haus. Wir wiederholen das, wenn wir mehr Zeit für uns haben.«

Sie nahm meine Hand und beugte sich für den obligatorischen Kuß auf die Wange vor, aber einer von uns, oder vielleicht auch beide, machte einen Fehler, und unsere Lippen berührten sich. Sie beließ die ihren da, leicht geöffnet, und obwohl kein leidenschaftliches Intermezzo folgte, war es deutlich intimer als ein gewöhnlicher Gutenachtkuß. Dann löste sie sich ausgesprochen langsam von mir.

»Gute Nacht, Gabe.«

»Gute Nacht«, entgegnete ich. Ich ging die Treppe hinunter und öffnete die Wagentür.

»Gabe?«

Ich stoppte und schaute zurück. Sie stand im Schatten auf der großen Veranda und war kaum zu sehen. »Ja?«

»In jener Nacht im Bootshaus . . . Ich wünschte mir, wir hätten weitergemacht.«

Dann drang Licht aus dem Haus, als sie die Tür öffnete, und für einen kurzen Moment sah ich ihre Silhouette, bis sich die Tür schloß. Ich stieg in den Plymouth und fuhr den kurzen Weg zu meinem alten Haus zurück.

Wir waren sechzehn. Lola und ich kannten uns praktisch von Geburt an, da mein Vater für den ihren arbeitete und die beiden viel Zeit im Cohan-Haus verbrachten, um sich über finanzielle Dinge zu unterhalten, die ein Buch mit sieben Siegeln für mich waren. Wir gingen nie auf die gleiche Schule, da Andrew Cohan, Patricks Sohn, sich seiner irischen Wurzeln entledigt hatte und zu den Methodisten, Monticellos größter und respektabelster Kirche, übergetreten war.

Als wir in das Haus an der Maple Street einzogen, sah ich sie praktisch jeden Tag. In dieser Zeit machte sie jenen wundersamen Wandel durch und wurde eine Frau von fast unheimlicher Schönheit. Meine Mutter hatte sie nie gemocht, und mein Vater sah es nicht gern, wenn wir zusammen waren, aber sie wohnte auf der anderen Seite des Gartenzaunes, und so konnten sie es nicht verhindern. Die letzten paar Jahre in Monticello war ich hoffnungslos in sie verliebt gewesen.

Später wurde mir klar, daß sie es die ganze Zeit gewußt hatte, aber damals hatte ich noch keine Ahnung von Frauen. Ich war ein schüchterner, unbeholfener Teenager wie Millionen andere auch und hatte selbst Angst davor, ihre Hand zu halten. Sie hätte ja Anstoß nehmen und mir ihre Gunst entziehen können. Sie überhäufte andere Jungs mit Aufmerksamkeit. Es sprach für sie, daß sie sich nie die sportlichen Typen aussuchte, sondern die intelligenten und talentierten. Schon damals lautete ihr Slogan: »Lola kriegt, was Lola will.« Der alte Song wurde nicht wenige Male gespielt.

Aber in jenem Frühjahr war alles anders. Die Ermordung Kennedys im vorigen November hatte uns die schreckliche Realität und die Unumkehrbarkeit der Dinge vor Augen geführt und uns sehr ernst gemacht – zumindest für eine Weile. Lola war sehr aufgebracht, als ihr Bruder Ansel an seinem einundzwanzigsten Geburtstag wegen irgendeines Skandals in die Wüste geschickt wurde.

Die Party wurde jedes Jahr von James Cohan für die Familien seiner leitenden Angestellten organisiert. Sie fand immer am Memorial Day gegen Ende Mai beim Sommerhaus der Cohans am See statt. James, ein großer, korpulenter Mann, schüttelte jedem Ankömmling die Hand, und Angelica, schon damals hager, spielte die liebenswürdige, wenn auch leicht kühle Gastgeberin. Die kleineren Kinder spielten auf dem Rasen, und ich machte mich sogleich auf, Lola zu suchen.

Wir waren die einzigen in unserem Alter, und so hatte ich sie zur Abwechslung einmal ganz für mich allein. Ich fand sie am Seeufer unter den Bäumen. Sie war barfuß und trug Tenniskleidung: eine gestärkte weiße Bluse und ein kurzes Faltenröckchen. Sie lächelte, als sie mich sah, nahm meine Hand und ließ sie eine ganze Weile nicht los. Mein Herz schlug wie verrückt. Wir diskutierten Teenager-Probleme, und ich dachte, ich sei brillant, aber ich konnte mich nachher nicht mehr daran erinnern, was ich gesagt hatte.

Das Dinner bestand aus einem riesigen Buffet, und als die Dämmerung einbrach, hatten alle schon reichlich getrunken und waren ziemlich angeheitert. Es war nicht schwer, nach dem Abendessen davonzuschleichen und zum Bootshaus zu gehen. Darin lag das kleine Motorboot der Cohans. Die Kissen hatte man herausgenommen und auf eine Bank, die an der Wand stand, gelegt. Wir setzten uns darauf und verfielen, plötzlich allein in der Dunkelheit, in Schweigen.

Wir saßen Seite an Seite, unsere Knie und Schultern berührten sich, und alle Schranken waren gefallen. Ich wußte damals nicht, was Körpersprache war, aber das spielt sich sowieso auf einer gefühlsmäßigen Ebene ab. Ich wußte, sie war bereit.

Ich hatte schon mit ein paar anderen Mädchen herumgeknutscht und wußte also, wie man sich anstellte, damit sich die Nasen nicht in die Quere kamen. Dazu brachte sie auch viel mehr an Erfahrung mit als ich. Der erste Kuß war lang und artete zu einer eigentlichen Entdeckungsreise mit Lippen und Zungen aus. Ich verlor mich in ihrem Mund, bis sie sich an mich drückte und ich mich daran erinnerte, daß ich auch noch Hände besaß.

Ich schob meine Hand ihren Oberkörper hoch und ließ die Fingerspitzen über die Rippen gleiten, bis ich bei ihrer Brust angelangt war. Sie war hart und weich gleichzeitig, und die Art, wie sie unter meinen Fingern nachgab, versetzte mich in Entzücken. Sie seufzte und rieb sich an mir. Ich war noch nie so erregt gewesen und wollte weitermachen, wollte alle ihre Geheimnisse erforschen, hatte aber gleichzeitig schreckliche Angst, daß sie mich stoppen und mir für meine Dreistigkeit eine knallen könnte.

Die Hormone überwogen schließlich, und ich begann ihre Bluse aufzuknöpfen. Ich schämte mich – nicht wegen dem, was ich tat, aber wegen des unbeholfenen Nestelns meiner Finger. Meine Hand glitt hinein, berührte die samtene Haut ihres Bauches, der sich unter ihrem schweren Atem hob und senkte. Meine Hand fand wieder ihre Brust. Dann wanderten meine Finger über die blasse Haut. Ich streckte meine Finger, schob sie in den BH und befreite das sanfte, fleischige Halbrund. Die Brustwarze war rund, dunkel und so wunderbar zu berühren.

Lola ließ den Kopf in den Nacken fallen und schloß die Augen. Ich beugte mich vor, küßte ihre Brust und nahm dann ihre Brustwarze zwischen die Lippen, zwickte sie sanft und züngelte über die Spitze. Sie schwoll in meinem Mund an, wurde härter, und Lola stöhnte. Ich konnte es nicht fassen, daß sie nicht versuchte, mich zu stoppen. Damals wurde von einem Mädchen erwartet, daß es sich nicht fordernd verhielt, aber sie packte mich oberhalb des Knies, ließ ihre Hand bis fast nach ganz oben gleiten, stoppte dann und knetete mein Bein, während sie mich zärtlich ins Ohr biß.

Nur zögernd gab ich die Brust frei und ließ meine Hand wieder zu ihrem Bauch gleiten. Ich war vollkommen von Sinnen, trunken von unbekannten Empfindungen und heißen Wogen, die durch meine Blutbahn jagten. Meine Fingerspitzen hielten beim Rockbund, aber sie zog den Bauch ein und ließ sie hineinschlüpfen, unter dem Gummi ihres Höschens durch und durch den dichtgekrausten Wald der Haare, bis ich ihren Venushügel in der Hand hielt und überwältigt wurde von der feuchten Hitze und dem tiefen Spalt zwischen ihren Schamlippen.

Sie stöhnte und fuhr mit der Hand über die Erektion, die meine Hose spannte, und in diesem Augenblick wäre ich beinahe gekommen. Sie nestelte eine ganze Weile an meinem Gürtel und stellte sich dabei so ungeschickt an wie ich mich vorhin mit der Bluse. Ich wollte ihr helfen, aber dazu hätte ich meine Eroberung preisgeben müssen. Mit der Hand stützte ich ihren Rücken. Meine Finger wurden feucht, als ich sie zu streicheln begann, und schließlich gelang es ihr auch, meinen Gürtel zu öffnen. Sie zerrte und zog, und plötzlich fühlte ich mich frei und ungehindert von den beengenden Kleidern, spürte die kühle Luft um mich herum und hielt den Atem an. Dann schlossen sich ihre Finger um mich, und unsere Lippen vereinigten sich wieder, und wir stöhnten ineinander hinein.

Ohne uns loszulassen, ließen wir uns nach hinten sinken, bis wir auf der Seite lagen. Wir bearbeiteten uns gegenseitig rhythmisch mit der Hand. Ich drang immer tiefer in ihr feuchtes Inneres ein, während sie die lose Haut über mein hartes Glied bewegte. Seit dem ersten Kuß war kein Wort mehr gefallen. Ich war froh, denn ich hätte nicht gewußt, was ich hätte sagen sollen.

Unter größter Überwindung ließ ich sie einen Augenblick los, zog die Hand aus ihrem Röckchen, griff darunter und zog ihr den Slip zu den Knien runter. Blind vor Verlangen legte ich mich auf sie.

Ihr Atem stockte mitten im Seufzer. Ihre weit aufgerissenen, gespenstischen Augen waren ausdruckslos wie Stahlmurmeln, aber auf ihren Gesicht spiegelte sich blankes Entsetzen.

»Nein! Gabe, hör auf! Wir dürfen das nicht tun, Gabe! Bitte, hör auf!« Sie stieß mich von sich und begann mit den Handflächen, dann mit den Fäusten gegen meine Schultern zu trommeln.

Erschrocken und verwirrt ließ ich von ihr ab. »Was? Ich ... was ist los?« Es war nicht gerade meine brillanteste Rede, aber ich steckte bis zu den Haarwurzeln in männlichen Hormonen und ihr abrupter Sinneswandel war zuviel für das bißchen Verstand, das mir noch verblieben war. Noch vor wenigen Sekunden hatte sie sich vor Verlangen gewunden. Trotz meiner Unerfahrenheit wußte ich, daß sie sich nicht verstellt hatte. Jetzt benahm sie sich, als hätte sie einen Werwolf gesehen.

»Es ist nicht richtig. Wir dürfen das nicht tun. Es tut mir leid, Gabe. Ich kann einfach nicht.« Sie setzte sich auf, zog ihren Slip wieder hoch, verbarg ihre nackten Brüste wieder im BH und knöpfte die Bluse zu – all dies geschah so schnell, daß mir unser gemeinsamer leidenschaftlicher Augenblick wie ein Traum erschien.

Ich brachte meine Kleider in Ordnung, was nicht ganz einfach war, da ich eine Erektion hatte, von der ich sicher war, daß sie nie vorbeigehen würde.

Sie stand auf. »Ich muß zurück.« Ihr Atem ging noch immer schwer. »Du wartest hier noch. Wir können nicht zusammen zurückgehen.« Ich fragte mich, weshalb, denn es war ja nicht wirklich etwas geschehen. Sie ging zur Tür und drehte sich nochmals um. »Es war nicht meine Absicht, Gabe. Ich ... ich kann einfach nicht.«

Dann war sie verschwunden.

Ich stand auf und stürzte zur Tür. Sie war nur noch als schemenhafte Gestalt zwischen den Bäumen zu sehen, dann verschwand sie zwischen ihnen und ließ mich mit nichts als einem tiefen Schmerz in den Lenden und ihrem Geruch an den Fingern zurück.

Ich brachte den Wagen vor meiner Wohnung zum Stehen, schaltete die Scheinwerfer aus und stellte den Motor ab. Ich blieb einen Augenblick sitzen und hörte den Geräuschen zu, die der Motor von sich gab, während er abkühlte. Dann stieg ich aus.

»Hallo Gabe.« Edna Tutt stand im Garten neben der Bronzegöttin.

»Jetzt erzählen Sie mir bloß nicht, Sie arbeiten um diese Zeit noch im Garten.«

»Nein, ich habe mich nur ein bißchen mit Flora unterhalten.« Sie tätschelte den bronzenen Hintern der Statue. »Aber sie sagt nicht viel. Möchten Sie noch auf eine Tasse Tee und ein Plauderstündchen hereinkommen?« In ihrer Stimme klang Melancholie an, ganz so, als ob sie diejenige war, die jemanden zum Reden brauchte. Ich hätte beinahe abgelehnt, aber was wäre mir geblieben, außer auf mein Zimmer zu gehen und die Decke anzustarren? Zum ersten Mal seit langem hatte ich das Bedürfnis nach Nähe.

»Sehr gern«, sagte ich.

Ich folgte ihr ins Haus. Sie trug einen taubenblauen Overall mit breitem Kragen und einem weißen Ledergürtel. Aus den Lautsprechern ertönte klassische Musik. Einen Fernseher hatte ich bislang nicht gesehen, aber ich war ja noch nie im oberen Stockwerk gewesen.

»Nehmen Sie Platz, ich bin gleich zurück.« Sie verschwand in der Küche, und ich hörte sie hantieren.

Ich setzte mich an den Klubtisch und blätterte durch eines ihrer dicken Bücher über Art-déco-Design. Es war voller Dinge, die ich von meiner Kindheit her kannte: Radios, Vasen und Möbel, die sich alle durch gerade Linien und Kreise, Bögen, unterbrochene Bögen und gezackte, blitzähnliche Motive auszeichneten. Es gab elegante Akte und langgezogene Tiere. Die vorherrschende Farbe war ein kräftiges, bronzefarbenes Grün. Im Architekturteil sah ich ein paar Gebäude – Überbleibsel aus einer Zeit, die den *Angelenos* so weit zurückzuliegen schien, wie den Londonern der Tower.

»Ich dachte, daß Sie das interessieren würde«, sagte Edna, die über meine Schulter hinweg das bizarre Gebäude mit den Reihen von runden Fenstern betrachtete.

Ich zeigte mit dem Finger auf den Gehsteig vor dem Gebäude. »Hier habe ich meine erste Verhaftung vorgenommen: eine Prostituierte mit Namen ›Babycake‹ – an ihren richtigen Namen kann ich mich nicht erinnern. Sie hatte ein ellenlanges Vorstrafenregister und war erst sechzehn.«

Edna stellte ein Tablett mit Gebäck auf den Tisch und ging wieder in die Küche. Kurz darauf kam sie mit einem Teekrug und Tassen zurück.

»Sechzehn«, sagte sie, während sie den Tee einschenkte. »Das ist wirklich tragisch. Die Welt ist voll von Tragödien. Manchmal muß man sich einfach zwingen, nicht daran zu denken, oder es bricht einem das Herz. Was geschah mit ihr?« Sie setzte sich und nahm ihre Tasse.

Ich gab Zucker in meinen Tee. »Sie machte es noch etwa zwei Jahre. Als Minderjährige schaffte sie es immer wieder zurück an ihre Straßenecke. Als sie dann älter war, stellte ihr Zuhälter immer Kaution für sie. Eines Nachts hat sie ein Freier zu Tode geprügelt.«

Sie schloß die Augen und schüttelte resigniert den Kopf. »Wie gräßlich. Ich hasse es, immer wieder dieselben Worte zu gebrauchen: gräßlich, schrecklich, tragisch, aber es gibt so wenig Worte und so viel Unheil. Ich lebte vor langer Zeit ein paar Jahre an der Westküste. Da gab es einige rauhe Gegenden, aber nicht so wie heute. Damals waren Drogen noch nicht allgegenwärtig. Die Ausreißer waren meist Mädchen aus dem Süden oder Mittleren Westen, die zum Film wollten. Man setzte Kinder nicht einfach aus oder ließ sie davonrennen.« Sie schaute mich unter ihren blonden Stirnfransen hindurch an und lächelte ein bißchen traurig. »Oder verschönere ich die Vergangenheit einfach? Bilde ich mir bloß ein, daß alles besser was, als ich jung war?«

»Ich denke, Sie haben recht«, sagte ich. »In L. A. ist es viel schlimmer als vor dreißig Jahren, als ich dorthin zog. Aber die Stadt ist natürlich auch gewachsen. Dazu kommen Drogen, illegale Einwanderung, Wirtschaftskrise – da spielen unzählige Faktoren mit. In den Großstädten überall im Land ist es dasselbe. In manchen ist es sogar noch schlimmer. Sie haben wahrscheinlich die richtige Entscheidung getroffen, als Sie hierherkamen.«

»Oh, dem Bösen kann man nicht entrinnen«, sagte sie. »Monticello ist eine friedliche, langweilige, ruhige Stadt, aber sie hat ihre Geheimnisse.«

»Das hat jede Stadt«, stimmte ich ihr zu.

»Gabe, ich möchte nicht, daß Sie glauben, ich sei neugierig. Ich möchte mich nicht in Ihre Angelegenheiten mischen, aber es ist nur, daß... Ich mag Sie, und Sie scheinen ein sehr unglücklicher Mensch zu sein. Ich habe das Gefühl, Ihnen ist etwas Schreckliches widerfahren und Sie sind an den Ort, aus dem Sie stammen, zurückgekehrt, um Abschied zu nehmen. Das sollte nur jemand tun, der alt ist und bereit, zu sterben. Möchten Sie darüber sprechen?«

Normalerweise verschloß ich mich in solchen Situationen immer. »Sie müssen sich meine Probleme nicht anhören.«

»Natürlich muß ich das nicht. Aber vielleicht sollten Sie darüber sprechen. Sie sind noch jung, Gabe, selbst wenn Sie sich jetzt nicht so fühlen, und Sie sind ein gutaussehender Mann. Wenn man alles in sich hineinfrißt, wird es nur schlimmer. Manchmal hilft es, darüber zu sprechen und Dinge, die sich nicht ändern lassen, ins rechte Licht zu rücken.«

Sie gab nicht einfach Platitüden von sich, sondern sprach mit echter Anteilnahme. Sie strahlte menschliche Wärme aus, von der ich vergessen hatte, daß sie überhaupt existierte, und da wußte ich, daß ich mich dieser Frau anvertrauen wollte, daß ich es *mußte*. Ich begann langsam, zögernd, aber ich sagte alles, zuerst stockend, dann wie ein Wasserfall, schließlich fast gelassen.

»Es war mein Partner... er war... nein, es begann mit Rose, meiner Frau, und mit dem Trinken, und...«

»Nehmen Sie sich Zeit, Gabe«, sagte Edna und schenkte mir Tee nach. Ich hatte nicht einmal gemerkt, daß ich getrunken hatte. »Beginnen Sie ganz am Anfang, bevor die Schwierigkeiten anfingen. Das macht es leichter.«

Ich nahm einen Schluck Tee und lehnte mich zurück. »Gut. 1964 zogen wir nach L. A. Ich habe nie herausgefunden, weshalb, aber ich glaube, mein Vater hatte Streit mit dem alten Cohan. Mein Vater war Buchhalter bei Cohan Chemical. Jedenfalls zogen wir dorthin, und er fand einen guten Job in einer Chemiefirma, aber er begann zu trinken, das hatte er vorher nicht getan. Und meine Mutter auch. Es brachte sie schließlich beide um. Vater stürzte mit dem Wagen über die Klippen ins Meer, als ich neunzehn war. Man sagte, es sei ein Unfall gewesen, und die Versicherung zahlte, aber ich wußte daß es anders gewesen war.

Mutter trank nur noch mehr und zog sich zurück. Sie starb, als ich in der Army war.«

Edna schwieg. Sie wußte, daß ich noch nicht beim schlimmen Teil angelangt war.

»1967 ging ich zur Armee. Polizeiarbeit interessierte mich, also meldete ich mich zur Militärpolizei. Ich wußte, das würde mir nachher im zivilen Polizeidienst Vorteile verschaffen. 1968 kam ich nach Vietnam, wo ich Rose, meine Frau, kennenlernte.«

»Ihre Frau war Vietnamesin?«

»Ja. Rose Nguyen. Sie war Katholikin und in einem Kloster aufgewachsen; deshalb der Vorname. Sie war Sekretärin im Hauptquartier und immer dort, wenn ich zum Rapport mußte. Sie war die schönste Frau, die ich jemals gesehen hatte. Sie hatte ein Lächeln wie Sie.«

»Vielen Dank«, meinte sie.

»Ich ließ meine Beziehungen spielen, und nach ein paar Monaten wurde ich ins Hauptquartier versetzt. Wir heirateten, kurz bevor ich in die Staaten zurückversetzt wurde. Die Army sah das nicht gern, aber sie konnten es nicht verhindern. Einige Jungs in meinem Haufen sagten, vietnamesische Frauen heirateten die Soldaten nur, um in die Staaten zu kommen und das Bürgerrecht zu erhalten.«

»Ich nehme an, es gibt immer Leute, die so etwas sagen.«

»Nun, da liegen sie falsch«, sagte ich aufgebracht. Ich quittierte den Dienst und ging direkt auf die Polizeiakademie. Rose arbeitete als Kellnerin. Die ersten Jahre waren hart. Wir arbeiteten beide und gingen gleichzeitig zur Schule, am Tag und manchmal auch nachts. Wir sahen uns kaum, aber schließlich war ich bei der Polizei, und sie machte die Ausbildung zur Lehrerin und unterrichtete die zweite Klasse. Wir arbeiteten hart, aber wir waren glücklich. Ich wurde befördert und erhielt mein Diplom, und Rose machte ihren Uniabschluß; sie stieg auf, ich sammelte ein paar Belobigungen. Es lief alles gut.« Ich verstummte.

»Es klingt nach einer guten Ehe«, sagte Edna. »Kinder?«

Es dauerte einen Moment, bis ich wieder sprechen konnte. »Nein, obwohl wir es versuchten und versuchten. Und dann fanden wir heraus, weshalb. Ein Tumor in den Eierstöcken.«

»O Gott«, flüsterte Edna.

»Wir versuchten alles: Chemotherapie, Bestrahlungen, aber es war zu spät. Am Ende verlängerte es bloß ihr Leiden. In den Monaten vor ihrem Tod sah sie aus wie ein KZ-Häftling.«

»O Gabe, das ist schrecklich.«

»Das war es«, sagte ich und wischte mir die Augen. »Das Verrückte daran war, daß sie es war, die mich trösten mußte, anstatt daß ich ihr beigestanden wäre. Es wäre Gottes Wille, sagte sie, und ich solle nicht um sie trauern. Sie sagte mir, ich solle wieder heiraten und all die Kinder kriegen, die uns nicht vergönnt gewesen waren.«

Ich schwieg ein paar Minuten lang und trank Tee. Edna drängte mich nicht.

»Wie dem auch sei, mein Partner, Murray – über Murray muß ich Ihnen ein anderes Mal erzählen –, Murray war wie ein Fels in der Brandung. Ohne ihn hätte ich es nie geschafft. Manchmal saß ich wie ein Zombie neben ihm im Wagen, und er arbeitete für uns beide. Ich dachte, mit der Zeit würde ich darüber hinwegkommen, aber es ging nicht. Ich konnte Rose nicht vergessen.

Ich schaffte es schließlich, so zu tun, als sei alles wieder in Ordnung. Ich verstellte mich, ging mit den Jungs aus und lachte, aber wenn ich nach Hause kam, alleine, war es unverändert. Eines half, und das war Trinken. Jede Nacht trank ich mich in den Schlaf. Zumindest konnte ich schlafen.

Eine ganze Weile hatte es keine Auswirkungen auf meine Arbeit. Es gab jede Menge verkaterte Morgen, aber ich machte meinen Job. Manchmal, wenn es hart auf hart ging, half es, sich mies zu fühlen, wenn man sich mit den Gangs herumschlagen mußte. Ich wurde nicht mehr befördert, und die Belobigungen wurden seltener, aber das war mir eigentlich egal.

Es geschah nicht von einem Tag auf den anderen, aber nach einer Weile begann ich, während der Arbeit zu trinken. Nicht immer, aber manchmal, wenn es galt, einen speziell harten Tag durchzustehen. Dann geschah es immer öfter, schließlich jeden Tag.

Murray deckte mich. Er erfand Ausreden und machte meine

Arbeit mit.« Ich hielt inne und fuhr dann fort: »Er muß mich wirklich gern gehabt haben, denn ich ruinierte auch seine Karriere, und er hielt noch immer zu mir. Das ging jahrelang so. Wenn ich jetzt daran denke, kann ich es kaum glauben.«

»Wir sind uns häufig selbst fremd, Gabe«, sagte Edna, und ihre Augen bekamen einen schimmrigen Glanz.

»Eines Tages dann waren wir hinter einem Kerl her, der wegen drei Banküberfällen gesucht wurde. Es war bloß eine routinemäßige Befragung seiner Frau. Wir waren in jenem Monat schon drei-, viermal bei ihr gewesen. Sie hatte ein kleines Haus in South Central. Wir parkten wie gewöhnlich am Straßenrand. Murray ging alleine zur Tür. Ich blieb im Wagen, weil es schon spät am Nachmittag war und ich nicht mal mehr sprechen konnte.«

Sie wußte natürlich, was als nächstes kam, aber das machte es mir nicht leichter.

»Dieses Mal war der Typ zu Hause. Er erschoß Murray durch das Fliegengitter hindurch mit zwei Schüssen ins Gesicht. Ich stieg aus dem Wagen – oder fiel vielmehr hinaus –, ließ beinahe die Waffe fallen, als ich sie zog. Der Kerl kam herausgerannt und schoß zweimal auf mich. Ich wurde einmal getroffen, bemerkte es aber gar nicht. Sein Wagen stand auf der anderen Straßenseite, er setzte sich hinein und raste davon. Ich schoß mein Magazin leer und traf ihn aus purem Zufall in den Hals. Etwa zwei Blocks weiter knallte er in die Leitplanke. Als er im Krankenhaus ankam, war er tot.

Es muß ein richtiges Spektakel gewesen sein, als die Streifenwagen ankamen und ich mit Murray auf meinem Schoß dasaß und heulte wie ein Baby – nicht gerade ein Bild, wie man es in den Abendnachrichten sieht. Ich war über und über mit seinem Blut bedeckt, so daß niemand bemerkte, daß ich ebenfalls angeschossen war, nicht einmal ich selber.«

Ich schaute zu Edna und fragte mich, ob sie jetzt, da sie wußte, was für ein Mensch ich war, noch immer so nett und einfühlsam sein würde.

»Dieses Mal war niemand da, der mir sagte, es sei Gottes Wille. Das Police Department kehrte alles unter den Teppich. Sie hatten sowieso schon eine schlechte Presse gehabt. Ich hatte den Täter erschossen, und er hatte einiges auf dem Kerbholz; alles Gewaltverbrechen. Dazu waren keine Unbeteiligten zu Schaden gekommen. Aber sie wußten, was geschehen war, und sie hatten genug von mir.

Das hatte ich ebenfalls. Ich versuchte, mich in der ersten Nacht umzubringen und über die Klippe hinauszufahren, wie mein Vater. Aber er hatte den Mut dazu gehabt, ich nicht. Ich versuchte es noch ein paarmal, aber machte immer wieder einen Rückzieher. Das letzte Mal war am Tag, als ich hier ankam. Ich werde es wohl früher oder später wirklich tun.«

»Gabe, ich verstehe Ihren Schmerz«, sagte Edna. »Sich selbst zu hassen ist am schlimmsten, weil es niemanden gibt, der Ihnen vergeben kann. Aber Ihr Gewissen hat Ihnen jeglichen Sinn für Proportionen geraubt. Ihre Frau muß ein wunderbarer Mensch gewesen sein und Ihr Partner war ein guter, loyaler Mann, aber die Welt ist ein grausamer Ort, denn keiner verläßt ihn lebend. Sie sind so mit sich selbst beschäftigt, daß Sie denken, Sie seien für alles verantwortlich. Es liegt nicht so viel in unserer Hand, glauben Sie mir.«

»Gott mag für Rose' Tod verantwortlich sein«, sagte ich trocken, »aber Murray habe ich auf dem Gewissen. Ich habe ihn umgebracht.«

»Nein, Gabe. Ein Killer hat ihn umgebracht. Glauben Sie, Sie hätten ihn retten können, wenn Sie nüchtern gewesen wären? Erschossen, ohne Vorwarnung, bei einer Routinebefragung? Jeden Tag kommen Polizisten um, und es geschieht immer so schnell, daß es vorüber ist, bevor überhaupt jemand weiß, was geschah.«

»Ich hätte bei ihm sein sollen. Man läßt seinen Partner nie allein zu einem möglichen Versteck gehen, nicht wenn es um einen Gewalttäter geht. Er tat es, weil er nicht wollte, daß ich mich oder das Police Department blamiere – nicht einmal vor der Frau eines kleinen Ganoven.«

»Es war seine Entscheidung. Wenn es Sie getroffen hätte, wäre vielleicht er derjenige mit den Selbstmordabsichten. Wir wissen es nicht. Ich weiß, daß ich . . . ach, vielleicht erzähle ich Ihnen das ein andermal.«

Wenn ich sie gedrängt hätte, hätte sie mir ihre Geschichte vielleicht erzählt, aber ich war plötzlich hundemüde. Ich stand auf und sagte: »Vielen Dank fürs Zuhören, Edna. Wollen Sie mich noch immer als Untermieter?«

Sie schenkte mir wieder ihr wunderbares Lächeln. »Aber natürlich, Gabe. Und denken Sie nicht, Sie seien darüber hinweg. Halten Sie es nicht fest, als sei es ein Schatz. Sie sind zu jung, um daran zu verzweifeln«, sagte sie. »Lassen Sie es nicht eine alte Sünde werden.«

»Eine alte Sünde?«

»Meine Mutter hat das immer gesagt. Sie war sehr religiös. Eine alte Sünde ist etwas, das begraben, aber nie vergeben oder vergessen wurde. Es ist das tödlichste auf der Welt, und es läßt sich niemals begraben. Es kommt immer wieder zurück. Meine Mutter sagte immer, es zerstört den Sünder, weil er sich von Gott abgewendet hat. Versuchen Sie besser, damit zu leben. Geben Sie sich eine Chance.«

Sie erhob sich und begleitete mich zur Hintertür. »Aber Sie müssen mir versprechen, daß Sie zu mir kommen, bevor Sie sich etwas Schreckliches antun oder wieder mit dem Trinken anfangen.«

»Ich verspreche es Ihnen«, erwiderte ich.

Sie legte eine Hand auf meine Schulter. »Gute Nacht, Gabe.«

Sie stellte sich auf die Zehenspitzen und küßte mich flüchtig auf die Wange. Es war mein zweiter Kuß diese Nacht. Ich ging nach draußen, und sie schloß die Tür hinter mir.

Ich ging zur Garage, die Treppe hoch und in mein Zimmer. Als ich mich auszog, realisierte ich, daß es mir tatsächlich besserging. Edna besaß diese seltene Wärme und das Einfühlungsvermögen, die den Schmerz anderer Menschen aufsaugen wie ein Schwamm. Ich hatte keine Ahnung, was es sie kostete, aber einfach war es bestimmt nicht.

Ich wollte eben die Nachttischlampe ausknipsen, als ich den gefalteten Zettel auf dem Boden bei der Tür sah. Jemand hatte ihn unter der Tür hindurchgeschoben, und ich hatte ihn nicht be-

merkt, als ich hereingekommen war. Ich hob ihn auf und faltete ihn auseinander, während ich zurückging. Ich setzte mich aufs Bett und las den einen Satz.
Morgen nacht um zehn im Bootshaus.
Er war nicht unterschrieben, aber das brauchte es auch nicht.

6

Am nächsten Morgen schlief ich aus. Es war beinahe zehn Uhr, als ich aufstand, mir das Gesicht wusch und die Zähne putzte. Ich konnte mich kaum erinnern, wann ich das letzte Mal so gut geschlafen hatte. Ich zog meine neuen Joggingschuhe an und verließ das Haus.

Von Edna war nichts zu sehen, und ich hörte auch keine Musik. Ich ging Richtung Süden am Cohan-Anwesen vorbei, schlug eine zügige Gangart an und verschärfte dann kontinuierlich das Tempo bis zu einem regelmäßigen Trab. Jenseits der Poplar Street fiel die Straße dann scharf gegen den Fluß hinunter ab, und abwärts ging es ganz gut.

Am Fuß des Hügels bog ich nach rechts ab und rannte am Fluß entlang, und schon bald begann ich zu schwitzen. Es war lange her, seit ich das letzte Mal so etwas getan hatte. Nach etwa einer halben Meile hörten die Häuser langsam auf. Auf der anderen Seite des Flusses lag das Gebiet, das wir Skinnertown nannten, eine Ansammlung von heruntergekommenen Häusern, Hütten und Wohnwagen. Inmitten verrosteter Autos, weggeworfener Kühlschränke und zerlegter Motorräder glänzte ein klassischer Airstream-Wohnwagen. Skinnertown war nach den Skinners benannt, einer Familie von Ganoven, die seit Generationen in Monticello hausten. Die Skinner-Kinder waren diejenigen, mit denen zu spielen uns immer von den Eltern verboten worden war.

Als ich etwa eine Viertelmeile hinter Skinnertown war, ging mir die Puste aus. Die Muskeln in meinen Oberschenkeln brannten, und ich wußte, die Knie würden mich höllisch schmerzen. Ich fühlte mich dennoch gut.

Zurück in meinem Zimmer duschte und rasierte ich mich und machte dann einen Anruf, den ich hinausgeschoben hatte. Ich wühlte in meiner Brieftasche nach der Karte und wählte dann die Nummer.

»Carson Investigations.« Es war eine Frauenstimme.

»Könnte ich bitte Kit sprechen? Sagen Sie ihm, es ist Gabe Treloar.«

»Einen Moment, bitte.« Es dauerte eine Weile, und im Hintergrund war Stimmengewirr zu hören, dann war eine männliche Stimme in der Leitung.

»Gabe? Wo zum Teufel bist du? Ich hatte dich schon vor ein, zwei Tagen erwartet.«

Randall »Kit« Carson war Cop in L. A. gewesen, und wir hatten über die Jahre ziemlich viel zusammen gearbeitet. Er war etwa zehn Jahre älter als ich und vorzeitig in Pension gegangen, um als Privatdetektiv für einen alten Freund aus *seinen* alten Tagen zu arbeiten. Jetzt gehörte ihm die Agentur, und er hatte den Kontakt mit L. A. nie abbrechen lassen. Er fand, man hätte mich zu hart angefaßt, und hatte mich angerufen und mir einen Job angeboten. Ich hatte keine anderen Aussichten, und so nahm ich sein Angebot mehr oder weniger halbherzig an.

»Ich habe einen kleinen Abstecher gemacht, Kit. Ich bin in Monticello. Das liegt im Polk County, etwa sechzig –«

»Ich weiß, wo Monticello liegt. Was tust du dort?«

»Ich bin dort aufgewachsen. Ich hatte mich spontan entschlossen, hierherzukommen, und jetzt haben sich einige Dinge ergeben, die etwas Zeit brauchen.« Etwas dürftig, dachte ich mir, aber er war bisher ganz gut ohne mich ausgekommen. Es war ja nicht so, daß er vereinsamte.

»Eine Reise in die Vergangenheit? Gut, wann kannst du also hiersein?«

»Ich bin mir nicht sicher. Vielleicht in ein paar Wochen.«

Er schwieg einen Moment. »Ist alles in Ordnung? Du bist doch nicht etwa in Schwierigkeiten?«

»Nein, nein, nichts dergleichen. Es ist nur ... es gibt da ein paar Dinge, die ich zuerst erledigen muß. Geht das in Ordnung?«

»Klar. Es ist ja nicht so, daß du mich um Erlaubnis fragen mußt.«

»Es ist wegen . . . ich will nicht, daß du denkst, ich wüßte dein Angebot nicht zu schätzen oder daß ich unzuverlässig bin. Es wird nicht lange dauern.«

»Okay. Der Job gehört immer noch dir. Brauchst du Geld? Ich könnte dir etwas vorschießen.«

»Nein, kein Problem. Aber vielen Dank, ich weiß dein Angebot zu schätzen.«

»Also gut. Melde dich wieder, Gabe. Ruf an, wenn du weißt, wann ich mit dir rechnen kann.«

Wir legten auf, und als ich aufblickte, sah ich Edna die Straße überqueren und zum Briefkasten gehen, der auf der anderen Seite stand. Sie warf einen großen Umschlag ein und kam zum Haus zurück. Ich dachte, ich hätte sie zu meinem Fenster hinaufschauen sehen. Sie sah irgendwie traurig aus.

Aber ich dachte an die kommende Nacht und wie ich die Zeit bis dahin wohl totschlagen sollte. Es würde ein langer Tag werden.

Ich wollte mit niemandem sprechen und wanderte ziellos umher. Ich suchte einige Stätten aus meiner Jugend auf, sah Dinge, die längst Vergessenes wieder wachriefen, belanglose Begebenheiten aus der Kindheit, einige nicht ganz so belanglose.

Irgendwie brachte ich den Tag hinter mich, und ich fragte mich, weshalb ich mich wie ein liebeskranker Teenager benahm und fühlte. Ich war ein erwachsener Mann mit einiger Erfahrung, der sich mit einer dreimal verheirateten Frau traf, und an uns beiden war das Leben nicht gerade spurlos vorbeigegangen. Vielleicht, dachte ich, benahm ich mich wie einer jener jungen Erwachsenen, die wieder zu ihren Eltern zurückkehren und sich plötzlich wieder in nörgelnde, launische Teenager verwandeln. Ich war nach Hause zurückgekehrt, und es war, als hätte es die letzten dreißig Jahre nie gegeben, und ich wäre wieder der linkische, unerfahrene Teenager von damals. Und ich wollte die Beziehung zu Lola wieder dort aufnehmen, wo sie einst abgebrochen war.

Ich hatte das Bedürfnis, mit Edna darüber zu sprechen, aber

sie war meine Vermieterin und nicht mein Psychiater. Außerdem wollte ich eigentlich mit gar niemandem sprechen. Nur mit Lola.

Das Grundstück der Cohans am See war von einer hohen Mauer mit schmiedeeisernem Tor umgeben, und ich fragte mich, ob ich wohl darüberklettern mußte. Ich stieg aus dem Plymouth, ging hinüber zum Tor und richtete meine Taschenlampe darauf. Es war abgeschlossen und sah aus, als sei es den ganzen Sommer über nie offen gewesen. Sollte ich etwa warten, bis sie kam und mich hereinließ? Irgendwie wußte ich, daß das falsch war.

Ich erinnerte mich an das Vogelschutzgebiet gleich neben dem Grundstück, durch das, nur etwa hundert Meter vom Tor entfernt, ein Weg zum Seeufer führte. Ich fuhr bis ans Ende der Mauer und parkte den Wagen auf dem Gras. Ich stellte den Motor ab und schaltete die Scheinwerfer aus, nahm die Taschenlampe und stieg aus. Es war still, bis auf den Wind, der durch das hohe Gras strich, und die nächtlichen Geräusche: Insekten, Frösche, die eine oder andere Eule.

Ich knipste die Taschenlampe an und fand den Weg gleich. Er war noch immer gut markiert, und der Mond schien hell genug, so daß ich die Lampe ausschalten konnte, die, wie mir schien, die Atmosphäre des Ortes verletzte. Meine Füße kannten den Weg. Ich hatte feuchte Hände und ein Flattern im Magen.

Unter den Bäumen war es dunkel, aber ich schaltete die Lampe trotzdem nicht ein. Die Geräusche waren jetzt näher, und es roch modrig. Die verfaulten Blätter, die den Pfad bedeckten, dämpften meine Schritte. Irgendwie war ich mir sicher, daß ich nicht gegen einen Baumstamm oder einen Ast laufen würde. Mondlicht drang jetzt wieder in winzigen Strahlen durchs Geäst, dann trat ich aus dem Wald heraus, und der See lag vor mir.

Ich ging nach rechts, dem Seeufer entlang. Der Kies knirschte leise unter meinen Füßen. Die Reihe von Bäumen, an die ich mich erinnert hatte, war verschwunden, und man konnte den Rasen sehen, der leicht zum Sommerhaus hinauf anstieg. Nirgends war ein Licht zu sehen. Ich fragte mich, ob sie sich vielleicht einen schlechten Scherz mit mir erlaubt hatte.

Dann tauchte das Bootshaus vor mir auf. Der Geruch von Teer und Moos begrüßte mich wie ein alter Freund. Ich ging die Stufen zum Eingang hoch und drückte die Türklinke. Die Tür ließ sich problemlos öffnen, und ich ging hinein. Das große Tor zum See hinaus war offen, und ein Boot lag an der Mole. Es war natürlich nicht mehr dasselbe wie damals. In der Luft hing schwach der Geruch von Auspuffgasen. Dann bemerkte ich einen anderen Geruch.

»Gabe?« Hinter dem Boot sah ich schemenhaft ihre Umrisse. Sie lachte, und das mädchenhafte Gekicher stockte und endete abrupt mit einem Seufzer. »Du wirst wohl zu mir kommen müssen, Gabe. Ich bin blind hier drinnen. Du weißt doch, meine Pupillen erweitern sich nicht.«

Ich stellte die Taschenlampe auf den Boden und ging um den kleinen Ankerplatz herum, und da stand sie vor mir. Sie trug etwas Helles, und ihre sonnengebräunte Haut war wie ein Schatten. Ich legte meine Hände auf ihre Hüften, und sie ergriff meine Arme. So hielten wir uns abwartend auf Distanz.

»Wieso hast du mich den ganzen Weg hierher gehen lassen?« fragte ich, bemüht, meine Stimme nicht zittern zu lassen.

»Ich wollte sehen, ob du dich noch erinnern kannst, und ich wollte es dir nicht zu einfach machen.« Sie versuchte, gelassen zu bleiben, aber ihre Stimme klang etwas belegt.

»Ich habe nichts vergessen. Und das alles ist ganz und gar nicht einfach.« Ich zog sie an mich, und sie legte ihre Arme um mich und hob den Kopf. Wir küßten uns, ließen dann für einen Augenblick voneinander ab, und ich schaute, ob die Kissen diesmal auch auf der Bank lagen. Sie lachte wieder, dieses Mal etwas kehliger.

»Wir haben jetzt etwas Besseres. Komm.« Sie nahm mich bei der Hand, führte mich zum Boot und tastete mit dem Fuß nach der Reeling. Ich stieg hinunter aufs Deck, faßte sie bei der Taille und hob sie sanft zu mir herunter. Dann waren wir wieder eins im fahlen Mondlicht, das sich durch das Tor des Bootshauses ergoß.

Es war nichts mehr von der Unbeholfenheit von damals zu spüren. Jetzt waren wir erwachsen und hatten beide mehr als nur ein paar Meilen auf dem Tacho. Ihr Kleid glitt zu Boden. Sie knöpfte mein Hemd auf. Zwischen uns war nichts mehr als Luft, und dann auch das nicht mehr. Sie war jetzt eine richtige Frau und nicht mehr der Teenager aus meiner Erinnerung. Die einstmals runden, harten Brüste waren voll erblüht und lagen schwer in meiner Hand, und ihr Bauch wölbte sich jetzt sanft. Ich ließ meine Hände über ihre Hüften gleiten und umfaßte ihre Pobakken. Sie waren fest und straff.

»Keine sechzehn mehr, Gabe. Tut mir leid.« Sie befühlte die Unebenheiten, die meinen Rücken zierten.

»Du würdest erschrecken, wenn du mich bei Tageslicht sehen könntest«, sagte ich mit bebender Stimme. »Ich wurde sechsmal angeschossen. In Vietnam habe ich einen Granatsplitter abgekriegt. Einmal wurde ich niedergestochen.«

»Um so interessanter.« Sie lachte leise. »Ich will alles sehen, und zwar bald. Komm, wir haben viel zu lange darauf gewartet.« Sie schubste mich, und wir gingen in die Kabine.

Das Bett war größer, als ich mir vorgestellt hatte, roch angenehm und war herrlich weich. Sie setzte sich darauf und zog mich zu sich hinunter. Lola Cohan war wieder mein, wie sie es vor vielen Jahren für einen kurzen Moment schon einmal gewesen war. Das unbeholfene Fummeln und das verzweifelte Verlangen von Kindern, die in neue Körper und neue Gefühle hineinwuchsen, waren Vergangenheit. Wir vereinigten uns mit der Anmut und dem Selbstverständnis zweier sich seit langem Liebenden. Und vielleicht waren wir das auch – in unseren Gedanken.

Ohne angestrengte Herumturnerei und nur mit zärtlichster, liebevoller Heftigkeit brachten wir uns gegenseitig zu jenem Punkt, an dem Schmerz und Tod verschwinden und es nur noch Vollendung gibt. Zum ersten Mal seit mehr als zehn Jahren verwandelte sich in diesem letzten Augenblick, bevor ich in hilfloses Pulsieren und Zucken verfiel, die Frau unter mir nicht in Rose.

Als ich aufwachte, schaukelte und knarrte es. Für einen Moment war ich desorientiert, dann erinnerte mich der Geruch des Bootshauses daran, wo ich war. Auch Lola konnte ich ganz schwach riechen. Ich streckte meine Hand aus, aber sie war nicht da. Ich drückte auf den Knopf an meiner Uhr, und die Anzeige leuchtete auf: 3.30.

Ich stand auf und ging nach draußen, wo ich die kühle Morgenluft auf meiner Haut spürte. Keine Lola. Hatte ich alles geträumt? Dann hörte ich ein sanftes Plätschern am Heck, und ich ging nach hinten und beugte mich über die Reeling.

Sie war im Wasser, das Haar klebte ihr am Kopf, und sie hielt sich am Ruder fest. Sie schaute zu mir auf, lächelte, und ihre Zähne leuchteten weiß im Schatten.

»Was haben wir denn da, eine Wassernymphe?«

»Ich bin bis in die Mitte des Sees geschwommen«, sagte sie. »Ich habe das nicht mehr getan, seit ich zwanzig war.«

Sie reichte mir die Hand, und ich beugte mich hinunter und zog sie ins Boot; sie war naß und schlüpfrig wie eine Seejungfrau. Auf einer der seitlichen Bänke des Bootes lag ein Handtuch, und ich trocknete sie damit ab.

»Wie konntest du überhaupt etwas sehen?«

Da draußen, wo sich das Mondlicht im Wasser spiegelt, konnte ich sehen. Es war wundervoll.« Sie zitterte ein wenig, und ich nahm sie in die Arme. Das Frottieren wärmte sie langsam auf.

»Und was wäre, wenn jemand zufällig mit dem Boot draußen gewesen wäre und dich gesehen hätte?«

Sie zuckte die Schulter. »Was schon? Sie hätten mich hierher zurückgebracht oder irgendwohin, wo ich gesagt hätte.«

»Lola kriegt, was Lola will«, sagte ich.

»Genau so ist es.« Ihre Augen leuchteten geheimnisvoll, und sie hob den Kopf und leckte mich an der Kehle. Ich war sogleich wieder erregt, aber sie schob mich sanft von sich.

»Nein, Gabe. Es wird bald Tag. Wir müssen gehen, und ich will nicht, daß uns jemand zusammen sieht – noch nicht.«

»Warum?« fragte ich sie. »Es macht dir nichts aus, nackt mitten im See gesehen zu werden. Was ist so peinlich daran, mit mir gesehen zu werden?«

Sie legte die Fingerspitzen auf meine Brust. »Darum geht es

nicht, Gabe. Sei nicht verletzt. Es geschehen gerade Dinge ... in meiner Familie. Ich muß im Augenblick vorsichtig sein. Aber nicht mehr lange, das verspreche ich dir. Tu mir bitte den Gefallen, in Ordnung?«

Ich holte tief Luft. »In Ordnung.« Sie war bereits daran, sich anzuziehen. Langsam und zögerlich tat ich es ihr gleich. Wir umarmten uns nochmals und küßten uns ein letztes Mal.

»Nicht mehr lange, Gabe«, versprach sie.

Ich stieg vom Boot, ging zur Tür hinaus, die ich offenstehen ließ. Der Weg zurück am See entlang schien kürzer als vorhin, und ich war schon in den Bäumen, als ich an die Taschenlampe dachte. Aber ich brauchte sie sowieso nicht. Ich schwebte beinahe durch die Dunkelheit, als ob mir eine große Last abgenommen worden wäre. Ich fand meinen Wagen, wo ich ihn abgestellt hatte. Irgendwie waren meine Schlüssel noch immer in der Tasche, was eher Zufall war, da ich nicht daran gedacht hatte, als ich mich wieder angezogen hatte. Ich fuhr auf die Straße hinaus, schaltete das Licht ein, machte mich auf den Weg zurück in die Stadt.

Ich hatte vergessen, sie zu fragen, wieso sie damals so in Panik geraten war. Es schien nicht mehr wichtig zu sein.

Es war noch dunkel, als ich die Stadt erreichte. Es herrschte eine unwirkliche, geisterhafte Atmosphäre um diese Zeit. Alles war von den Straßenlampen hell erleuchtet, alles war komplett verlassen. Ich fuhr die Main Street in nördlicher Richtung entlang und bog nach Osten in die Poplar ein. Als ich wieder nach Norden in die Maple Street einbog, sah ich die Lichter: das surreale rot-blaue Blinken von Polizeifahrzeugen – einer ganzen Menge davon.

Unfall, sagte ich mir, Zusammenstoß, geborstene Wasserleitung, vielleicht ein Herzanfall. Aber ich spürte, daß es etwas Schlimmes sein mußte. Es waren so viele Fahrzeuge, daß ich nicht vor der Garage parken konnte. Ich stellte den Wagen weiter vorn am Straßenrand ab und stieg aus. Als ich näher kam, sah ich uniformierte Beamte in Ednas Haus gehen.

Wie immer in solchen Fällen hatten sich die Nachbarn auf der

Straße, dem Gehsteig und an den umliegenden Fenstern versammelt. Sie waren zerzaust, unrasiert oder in Lockenwicklern, in hastig übergeworfenen Kleidern. Sie sahen alle schockiert aus, als wären sie in einer anderen Welt. Ich ging zu einer Frau, die einen Bademantel über ihrem hageren Körper trug. In ihren dikken Brillengläsern spiegelten sich die blinkenden Lichter.

»Was ist geschehen?« fragte ich sie.

»Jemand hat gesagt, Mrs. Tutt sei ermordet worden, aber ich weiß es nicht. Die Polizei sagt nichts.« Sie fuhr sich mit der knochigen Hand an den Mund, ein Abbild ungläubigen Schocks.

Ich spürte ein Stechen im Magen. Ich brauchte mir nicht einzureden, daß sie sich irrte. Es mußte stimmen, bei all dem Chaos hier. Überall standen Fahrzeuge der Polizei und des County-Sheriffs, und in diesem Augenblick kamen mit heulenden Sirenen noch ein paar Wagen der Polizei des Staates. Im Hinterhof trampelten Beamte in braunen und blauen Uniformen überall in Ednas Garten umher, und für einen Moment packte mich die Wut – nicht nur wegen der Rücksichtslosigkeit, aber wegen des unprofessionellen Vorgehens der Kleinstadtbeamten. Sie vernichteten jegliche Spuren, die man eventuell hier draußen hätte finden können, und taten im Innern zweifellos dasselbe.

Ich fragte noch ein paar Nachbarn und erhielt dieselbe Antwort. Ich ging zum Garten, wo am meisten los war. Einige der Beamten musterten mich neugierig, aber niemand versuchte mich aufzuhalten. Ein Ereignis wie dieses geschah hier viel zu selten, als daß sie geübt im Umgang mit neugierigen Zivilisten wären. Ich sah einen kleinen Mann in Khaki-Uniform mit einem Klemmbrett in der Hand zur Hintertür herauskommen. Er machte ein grimmiges Gesicht und sah selbst in diesem unwirklichen Licht sehr bleich aus. Ich ging auf ihn zu. Er schaute zu mir auf, aber gab kein Zeichen des Erkennens.

»Mark?« sagte ich. »Mark Fowles? Ich bin Gabe Treloar, erinnerst du dich an mich? Ich habe hier in dem Haus gewohnt.«

Er hatte den leicht verblüfften Ausdruck von jemandem, der zu sehr in Gedanken versunken ist, um das Gehirn in Gang zu setzen. »Nein . . . hören Sie, ich habe hier alle Hände voll zu tun.«

»Ist es wahr? Ist Mrs. Tutt ermordet worden?«

Er blickte um sich und schaute mich dann verärgert an. »Hören Sie, ich kann jetzt nichts sagen. Sie gehen besser wieder raus.«

»Ich wohne hier. Ich meine, ich habe das Appartement über Ednas Garage gemietet.«

»Wen haben wir denn da, Mark? Der verlorene Sohn, der zurückgekehrt ist!«

Ich schaute auf und sah einen großen, bulligen Mann in blauer Uniform und einer altmodischen Koppel in der Tür stehen. Daran hatte er nichts außer einer Fünfundvierziger-Army-Automatik und ein Reservemagazin hängen. Er war mindestens einsfünfundneunzig, breitschultrig, schon etwas zur Korpulenz neigend, hatte blondes Haar, weiße Zähne und einen massiven Unterkiefer.

»Sein Name ist Gabe Treloar, Les. Hat früher mal in dem Haus gewohnt. Sagt, er hätte das Appartement über der Garage gemietet.«

Der massige Mann kam die Stufen herunter. »Ich bin Lester Cabell, der Polizeichef, und ich nehme nicht an, daß Sie in der Wohnung waren, als es geschah, denn wir haben nachgesehen und niemand war dort, als wir ankamen.«

»Ich bin um neun Uhr aus dem Haus gegangen. Ich bin eben erst gekommen. Hören Sie, ich bin ein Cop. Ich könnte Ihnen behilflich sein –«

»Da habe ich anderes gehört«, fiel mir Cabell ins Wort. »Ich bin gern auf dem laufenden, wer sich in meiner Stadt niederläßt. Sie haben L. A. etwas übereilt verlassen.« Er hatte mich für Ansel überprüft, kein Zweifel.

»Hören Sie«, sagte ich. »Ihre Leute vernichten alle Spuren, und es kommen immer mehr. Sie haben den Tatort nicht abgeriegelt, keiner der Beamten befragt eventuelle Zeugen, Sie –«

»Wir brauchen keine Hilfe, vielen Dank«, sagte Fowles verärgert.

»Oh, ich weiß nicht«, sagte Cabell und dehnte dabei die Worte. »Der Rat eines verdienten Beamten des Los Angeles Police Department kann vielleicht gar nicht schaden.«

Fowles zuckte die Schultern. »Deine Zuständigkeit.« Er

beugte sich vor und klopfte mir mit einer Ecke des Klemmbords gegen die Brust. »Aber ich will Sie in meinem Büro sprechen, sobald ich hier fertig bin. Gehen Sie also nirgendwo hin.«

»Ich habe nicht die Absicht.«

»Kommen Sie«, sagte Cabell. »Sagen Sie mir, was Sie von der Sache hier halten.« Er ging wieder hinein, wobei seine ausladenden Schultern fast den Türrahmen streiften, steckte sich eine große Zigarre in den Mund und zündete sie an.

Der Mehrzweckraum war ein einziges Durcheinander; die Waschmaschine und der Trockner waren offen, und überall auf dem Boden lag Waschpulver. Die Küche sah noch schlimmer aus. Alle Schränke waren leergeräumt, Behälter ausgeleert, Flaschen, Dosen und Gläser von den Regalen genommen und merkwürdig ordentlich auf die Anrichte gestellt worden.

»Haben Ihre Leute etwas angerührt?« fragte ich ihn.

»Nein. Es ist alles so, wie wir es vorgefunden haben.«

»Wer hat es gemeldet?«

»Mrs. Joseph von der anderen Straßenseite. Sie kann nachts nicht gut schlafen. Ihr Schlafzimmer geht zur Straße, und sie läßt im Sommer das Fenster offen. Sie hörte seltsame Geräusche, Gepolter, laute Schritte auf der Treppe, dann jemanden, der aus dem Haus gerannt kam, und dann, wie die Tür zugeschlagen wurde. Sie dachte, es wäre ein Einbrecher, da im Haus kein Licht brannte, und rief uns an.«

Wir gingen ins Wohnzimmer. Die Bilder waren von der Wand genommen, die Polster waren aufgeschlitzt, Möbelstücke umgeworfen worden. Die kleinen Statuetten standen fein säuberlich aufgereiht auf dem Boden und waren mit weißem Pulver bedeckt. Zumindest hatte jemand Fingerabdrücke genommen.

»Nur ein Mann?« fragte ich.

»Das war das einzige, was sie mit Sicherheit sagen konnte.«

»Hat sie einen Wagen gehört?«

»Sie hat nichts davon gesagt. Ich werde sie fragen.« Er zog an seiner Zigarre und stieß eine übelriechende Qualmwolke aus.

»Edna hatte etwas dagegen, daß in ihrem Haus geraucht wurde«, sagte ich absurderweise.

Er nahm die Zigarre aus dem Mund und betrachtete sie. »Ich

fürchte, es dürfte Edna nicht mehr groß interessieren, und wenn wir nach oben gehen, werden Sie froh sein um den Rauch.«

Auf dem Flur dasselbe ordentliche Bild der Zerstörung. Drei Cops in Uniformen der Stadt kamen die Treppe herunter. Sie waren bleich, und einer schwankte ein bißchen.

»Wenn ihr euch übergeben müßt, dann tut das gefälligst draußen«, sagte Cabell zu ihnen.

Ihre Füße machten seltsame Geräusche auf den Stufen, und ich sah genauer hin. Jede Treppenstufe war von der Setzstufe gelöst worden. Ich nahm ein Taschentuch, wickelte es mir um die Fingerspitzen und hob dann eine an. Sie gab etwa fünf Zentimeter nach. Man hatte sie nicht so weit aufgestemmt, daß man hätte hineingreifen können, aber genug, um mit einer kleinen Taschenlampe hineinzuleuchten. Ich holte tief Luft und ging die Treppe hoch.

Das geschwungene Treppengeländer war auf Fingerabdrücke untersucht worden. Oben auf dem Treppenabsatz lag der aufgerollte Teppich, der entfernt worden war, um unter den Stufen nachzusehen. Zur Rechten lag der Raum, der einst, vor Jahren, mein Zimmer gewesen war. Hier hatte Edna trainiert. Sie hatte keine teuren Maschinen, nur eine Matte, ein paar einfache Geräte und einige kleine Hanteln, keine davon schwerer als fünf Pfund. Im Zimmer stand auch eine Stereoanlage mit großen Lautsprechern; nicht viel, das man hätte demolieren können. Die Lautsprecherboxen waren aufgeschraubt, die Schallplatten aus ihren Hüllen genommen und zusammen mit den CDs auf die Matte gelegt worden.

»Hier drinnen«, sagte Cabell, der in der Tür zum ehemaligen Schlafzimmer meiner Eltern stand.

Selbst zwanzig Jahre Berufserfahrung können einen nicht gegen den unvorstellbaren Horror, die Furchtbarkeit des Ganzen wappnen, wenn es sich um jemanden handelt, den man kennt und den man gern gehabt hat. Im Zimmer stand ein Fotograf, der Bilder schoß, und ein älterer Mann in weißem Kittel kauerte neben dem Bett, auf dem Edna Tutt lag.

Sie war nackt und lag wie ein X mit ausgestreckten Armen und Beinen auf dem blutdurchtränkten Bettzeug. Im Mund hatte sie einen Knebel. Ihre Augen waren unnatürlich weit aufgerissen und, so schien es mir, starrten mich an – flehten mich an, ihr zu helfen. Der Geruch war so schlimm, daß ich, wie Cabell vorausgesagt hatte, dankbar für den Rauch war. Ich schloß die Augen, atmete ein paarmal tief durch und zwang mich, meine Gefühle auszuschalten und hinzusehen.

Edna war aufgeschlitzt worden. Die Wunde begann beim Brustbein und verlief, immer schmäler werdend, bis zum Unterleib. Sie zeigte wie ein Pfeil auf das Schambein, wo ihr Haar trotz des vielen Blutes tiefschwarz schimmerte. Ich erinnerte mich wieder, daß ihre Augenbrauen nicht ganz zu ihrem Kopfhaar gepaßt hatten. In ihren Oberschenkeln klafften tiefe Wunden, und mit all dem Blut war es unmöglich, zu sehen, was zwischen ihnen lag.

Ihr ganzer Körper war mit dreieckigen Brandwunden übersät. Nur ihr Gesicht war unversehrt, obwohl der Knebel blutdurchtränkt war. Wahrscheinlich hatte sie sich während der Folterung auf die Zunge gebissen. Der Mann im weißen Kittel besah sie sich und murmelte dabei unverständlich in ein winziges Diktiergerät.

»Was können Sie mir sagen, Doc?« fragte Cabell.

Der Mann schaute auf und blinzelte bedrückt hinter seinem massiven Brillengestell. »Nichts Genaues, bevor ich nicht eine gründliche Autopsie vorgenommen habe. Aber ich denke, daß der Tod durch Ersticken eingetreten ist, vermutlich durch Blut von der Zunge, auf die sie sich gebissen hat, oder durch Verschlucken der Zunge. Bevor sie starb, wurde sie mit einem glühenden Gegenstand, der charakteristische Brandwunden verursacht hat, gefoltert.«

»Lötkolben«, sagte ich. »Die Brandwunden stammen von einem Lötkolben.«

Der Gerichtsmediziner schaute mich wortlos an, hob seine Augenbrauen.

Der Chief klopfte mir auf die Schulter. »Dies ist mein Kollege, Mr. Gabe Treloar. Er unterstützt mich bei der Untersuchung des Falls. Mr. Treloar, das ist Doc Appelhof, Gerichtsmediziner des County und Chefchirurg am Polk County General Hospital. Fahren Sie fort, Doc.«

»Die schwereren Verletzungen wurden ihr höchstwahrscheinlich erst nach Eintritt des Todes zugefügt, und das ist alles, was ich zu diesem Zeitpunkt zu sagen habe.« Er sprach mit leichtem deutschem Akzent.

»Das reicht fürs erste«, sagte Cabell. »Genug Stoff zum Nachdenken. Schicken Sie mir Ihren Bericht, sobald Sie damit fertig sind.«

Appelhof nickte knapp, wortlos.

»Genug gesehen, Mr. Treloar?« fragte mich Cabell.

»Ja.« Ich warf einen letzten Blick auf die Frau, die mich nicht gekannt, aber mehr als genug über mich gewußt hatte, und die die Güte in Person gewesen war. Das hatte sie nicht verdient.

Ich folgte Cabell die Treppe hinunter und durch die Vordertür auf die Veranda. Ich war überrascht, daß es schon hell war. Der Morgen war angebrochen. Die meisten Polizeifahrzeuge waren weggefahren. Nur einige wenige Nachbarn gafften noch. Cabell schnippte Asche auf den Rasen und setzte sich mit gekreuzten Beinen auf das Verandageländer.

»Okay, Treloar, schießen Sie los.«

»Stehe ich unter Verdacht?«

Er grinste. »Noch nicht, aber ich wiederhole, was Mark Ihnen gesagt hat: Gehen Sie nirgendwo hin. Ich versichere Ihnen, Sie würden nicht weit kommen.«

»Ich bleibe hier.«

»Gut. Haben Sie je in der Mordkommission gearbeitet, unten in L. A.?«

»Vier Jahre in Zivil«, antwortete ich, »aber praktisch schon vom ersten Tag an, frisch von der Polizeiakademie, hatte ich mit Mord zu tun.«

»Hier läuft alles ein bißchen ruhiger ab – entspannter. Wir hatten etwa zehn im ganzen County, seit ich Chief bin. Für gewöhnlich ist es ein Besoffener, der seine Frau zu Tode prügelt. Einmal hat ein Wagen voller Junkies auf dem Weg von Pittsburgh nach Indianapolis lange genug haltgemacht, um einen Drugstore auszurauben und den Besitzer zu töten; das war drüben beim College. Etwas wie das hier –« er schüttelte den Kopf und zuckte die Schultern »– ist neu. Lassen Sie mich einige

Überlegungen anstellen. Vielleicht können Sie mir ja sagen, wo ich falsch liege.«

»Schießen Sie los.« Ich nahm an, er hatte mich mit hineingenommen und mir Edna gezeigt, um meine Reaktion zu beobachten. Ich wußte nicht, was er für Schlüsse gezogen hatte, aber er forschte mich noch immer aus.

»Ich würde sagen, wir haben es hier mit Junkies zu tun. Die Leute brauchen Geld für ihre Drogen und sind zu allem fähig. Dieser Mann – nur denke ich mir, es waren mehrere – dachte, Mrs. Tutt hatte Geld, brach ein, fesselte sie und folterte sie mit einem Lötkolben ... sind Sie sicher, daß es ein Lötkolben war?«

»Ich habe diese Art von Wunden schon mal gesehen.«

»Er folterte sie mit dem Lötkolben und lockerte zwischendurch den Knebel, damit sie sprechen konnte. Aber das tat sie nicht, oder vielleicht konnte sie es nicht, und schließlich starb sie. Sie schlitzten sie auf, um sicherzugehen, daß sie nicht mehr lebte. Dann stellten sie das Haus auf den Kopf, als sie nach Geld suchten. Irgend etwas versetzte sie in Panik – das Telefon läutete, oder vielleicht dachten sie, es komme jemand –, und sie machten sich aus dem Staub. Wie klingt das?« Er zog an seiner Zigarre.

Ich sah, wie jemand an der Straßenecke mit dem Sheriff redete. Es war Sharon Newell, Lews Assistentin bei der Zeitung. Cabell folgte meinem Blick. »Ich will nicht, daß Sie dieser Frau auch nur das geringste darüber erzählen, was Sie da drinnen gesehen haben. Wenn Sie es trotzdem tun, finde ich einen Vorwand, um Sie einzubuchten.«

»Ich weiß, wer sie ist«, erwiderte ich. »Lew ist ein alter Freund von mir. Keine Angst, ich weiß, was zu tun ist.«

»Gut.«

»Es waren wahrscheinlich mehrere. Edna war nicht mehr jung, aber sie war in erstklassiger körperlicher Verfassung. Selbst wenn sie im Schlaf überrascht worden wäre, hätte sie sich heftig gewehrt. Sie wurde von mehr als einer Person überwältigt – oder von jemandem, der sehr stark ist. Ich denke, das Foltern und die Durchsuchung des Hauses liefen gleichzeitig an. Sie wurde über eine lange Zeitspanne gequält, und das Haus wurde ziemlich gründlich auseinandergenommen. Ich glaube nicht, daß es möglich wäre, eines nach dem anderen zu tun, außer es war eine ganze Bande.«

»Halten Sie es für wahrscheinlich, daß es Junkies waren?«

Ich schüttelte den Kopf. »Für gewöhnlich verwüsten sie ein Haus, wenn sie nach Geld oder Drogen suchen.«

»Sieht ziemlich übel aus da drinnen«, meinte er.

»Das Haus wurde von jemandem durchsucht, der wußte, was er tat. Es wurden Dinge ausgeleert, die ausgeleert werden mußten – Pulver, Getreideflocken, Sachen, die man ausschütten mußte, um die Behälter schnell zu durchsuchen. Alles andere wurde ordentlich und gründlich ausgeräumt. Die Treppenstufen wurden nur so weit aufgestemmt, daß man druntersehen konnte. Junkies nehmen alles, was irgendwie wertvoll ist. Hatten Sie den Eindruck, daß Wertsachen gestohlen worden sind?«

»Das können wir noch nicht sagen, aber vielleicht ließen sie die Trostpreise links liegen, weil sie auf den Hauptgewinn aus waren.«

»Was für ein Hauptgewinn?« fragte ich.

Er grinste, daß man seine Zähne sehen konnte. »Hier liegt mein Vorteil, Treloar. Dies ist eine kleine Stadt. Mrs. Tutt lebte ziemlich zurückgezogen. Keiner kannte sie wirklich gut. Das reicht, um die Jungs in den Biker-Bars neugierig zu machen. Bald schon sagte jemand, er hätte gehört, sie sitze auf einer großen Menge Geld, und einer hat beschlossen, mal nachzusehen.«

»Das macht zum Teil Sinn«, sagte ich, »aber die Verstümmelungen sind das Werk eines Psychopathen.«

»Na und? Dann haben wir also einen Einbrecher und einen Sadisten.«

»Im allgemeinen mögen sie es, wenn ihre Opfer betteln, wenn sie schreien.«

»Sie müssen dort draußen an der Westküste einigen ganz schweren Jungs begegnet sein«, sagte er.

»Es waren genug. Aber etwas stört mich. Sie wurde brutal gefoltert, allem Anschein nach methodisch. Wer immer das getan hat, hat es geplant – er hat einen Lötkolben mitgebracht und hat ihn auch mit Bedacht eingesetzt. Das Aufschlitzen jedoch – das hat jemand in komplett sinnloser Raserei getan.«

»Es ergibt keinen Sinn.«

Ich fuhr mir mit der Hand über das Gesicht und fühlte die Bartstoppeln. Ich war müde, und der Tag hatte gerade erst begonnen.

»Das wird es auch nicht«, sagte ich. »Zumindest für eine Weile. Nicht bevor Sie nicht alle Fakten haben. Dann erst wird es anfangen, Sinn zu machen.«

Fowles hatte sein Gespräch mit Sharon Newell beendet und kam auf die Veranda zu. »Bist du mit ihm fertig, Les?«

Cabell grinste. »Für den Moment. Gabe war mir eine große Hilfe. Ich glaube, mit ihm im Team haben wir eine echte Chance, den Fall zu lösen. Du hast ihn gekannt, als ihr Kinder wart?«

Mark nickte. »Stimmt.«

»Dann geht ihr beide am besten in dein Büro und unterhaltet euch über die alten Zeiten. Ich warte hier auf ein paar Leute aus Columbus, aber ich habe noch mehr mit Gabe zu besprechen, wenn du mit ihm fertig bist.«

Marks Augen verengten sich. »Wen hast du angerufen?«

»Nur die Leute, die sowieso aufgetaucht wären«, sagte er immer noch grinsend. »Die Fernsehteams werden in wenigen Minuten hiersein. Du weißt ja, wie sie sich darum reißen, am Tatort eines richtigen Verbrechens vor der Kamera zu stehen.«

Mark Fowles sprach jedes Wort klar und deutlich: »Wenn dieser großspurige Dreckskerl Rapley auftaucht, dann sieh zu, daß er mir nicht in die Quere kommt.« Sharon Newell kritzelte wie wild auf ihrem Notizblock.

Cabells Grinsen erlosch ein wenig. »Klar doch, Mark. Selbstverständlich. Aber Ted macht so ziemlich, was ihm gefällt. Wenn er dich sprechen will, dann wird ihm wohl schon etwas einfallen.«

Mark machte auf dem Absatz kehrt. »Komm mit, Treloar.« Sharon Newell kam mit einem breiten Lächeln und gezücktem Kugelschreiber auf mich zu. Der Sheriff zeigte mit dem Finger auf sie. »Nein. Kein Wort. Ich werde seine Aussage zu Protokoll nehmen. Sie können später versuchen, mit ihm zu sprechen, das heißt, falls ich ihn nicht einbuchte.«

»Mark, was sind Sie für ein Schatz. Wen ich daran denke, daß ich Sie mir habe durch die Finger gehen lassen und Margaret Sie sich geschnappt hat. Manchmal weine ich in der Nacht deswegen.« Sie wandte sich mit ihrem Raubtierlächeln mir zu. »Bis später, Mr. Treloar.«

7

Die Uhr auf dem Turm des Gerichtsgebäudes spielte das Westminster-Glockenspiel, als wir aus Mark Fowles' Wagen stiegen. Murray, mein Partner, hatte immer gesagt, es wäre die berühmteste Melodie der Welt, da sie immer zur vollen Stunde über BBC in die ganze Welt gesendet würde und Big Ben so unvergänglich erscheinen ließ wie einst das Britische Empire. Er sagte, sie wäre noch viel berühmter als die vier Töne aus dem ersten Satz von Beethovens Fünfter, noch berühmter sogar als die vier ersten aus dem Vorspann von *Star Trek*. Dann schlug die Uhr sieben.

Ich folgte ihm durch die beinahe menschenleere Einsatzzentrale in sein Büro, und er zog die Tür hinter uns zu. »Eine Tasse Kaffee?« fragte er, aber er klang nur unwesentlich freundlicher.

Der Geruch, den die Kaffeemaschine verströmte, traf mich unvorbereitet, und plötzlich brauchte ich einen wie ein Junkie seinen Schuß. »Gerne.«

Er schenkte zwei Tassen ein und reichte mir eine davon. »Es hat Milch und Zucker, wenn du willst.«

»Ich trinke ihn schwarz.«

Er setzte sich hinter seinen Schreibtisch, und ich nahm mir einen Stuhl ihm gegenüber. Es war ein ausladender, alter Mahagonitisch, über und über bedeckt mit Kratzern, Furchen und Brandlöchern von Zigaretten. Inmitten eines Durcheinanders von Papieren und anderem Bürozubehör stand ein seltsamer Gegenstand. Er saß ein bißchen aus wie eine verbeulte Filmdose, eine flache Metallscheibe von etwa fünfundzwanzig Zentimetern Durchmesser. Die Oberfläche war eingedrückt und im Zentrum der Vertiefung war Blei zu sehen, das bereits weiß vor Alter war. Auf einer Seite war er aufgerissen, und im Innern glänzten Messingröhrchen wie Goldzähne in einem grinsenden Mund.

»Wo warst du gestern nacht, Treloar?«

Ich wußte, es war gescheiter, nicht zu lügen. »Ich war mit einer Frau zusammen, die es vorziehen würde, wenn ihr Name nicht erwähnt würde.«

»Edna Tutt hätte es auch vorgezogen, nicht ermordet zu werden. Wir können es uns nicht immer aussuchen.« Er schaute in seine Tasse und schwenkte die schimmernde Flüssigkeit.

»Glaub mir, es wäre dir auch lieber, wenn sie da nicht mit hineingezogen würde.«

Das Schwenken hörte abrupt auf. »Ist sie wichtig genug, um für sie ins Gefängnis zu gehen?«

»Schau, Mark, wenn du mich unter Anklage stellen willst, dann nur zu. Verhafte mich, und ich nehme mir einen Anwalt und rede mit ihm wegen eines Alibis für gestern nacht. In der Zwischenzeit sage ich folgendes: Ich habe Edna gestern morgen um elf Uhr zum letzten Mal lebend gesehen. Sie ging aus dem Haus, überquerte die Straße und warf etwas in den Briefkasten; dann ging sie zurück. Den Rest des Tages bin ich herumgelaufen. Ich habe nicht wirklich mit jemandem gesprochen, außer vielleicht mit ein paar Kellnerinnen. Ich bin sicher, daß mich jede Menge Leute gesehen haben. Gestern abend gegen neun bin ich aus der Stadt gefahren, um mich mit besagter Dame zu treffen. Heute früh bin ich zurückgekommen, als all die Polizei bereits da war und du mich gesehen hast. Das ist alles.«

Er schaute mich lange durchdringend an und sagte kein Wort. Ich kannte die Technik. Ich hatte sie selbst unzählige Male angewendet. Aber auch dann ist es noch immer einschüchternd, wenn man auf der anderen Seite des Tisches sitzt. Schließlich brach er den Blickkontakt ab und nahm einen Schluck Kaffee.

»Okay. Für den Moment wenigstens. Was mich betrifft, bist du noch nicht raus aus der Sache – bei weitem nicht. Am Montag tauchst du nach dreißig Jahren wieder in der Stadt auf. Am Dienstag mietest du bei Edna Tutt ein Zimmer. In der Nacht von Donnerstag auf Freitag wird Edna gefoltert und ermordet, und zwar auf eine Art und Weise, wie es Monticello in den hundertfünfzig Jahren seiner Geschichte noch nie gesehen hat.« Er hatte rasch Informationen über mich eingeholt. Ich nahm an, er hatte sie von Sharon Newell.

»Sieht nicht gut aus«, mußte ich zugeben. »Dies ist eine Kleinstadt, und ich bin hier der Eindringling.«

»Nimm dich nicht so wichtig«, sagte Mark. »Du bist nicht Sidney Poitier in diesem alten Film. In dieser Stadt gibt es einige Leute, die ich lieber hinter Gittern sähe als dich. Er schob sich vom Schreibtisch weg und lehnte sich in dem alten, quietschenden Bürostuhl zurück. »Nein, ich glaube nicht, daß du eine solche Wahnsinnstat begehst, und dann, wenn die Polizei am Tatort ist, so mir nichts, dir nichts aufkreuzt. Zugegeben, meine Erfahrung mit Psychopathen ist ziemlich begrenzt. Vielleicht gehen sie genau so vor. Was hast du Lester erzählt?«

Ich faßte meine Unterhaltung mit dem Chief zusammen, und Mark nickte. »Dann sind wir drei uns also einig. Ich glaube auch nicht, daß es ein einzelner Täter gewesen ist, und das spricht auch für dich, aber ich würde mich noch nicht zu sicher fühlen.«

»Mark, wer war Edna Tutt?« fragte ich ihn. »Wovon hat sie gelebt? War sie verwitwet? Hatte sie hier in der Gegend Familie?«

»Ich werde mich damit in der nächsten Zukunft beschäftigen. Ich weiß, daß sie Ende der Sechziger hierherzog. Sie lebte ziemlich zurückgezogen. Niemand hat sich je über sie beklagt. Ihre Steuern und Rechnungen hat sie immer bezahlt. Ihr Einkommen ging nur sie, ihre Bank und die Steuerbehörde etwas an. Solange sie nichts stahl, fiel sie nicht in mein Ressort, und bis gestern nacht habe ich nie etwas mit Edna Tutt zu tun gehabt.«

»Ich habe sie nicht lange gekannt«, erzählte ich ihm, »aber ich mochte sie. Sie war ein guter Mensch und hätte nicht so umkommen sollen.«

»Niemand verdient das, aber es geschieht trotzdem. Dieses Mal ist es in meinem County geschehen, und ich werde herausfinden, wer es war und warum, und ich werde ihnen das Handwerk legen.«

»Ich will dabei helfen«, sagte ich.

»Ich will, daß du dich da raushältst. Was führt dich überhaupt hierher, Gabe?« Zumindest nannte er mich schon beim Vornamen.

»Ich war auf dem Weg nach Cleveland zu einem alten Freund von der Polizei in L. A. Randall Carson. Er hat ein Detektivbüro und hat mir einen Job angeboten.«

Er nickte. »Habe von ihm gehört.«

»Ich fuhr auf der I-71 und sah das Straßenschild nach Monticello. Ich hatte nicht einmal daran gedacht. Ich entschied mich spontan, einen Abstecher zu machen, und beschloß dann, eine Weile zu bleiben. Das war am Montagabend. Am Mittwoch stattete ich Lew Czuk einen Besuch ab. Wir standen uns ziemlich nahe in den alten Tagen. Und ich sprach mit Sister Margaret Michael beim Kloster. Ich hatte vor, eine Menge meiner alten Freunde und Bekannten zu besuchen, mich ein paar Wochen auszuruhen und dann nach Cleveland weiterzufahren.«

»Und eine dieser Bekannten war die Dame, mit der du die Nacht verbracht hast?«

»Ich könnte dir erzählen, ich hätte sie gestern in einer Bar kennengelernt, aber ich tu's nicht.«

»Besser so, denn ich würde dir nicht glauben. Männer halten ihren Kopf im allgemeinen nicht für Barbekanntschaften hin.«

Mein Blick fiel wieder auf das zerbeulte Blechding auf dem Schreibtisch. »Das ist das Magazin für die alte Thompson-Maschinenpistole, nicht?«

Er betrachtete es luchsäugig. »Richtig. Du hast vom Raub von '65 gehört?«

»Das sorgte selbst in Kalifornien für Schlagzeilen. Es tat uns leid, das wegen deinem Vater hören zu müssen. Mein Vater war sehr aufgebracht wegen Raymond Purvis. Sie hatten jahrelang im selben Büro gearbeitet.«

»Mein Dad hätte an diesem Tag gar nicht dort draußen sein sollen. Ein Hilfssheriff hatte den Auftrag. Aber damals hatten wir nur deren drei, und da war diese Grippewelle, und alle drei lagen im Bett. Und Dad liebte es ganz einfach, mit der Thompson rauszugehen. Es waren vier Räuber draußen bei der Fabrik. Der Fahrer der Firma versuchte zu fliehen, aber sie erschossen ihn. Dad stieg aus dem Wagen und erwischte zwei mit der Tommy.

Aber einer von ihnen landete einen Glückstreffer und traf das Magazin und verklemmte es. Dann töteten die zwei, die noch lebten, Dad und Purvis und flohen mit den Lohngeldern. Man hat sie nie erwischt, obwohl ich die Hoffnung bis heute nicht aufgegeben habe.«

Ich brauchte ihm nicht erst zu sagen, wie verschwindend klein die Aussichten dafür noch waren. »Wer waren die zwei, die erschossen wurden?«

»Einer war Jarvis Skinner. Der andere war ein kleiner Ganove namens Stanley Kincaid. Er hatte mit Jarvis im Staatsgefängnis gesessen. Keine Gewalttaten, aber es sieht so aus, als ob er daran war, sich nach oben zu arbeiten.« Er stand auf. »Okay, ich denke, du kannst jetzt gehen. Ich werde in den nächsten Tagen einiges zu tun haben.«

»Ich würde immer noch gerne helfen.«

»Gabe, ich will, daß du in dein Appartement gehst und dort bleibst und dich aus der Sache raushältst. Du bist immer noch ein potentieller Verdächtiger. Und ich will nicht, daß du Lew Czuk oder Sharon Newell erzählst, was du in dem Haus gesehen hast. Ich denke, Lester war ein Narr, dich mit hineinzunehmen, aber wahrscheinlich spielt er wie gewöhnlich sein eigenes Spiel.«

Wie er hoffte, alles unter dem Deckel halten zu können, nachdem die Hälfte der Polizisten aus Stadt und County durch das Haus getrampelt war, konnte ich mir nicht vorstellen, aber ich wollte mich nicht in seinem Büro mit ihm streiten. Ich stand auf, schüttelte ihm die Hand und ging durch das vordere Büro, wo mittlerweile alle Schreibtische besetzt waren und die Telefone pausenlos klingelten, hinaus. Alle musterten mich, als ich an ihnen vorbeiging. Im Korridor warteten Reporter, aber ich bahnte mir einen Weg durch sie hindurch und kam unversehrt aus dem Gerichtsgebäude.

Ich war müde, wollte aber noch nicht in mein Zimmer zurück. Das Grundstück würde noch den ganzen Tag von Polizei wimmeln. Während ich mir überlegte, was ich tun sollte, hielt eine große Luxuslimousine am Straßenrand, und die Kameras stürzten sich darauf. Es öffnete sich eine Tür, und ein Mann stieg aus: weiß, männlich, einsachtzig, tadelloser cremefarbener Seidenanzug mit Weste und eine Phi-Beta-Kappa-Verbindungsnadel. Ich kannte das Gesicht aus den Zeitungen, die ich studiert hatte: Ted Rapley, der ehrgeizige Staatsanwalt, war angekommen.

Ich konnte nicht hören, was er der Presse erzählte, und es interessierte mich auch nicht. Ich würde es sowieso in den Abendnachrichten vernehmen. Ich sah, wie er zu mir hinüberschaute und mich kurz musterte, ohne von seiner Rede abzuweichen. Es dauerte nur eine Sekunde, bis er mich als bedeutungslos abgetan hatte.

Ich ging zum Café gegenüber vom alten Zeitungsladen und frühstückte ausgiebig. Ich fühlte mich schon besser. Beim Hinausgehen fuhr ich mir mit der Hand über das stoppelige Kinn. Ich wollte noch immer nicht zurück, aber ich mußte mich dringend rasieren. Meine Barthaare waren ergraut, und nichts läßt einen mehr wie ein alter Penner aussehen als silbergraue Bartstoppeln. Ich konnte es mir im Moment nicht leisten, heruntergekommen auszusehen, also gönnte ich mir die erste Rasur beim Friseur seit Jahren.

Als ich das Geschäft verließ, fühlte ich mich schon fast wieder wie ein menschliches Wesen. Ich hatte nicht einmal Zeit, mich zu entscheiden, in welche Richtung ich gehen sollte, denn ein Wagen hielt vor mir, und die Beifahrertür wurde aufgestoßen.

»Steig ein, Gabe«, sagte Chief Lester Cabell.

Ich würde mich wohl oder übel daran gewöhnen müssen. Ich stieg ein.

»Zu Ihrem Büro zum Verhör?« fragte ich, als er losfuhr.

»Nein, ich brauche nur etwas Gesellschaft.« Er fuhr um den Block herum und bog nach Süden in die Main Street ab. »Waren wir als Kids eigentlich in derselben Clique? Wenn, dann kann ich mich nicht daran erinnern, und mein Gedächtnis läßt mich in solchen Fällen eigentlich nie im Stich.«

»Nein, waren wir nicht«, sagte ich. »Ich ging auf die St. Anne's, Sie waren auf der Privatschule.«

»Richtig«, sagte er. »Mit euch Makrelenbabys haben wir uns nicht abgegeben.« Er grinste dabei, um mir zu zeigen, daß er nur scherzte, aber das nahm ich ihm nicht ab.

»Wohin fahren wir?« fragte ich ihn. Wir überquerten gerade

den Fluß und fuhren dann in östlicher Richtung die kurvenreiche Straße entlang den Fluß hoch.

»Skinnertown: Monticellos eigene dritte Welt. In Los Angeles haben sie die Mexikaner und die Nigger, die Vietnamesen und was weiß ich. Ich habe die Skinners auf dem Buckel. Wissen Sie Bescheid über sie?«

»Bloß, daß wir uns als Kinder von ihnen fernhalten sollten.«

»Kluger Rat. Sie kamen kurz nach der Gründung der Stadt hierher. Verwandte von ihnen finden sich noch überall in West Virginia und Tennessee. Mitte des letzten Jahrhunderts waren sie Pferdediebe. In den Zwanzigern schmuggelten sie Alkohol. Während des Zweiten Weltkriegs verkauften sie gefälschte Lebensmittelmarken. Die jetzige Generation pflanzt Marihuana an und dealt mit Kokain. Die Männer sind meist in Motorradgangs, und die Frauen gehen auf den Strich.«

Er bog in eine unbefestigte Straße ein, die zum Fluß hinunterführte. Wir fuhren an Baracken und Wohnwagen vorbei, die das Uferland säumten. In den unkrautbewachsenen Vorgärten tummelten sich in gleicher Zahl schmuddelige Kinder und ausgemergelte Hunde. Wir hielten vor dem solidesten Gebäude in der Gegend, einem Holzhaus mit richtigen Schindeln auf dem Dach und nicht nur Dachpappe. Es sah aus, als sei es in den letzten sieben oder acht Jahren gestrichen worden. In etwa fünfzig Metern Entfernung, gleich an der Böschung zur Straße hinauf, stand der alte Airstream, den ich beim Joggen am vorigen Morgen gesehen hatte. Kaum zu glauben, daß das erst vierundzwanzig Stunden her war.

»Willkommen im Maison Skinner«, sagte Cabell. »Das ist Earl Skinners Haus. Er ist das Oberhaupt des Clans.«

Wir stiegen aus, und die Leute kamen aus den Häusern und Wohnwagen oder standen auf der Veranda und beäugten uns mißtrauisch. Eine Frau trat aus dem Airstream. Sie war etwa einsfünfundsechzig groß mit auffallend rotem Haar und hatte eine physische Präsenz, die mir sofort ins Auge stach. Lässig und doch wachsam stand sie am Fuß der Treppe, das Gewicht auf dem linken Bein. Das rechte hatte sie leicht angewinkelt. Sie hätte ebensogut für einen Bildhauer der Klassik Modell stehen können. Ihr Aussehen ließ sich nur schwer beschreiben; sie war Klassefrau und Schlampe zugleich. Man könnte vielleicht sagen, sie war besser als die Gegend, in der sie lebte, aber nicht sehr viel.

Aus dem Haus kam ein großer, bulliger Mann und hinter ihm eine liederlich und verbraucht aussehende Frau. Er war mindestens so massig wie Cabell, vierschrötig, mit einer gewaltigen Wampe und vernarbten Händen, wie man sie bei Mechanikern sah. Er war kahl und glatt rasiert, und er bewegte sich sehr langsam, so als hätte er in seinem Leben eine Menge falsch gemacht und über die Jahre gelernt, vorsichtig zu sein.

»Guten Morgen, Earl«, sagte Cabell mit geheuchelter Jovialität. »Ein wirklich schöner Morgen, nicht wahr?«

»Bis jetzt schon«, gab Skinner zur Antwort. Eine jüngere Ausgabe von Earl kam aus dem Haus. Er war bärtig und trug Biker-Klamotten: Lederweste, Harley-Davidson-T-Shirt, Jeans, Motorradstiefel, die obligatorische Brieftasche, die mit einer kurzen verchromten Kette am Gürtel befestigt war, ein Futteral mit einem großen Klappmesser am Gürtel. Er beachtete Cabell kaum, der in seiner Welt eine der vertrauteren Erscheinungen sein durfte, aber dafür musterte er mich mit seinen blauen, kleinen Schweinsaugen um so eingehender.

»Ich nehme an, du hast gehört, was gestern nacht in der Stadt passiert ist«, sagte Cabell.

»Ich habe gehört, eine Frau sei umgebracht worden. Mehr weiß ich nicht.« Er hatte einen ausgeprägten Dialekt, wie man ihn in den Bergen sprach.

»Ihr Name war Edna Tutt, wohnte an der Ecke Maple und Wright. Sie wurde ziemlich lange mißhandelt, bevor sie starb.«

»Tut mir leid, für sie, aber ich habe noch nie von ihr gehört.« Sein Gesicht blieb unbewegt und ausdruckslos, aber das wollte nichts heißen.

»Du hast nicht zufällig einen Lötkolben, Earl?« fragte Cabell lächelnd.

»Wahrscheinlich ein halbes Dutzend. Warum?«

»Wer immer Edna Tutt das angetan hat, hat eine Vorliebe für Lötkolben.«

»Dann würde ich mal am besten im Fluß nachsehen«, bemerkte Earl trocken.

»Da hast du wahrscheinlich recht. Jeder erfahrene Verbrecher würde die Beweismittel so schnell wie möglich aus dem Weg schaffen.« Er blickte zum jüngeren Skinner. »Na so was. Hallo Jesse. Wie bekommt dir denn die Freiheit so?«

»Gefällt mir nicht schlecht«, sagte Jesse finster. Er hatte seine Mimik noch nicht so gut im Griff wie Earl. »Wer ist er?« Er deutete mit dem Kinn in meine Richtung.

»Wo habe ich bloß meine Manieren gelassen? Leute, das ist mein Freund, Mr. Treloar, vormals beim Los Angeles Police Department tätig. Er hat mir freundlicherweise seine Unterstützung in dem Fall angeboten. Gabe, das ist Earl Skinner, seine Frau Lou und ihr jüngster Sohn Jesse.« Niemand machte Anstalten, mir die Hand zu geben, oder zeigte auch nur die kleinste Reaktion. Ich sah, daß sich mehr Leute versammelt hatten. Die Männer glichen sich alle, und die jüngeren unter ihnen schienen eine Vorliebe für Biker-Kleidung zu haben. Die Frauen verband, daß sie alle verwittert und mißbraucht aussahen.

Die Rothaarige war ein lebhafter Kontrast. Ich erwischte sie, wie sie mich aus zwei, drei Metern Entfernung musterte. Ich hatte sie nicht näher kommen sehen, aber sie hatte noch dieselbe statuenhafte Haltung inne. Aus der Nähe konnte ich sehen, daß ihr Gesicht von großen, aufregend braunen Augen dominiert wurde. Sie waren kühl und distanziert, aber der volle Schmollmund machte alle Klasse, die sie hatte, zunichte und paßte schon eher zur Umgebung. Ihre Shorts und das rückenfreie Oberteil gaben den Blick auf jede Menge schneeweiße Haut frei. Zumindest hatte sie keine Tätowierungen, das heißt, keine, die man sah.

»Wir wissen noch nicht, was die Mörder wollten«, verkündete Cabell dem versammelten Stamm. »Aber wir suchen nach allem, das aus dem Haus entwendet wurde. Sollte etwas davon hier auftauchen oder jemand hört etwas, kommt ihr damit besser zu mir, und zwar auf der Stelle. Glaubt mir, ihr wollt nicht, daß ich zu euch komme.«

»Wollen Sie hier jemanden eines Vergehens beschuldigen, Chief?« fragte Earl.

»Wir haben niemanden auf frischer Tat ertappt, Earl, also beschuldige ich zur Zeit noch niemanden. Aber hier handelt es sich um einen besonders grausigen Mord, und wir haben einen Staatsanwalt in der Stadt, der richtig geil auf die Todesstrafe ist. Wenn ich herausfinde, daß jemand etwas verschweigt, werdet ihr das bitter bereuen. Verstanden?«

»Klar, Chief«, sagte Earl. »Aber niemand hier ist in so etwas verwickelt.«

»Sicher weiß ich, daß du so etwas nicht tun würdest, Earl«, sagte Cabell und grinste dabei Jesse und den Rest an. »Aber du weißt doch, wie die heutige Jugend ist. Sie wurden nicht zu Gentlemen erzogen wie wir.«

Die Hand am Griff seiner Fünfundvierziger, drehte er sich langsam um die eigene Achse. Er trug die Waffe wie jemand, der wußte, wie man damit umgeht: eine Patrone im Lauf, den Hahn gespannt, gesichert. Ein geübter Schütze konnte so atemberaubend schnell einen Schuß abgeben. Ich vermutete, daß Cabell ziemlich viel übte.

Er vollendete die Drehung. »Wir sehen uns noch, Earl.« Er stieg in den Wagen, und ich setzte mich wieder neben ihn. Er betätigte den Anlasser, legte den Gang ein und machte einen weiten Bogen Richtung Straße, der die Hunde in alle Richtungen auseinanderstieben ließ.

»Muß man sie nicht trotzdem gern haben?« fragte er kichernd.

»Wer ist die Rothaarige?«

»Ist Ihnen also aufgefallen? Das ist Ann Smyth. Sie ist die Frau von Mel Skinner. Mel sitzt gerade wegen Drogenbesitzes. Er hat sie dort unten gefunden, wo die Skinners ihre Frauen eben finden. Tennessee, glaube ich. Ist sie nicht ein scharfes Stück?« Er grinste und zwinkerte mir zu.

»Was tut sie, außer sich aus Sehnsucht nach dem abwesenden Mel zu verzehren?«

»Sie zieht sich aus, im Lido.«

Mir fiel fast die Kinnlade runter. »Monticello hat einen Striptease-Schuppen?«

»Selbst in dieser Stadt läßt sich der Fortschritt nicht aufhalten. Das Lido liegt bei Granville drüben. Macht ein gutes Geschäft mit den Jungs vom College. Natürlich ist die Art, wie die Kunst des Striptease dort praktiziert wird, etwas unterentwickelt. Meist kommen die Mädchen in knappen Kleidchen auf die Bühne, die sie rasch abwerfen. Dann schütteln sie Hintern und Titten zu lauter Urwaldmusik. Die kleine Ann ist besser als die meisten anderen. Sie versucht sogar ein bißchen zu tanzen.« Er sah meinen Blick und zwinkerte wieder. »Ich muß diese schmierigen Orte im Auge behalten. Eine der schwereren Bürden meines Berufs.«

»Chief . . .«

»Nennen Sie mich Lester. Jeder tut das. Außer den Skinners.«

»Lester, was wissen Sie über Edna Tutt?«

»Irgendwie überrascht es mich nicht, daß Sie das fragen. Wenn ich ehrlich bin, kaum etwas. Sie war eine ruhige Frau, hat nie Schwierigkeiten gemacht, hat immer ihre Rechnungen und Steuern bezahlt. Ich habe mich heute morgen über sie erkundigt. Sie hat nie auch nur eine Parkbuße bekommen, hatte nie einen Hund, nie hat sich jemand über sie beklagt. Das sind eine Menge ›Nies‹, aber so ist es nun mal.«

Mark Fowles hatte mir heute morgen fast dasselbe erzählt. »Ist das nicht ein bißchen seltsam?«

»In Kalifornien vielleicht, aber nicht hier. In der Stadt gibt es vielleicht drei- oder viertausend Leute wie sie. Man läßt die Leute hier in Ruhe, solange sie keine Schwierigkeiten machen.«

»Woher stammte sie?«

»Das weiß ich nicht, und wahrscheinlich hat sie auch nie jemand danach gefragt. Es ist nun mal eine Tatsache, daß man keinen Reisepaß benötigt, um in diesem Land seinen Wohnort zu wechseln.«

»Aber wenn sie in Ohio einen Führerschein beantragt hat, mußte sie ihren letzten Wohnort angeben.«

Er machte große Augen, und seine Kinnlade fiel mit gespielter Überraschung herunter. »Ach du lieber Himmel! Darauf wäre ein Kleinstadt-Cop wie ich natürlich nie von alleine gekommen! Ich wußte, daß Sie mir eine große Hilfe sein würden.«

Ich spürte, wie ich rot anlief. »Zum Teufel, ich wollte damit nicht –«

Er lachte und klopfte mir scherzend aufs Knie. »War bloß ein Jux. Ich habe das schon in die Wege geleitet, aber das liegt fünfundzwanzig oder mehr Jahre zurück. Ich habe ihre Bank gebeten, in ihren Akten nachzusehen. Wir gehen ihre Papiere im Haus durch, um zu sehen, von wem sie Post erhielt. Aber wissen Sie was, ich wette, wir werden rein gar nichts finden.«

»Weshalb sagen Sie das?«

Er steckte sich eine seiner Zigarren in den Mund und zündete sie an – alles einhändig. Seine Stimme klang fast nachdenklich, als er sprach. »Manchmal macht jemand eine schlechte Erfahrung, eine Ehe, aus der er raus will, irgend so etwas, und er bricht einfach seine Zelte ab, zieht an einen Ort, wo ihn niemand kennt, und fängt von vorne an. Das ist in diesem Land relativ einfach zu bewerkstelligen. Ich habe so ein Gefühl, daß das auf Edna Tutt zutrifft. Ihr Leben fing an jenem Tag an, als sie nach Monticello zog. Wenn sie mit ihrer Vergangenheit vollständig gebrochen hat, werden wir vielleicht nie erfahren, wer sie war. Sie war nur eine Frau, die ihren Garten gepflegt und nie jemandem etwas zuleide getan hat.«

Er hielt vor dem Gerichtsgebäude an und ließ mich aussteigen.

»Ich melde mich wieder, Gabe. Lassen Sie es mich wissen, wenn Sie gedenken, irgendwo hinzugehen.«

Ich überquerte die Straße und ging ins *Times-Tribune*-Gebäude. An diesem Morgen saß ein ernst dreinblickener junger Mann mit Brille am Empfang. Das Namensschild auf dem Tisch wies ihn als Morley Gerber aus. »Was kann ich für Sie tun?«

»Ist Lew im Haus?«

»Er ist rausgegangen, wegen dem Mord heute morgen. Kann ich ihm etwas ausrichten?«

»Ich bin ein Freund von ihm, Gabe Treloar. Er wird mich wahrscheinlich sehen wollen.«

Er sah skeptisch aus. »Um diese Tageszeit ist er für gewöhnlich im Cove. Sie könnten es dort –«

»Danke«, sagte ich und war auch schon zur Tür hinaus.

Ich brauchte nur gerade fünf Minuten bis zum Cove, wo Lew am selben Tisch wie gestern saß. Er schien erfreut, mich zu sehen.

»Gabe! Ich habe versucht, dich zu finden. Setz dich, setz dich.« Er winkte die Kellnerin heran. »Helen, Mr. Treloar möchte etwas essen. Setzen Sie es auf meine Rechnung.« Es war noch nicht lange her, seit ich gefrühstückt hatte, also bestellte ich nur ein paar Früchte.

»Was kannst du mir sagen, Gabe?« fragte er ungeduldig, nachdem die Kellnerin gegangen war.

»Der Chief und der Sheriff haben mir beide eingetrichtert, meinen Mund zu halten«, sagte ich ihm. »Wieviel weißt du?«

»Ich weiß, daß Edna Tutt irgendwann letzte Nacht ermordet wurde. Sharon hat sich Thad Selner gekrallt, einen County-Deputy, als er aus dem Haus gestolpert kam und in die Büsche rannte, um sich zu übergeben. Zwischendurch hat er wirres Zeug geredet. Stimmt es, daß sie gefoltert und aufgeschlitzt wurde?«

»Das stimmt.«

»Mein Gott!«

»Komm schon, Lew. In Miami hast du Schlimmeres gesehen.«

»Klar, aber das war in Miami. Hier passieren solche Dinge nicht. Drogenkriege kennt man nur vom Hörensagen, und einen geisteskranken Mörder hatten wir auch noch nie. Wurde sie vergewaltigt?«

»Das wird der Laborbefund zeigen. Der Gerichtsmediziner am Tatort macht einen kompetenten Eindruck, aber das kann Wochen dauern. Sie mögen es gar nicht, wenn man sie hetzt.«

»Sie werden sich schon beeilen, wenn Ted Rapley es will«, sagte Lew.

»Ich habe ihn heute morgen vor dem Gerichtsgebäude gesehen, als ich aus Mark Fowles' Büro kam. Macht einen abgebrühten Eindruck.«

»Und wie. Ich habe vor einer Stunde mit ihm gesprochen. Er hat Blut gerochen, um es mal so auszudrücken. Er wittert seine große Chance.«

»Das hat Lester Cabell den Skinners heute morgen auch gesagt.«

»Du bist ganz schön rumgekommen.«

So erzählte ich ihm, was ich in den letzten vierundzwanzig

Stunden erlebt hatte, ohne bei den letzten paar Stunden, bevor ich zurückging, allzusehr ins Detail zu gehen.

Als ich fertig war, atmete Lew tief aus und griff nach seinem Martini. »Du spielst ein verdammt gefährliches Spiel, Gabe, wenn du Lola deckst, während du selbst unter Verdacht stehst.«

»Ich habe keine Namen genannt«, erwiderte ich.

»Und das werde ich auch nicht tun, aber benehmen wir uns mal wie Erwachsene. Eine Jugendliebe ist das eine. Aber du läßt dich ganz schön weit auf die Äste hinaus für eine Frau, die jahrzehntelang keinen einzigen Gedanken an dich verschwendet hat.«

Das hörte ich nicht gern, aber er hatte recht. »Das Risiko ist nicht allzu groß. Würde Ted Rapley seine Zukünftige darin verwickelt sehen wollen? Wäre Ansel Cohan da wohl sehr glücklich?«

»Himmel, es ist wirklich kompliziert. Okay, Ted und Ansel würden wahrscheinlich nicht wollen, daß das an die große Glocke gehängt wird, und Lester wird tun, was sie ihm sagen. Aber nicht Mark Fowles.«

»Was macht ihn so anders?«

»Du hast ja gesehen, was für ein engstirniger Kerl er ist. Er war mal ziemlich umgänglich, aber das änderte sich, als sein Vater umkam. Er engagiert sich in der Kirche und denkt, daß die Cohans und ihr handzahmer Sheriff die Wurzel allen Übels in seinem blütenreinen County sind.«

»Und weshalb?«

»Lokalpolitik, Verdacht auf Steuerhinterziehung durch Cohan Chemicals und einem Haufen anderer Sachen. Aber im Vergleich zu Mark ist ein Hydrant eine wahre Plaudertasche. Ich glaube, er wartet auf den richtigen Augenblick und sammelt Beweise.«

»Was ist mit dem politischen Einfluß der Cohans geschehen?« fragte ich ihn. »Weshalb drängen sie ihn nicht aus dem Amt?«

»Die Wähler mögen ihn, und sie haben keine Leiche im Keller gefunden, obwohl sie gesucht haben. Dazu kommt, daß er sie nie öffentlich angegriffen hat. Sie können ihm also nichts anhaben.«

»Vielleicht stehen sie sich in diesem Fall gegenseitig im Weg«, sagte ich. »Lew, ich will Ednas Mörder finden. Sie war ein guter Mensch. Ich mochte sie. Und ich bin noch immer ein Cop – trotz allem.«

Er starrte mich durch seine Brillengläser an. »Du kannst wohl einfach nicht anders, Gabe? Du mußt dir unbedingt Ärger einhandeln?« Er hielt einen Moment inne und nahm einen Schluck. »Okay, ich bin dabei.«

Ich lächelte, lächelte zum ersten Mal an diesem Tag. »Großartig! Ich brauche alles, was du über Edna Tutt herausfinden kannst, seit sie hier aufgetaucht ist. Auch davor, wenn du kannst.«

»Ich habe bereits mit den Recherchen begonnen: Hintergrundmaterial für den Bericht morgen und die Folgeartikel. Aber weshalb? Du denkst, da steckt mehr dahinter?«

Ich versuchte, mir über meine Gefühle und Instinkte klarzuwerden. »Irgend etwas stimmt hier nicht. Ich lernte sie erst vor vier Tagen kennen, aber ich hatte das Gefühl, sie schon sehr lange zu kennen. Sie war eine warme, offenherzige Frau, scheint aber keine Freunde gehabt zu haben. Sie war von einer Traurigkeit durchdrungen, die mir sehr naheging. Ich werde das Gefühl nicht los, daß ich sie schon mal gesehen habe, aber ich kann mich beim besten Willen nicht erinnern, wo. Und einige Dinge an dem Mord sind einfach zu bizarr, als daß die Mörder das Opfer nicht gekannt haben könnten.«

»Dinge, die du Mark und Lester nicht erzählt hast?«

»Ja. Aber das bleibt unter uns, ja?«

»Denkst du, ich könnte dich zitieren? Ich könnte dich nicht mal einen glaubwürdigen Zeugen nennen.«

»Schon gut, schon gut. Ich will es nur klarstellen.«

»Alles klar. Erzähl schon.«

Die Kellnerin brachte meinen Früchteteller und goß schwarzen Kaffee ein. Ich ordnete meine Gedanken, bis sie wieder gegangen war.

»Lew, sie haben ihr Gesicht nicht angerührt.«

Er blieb ein paar Sekunden lang still. »Erzähl weiter.«

»Erinnerst du dich an Indianer-Joe in *Tom Saywer*?«

Er dachte einen Moment lang nach. »Er schlitzte den Frauen die Nasen auf, nicht? Und schnitt ihnen die Ohren ab?«

»Genau. Und Mark Twain wußte, wovon er sprach. Edna wurde auch gefoltert, damit sie ein Versteck verriet. Im Haus wurde das Unterste zuoberst gekehrt. Wenn man nun einen Mann foltert, um ihn zum Sprechen zu bringen – und man will ihn schnell zum Sprechen bringen –, dann geht man ihm an die Eier. Es gibt nichts, das größere Schmerzen verursacht; dazu kommt als psychologisches Moment das Wissen, daß seine Männlichkeit zerstört wird.

Mit Frauen ist es ein bißchen anders. Verletzt man sie im Gesicht, bereitet das enorme Schmerzen. Die Nervenenden sind am konzentriertesten im Gesicht und in den Fingerspitzen. Und Frauen fürchten sich viel mehr als Männer davor, entstellt zu werden. Zu wissen, daß das Aussehen zerstört wird, ist besonders traumatisch.«

Lew sah ziemlich mitgenommen aus. »Das ist eine schlimme Sache, Gabe. Sie wurde kaltblütig gefoltert, ein Wahnsinniger hat ihr die Eingeweide rausgerissen, versuchter Raub, und Ednas Gesicht wurde unversehrt gelassen. Was hat das zu bedeuten?«

»Wenn ich das nur wüßte, würde ich damit zu Mark Fowles gehen, und er würde jemanden festnehmen. Die Folter dürfte wohl in erster Linie dazu gedient haben, Edna zum Sprechen zu bringen, aber die Art, wie sie verstümmelt wurde, nachdem sie schon tot war, sieht nach Rache aus. Ich denke, wir haben es mit zwei Männern zu tun, und sie sind beide Folterer und Mörder, und sie hatten unterschiedliche Motive. Und für einen, wenn nicht für beide, war Ednas Gesicht von besonderer Bedeutung.«

Er versprach, alle Archive, zu denen er Zugang hatte, nach Hinweisen auf Ednas Geschichte abzusuchen. Ich würde meine eigenen Ermittlungen anstellen, und dann würden wir unsere Ergebnisse kombinieren. Am Schluß war er regelrecht aufgeregt, so als würde er noch einmal vom alten Jungreportergeist gepackt. Er bestellte nicht einmal einen zweiten Martini.

Vom Cove ging ich zu Fuß zurück zu meinem Garagen-Appartement. Die Streifenwagen waren abgezogen worden, nicht jedoch die Kameras. Ein Team stand herum, plauderte und rauchte, drehte jedoch nicht. Dann sah ich die drei Männer im Hinterhof beim Zaun stehen.

Lester Cabell sah mich zuerst und sagte etwas. Ted Rapley und Ansel Cohan drehten sich um. Es war schwer zu sagen, wer von den beiden besser angezogen war. Als ich auf sie zuging, machte Rapley einen Schritt nach vorne und reichte mir die Hand. Das Kamerateam schien sich nicht sicher zu sein, ob sie drehen sollten oder nicht.

»Mr. Treloar, Chief Cabell hat uns erzählt, daß Sie ihn in diesem Fall unterstützen.« Er zersprang nicht gerade vor Begeisterung, aber er wirkte auch nicht feindselig.

»Ja«, sagte Ansel. »Ich habe, äh, angeregt, daß er Ihnen erlaubt, ihn auf jede erdenkliche Art zu unterstützen.« Ansel sah mitgenommen und geistesabwesend aus. »Ich kannte Mrs. Tutt nicht gut, aber es . . . es ist furchtbar, wenn so etwas praktisch vor der eigenen Haustür geschieht. Als ich davon hörte –«

»Wir erwischen den, der das getan hat, Mr. Cohan«, schnitt ihm Cabell das Wort ab.

Rapley legte eine Hand auf Ansels Schulter. »Du weißt, daß Chief Cabell immer Wort hält, Ansel. Und ich bin überzeugt, Mr. Treloar hat schon viele solche Fälle bearbeitet.«

»Ich will helfen«, sagte ich zu Rapley. Der Satz klang bereits vertraut in meinen Ohren. »Ich kannte sie nicht lange, aber wir hatten Freundschaft geschlossen. Ich habe das Gefühl, wenn ich hiergewesen wäre, wäre das nicht geschehen.« Ich wartete, daß er fragte, weshalb ich nicht hiergewesen war, aber er tat es nicht.

»Die Menschen haben immer dieses Gefühl, wenn etwas derart Schreckliches geschehen ist. Aber es ist passiert und kann nicht ungeschehen gemacht werden. Nun gilt es, die Mörder zu fangen.« Er fixierte mich mit einem gut eingeübten, stählernen Blick. »Ich will Verhaftungen sehen, und ich werde den oder die Täter vor Gericht stellen, und ich werde die Todesstrafe beantragen, und wenn ich dazu zuerst eine Änderung der Verfassung erwirken muß.«

Ich wußte, daß ich in den Abendnachrichten die exakt gleichen Worte wieder hören würde.

»Ted, diese Männer sind so gut wie tot«, versicherte ihm Cabell.

»Ja, äh, Chief«, sagte Ansel, noch immer etwas stockend, der sich sonst aber gut erholt hatte. »Wir wollen diese Männer möglichst schnell hinter Gittern sehen. Wenn Sie etwas brauchen, finanzielle Mittel, Ausrüstung, mehr Beamte, kommen Sie zu mir. Ich sehe zu, daß Sie alles Nötige bekommen.«

»Ich weiß Ihre Hilfe zu schätzen, Mr. Cohan.«

Rapley schaute auf seine Rolex. »Ich muß jetzt gehen. Kommst du mit, Ansel?« Ansel nickte, und Rapley reichte mir wieder die Hand. »Ich bin froh, daß wir uns getroffen haben. Ich hoffe, ich höre bald von Ihnen.«

»Das werden Sie zweifellos«, sagte ich.

Rapley und Ansel stiegen in die Limousine. Cabell winkte mir sardonisch zu und stieg in seinen Wagen. Als sie gegangen waren, packten die Kamerateams zusammen und gingen ebenfalls. Auf einen Schlag war es wieder so ruhig wie an dem Tag, als ich gekommen war, um das Zimmer zu mieten. Es sah sogar fast genauso aus, einmal abgesehen von dem zertrampelten Garten und den gelben Plastikbändern von den Absperrungen, die überall herumlagen.

Ich ging hinauf in mein Zimmer. Es sah fast so schlimm aus wie in Ednas Haus. Schubladen waren herausgerissen, Gegenstände umgeworfen, die Matratze aufgeschlitzt. Ich wußte, daß es unten in der Garage genau gleich aussehen würde. Obwohl dieses Zimmer auch durchsucht worden war, waren hier keine Plastikbänder zu sehen. Die Polizei hatte gar nicht daran gedacht, hier nachzusehen. Ich schüttelte den Kopf. Unglaublich. Kleinstädte. Die Mörder hätten genausogut hier drin sitzen und ihnen zusehen können. Es war eher unwahrscheinlich, aber Verbrecher haben schon viel dümmere Dinge getan.

Ich brauchte ein paar Stunden, um das kleine Appartement wieder einigermaßen in Ordnung zu bringen, packte dann meine schmutzige Wäsche zusammen und fuhr zu einem Waschsalon. Ich wollte zurück zu Ednas Haus, um mich umzusehen, aber damit mußte ich warten, bis es Nacht war. Ich wollte dabei nicht unbedingt Lester Cabell im Genick haben.

Die Sonne war schon am Untergehen, als ich zurückkam. Es war ein emotional anstrengender Tag ohne viel Schlaf gewesen, aber ich wußte, ich würde noch eine ganze Weile nicht einschlafen können. Also zog ich Trainingsanzug und Joggingschuhe an und ging hinaus. Ich rannte, ohne ein konkretes Ziel zu haben, joggte einfach die Straße hinunter, bog mal ab oder rannte den gleichen Weg zurück.

Als ich wieder meine Treppe hochstieg, war es stockfinster. Ich war triefend naß und erschöpfter, als ich es seit Ewigkeiten gewesen war. Ich hatte das Abendessen ausgelassen und auch nicht vermißt. Alles, was ich jetzt wollte, war eine Dusche, ins Bett sinken und zehn Stunden schlafen.

Aber es stellte sich heraus, daß dieser lange, lange Tag noch nicht vorüber sein sollte. Ich öffnete die Tür, ging hinein, schloß sie wieder hinter mir, und ich wußte, es war noch jemand im Zimmer. Ich stand ganz still. Instinktiv griff ich langsam zu der Waffe, die ich nicht mehr trug, und hielt dann inne. Ich versuchte, mir den Raum vorzustellen, und überlegte, was ich wohl als Waffe benutzen konnte. Dann ging das Licht an.

»Hallo Mr. Treloar.« Es war Sharon Newell. Sie saß, mit dem Rücken gegen das Kopfteil gelehnt, auf dem Bett. Sie hatte die Schuhe ausgezogen und die in schwarzen Strümpfen steckenden Füße auf der Bettdecke gekreuzt. In der einen Hand hielt sie einen Notizblock, die andere war noch immer am Lichtschalter.

Ich ging zum Stuhl und ließ mich darauf fallen. »Sie leichtsinniges Huhn«, sagte ich, zu müde, um wirklich wütend zu sein. »Ich hätte Ihnen mit dem Wagenheber eins über den Schädel ziehen können.«

»Man muß Risiken eingehen, um an eine Geschichte zu kommen«, sagte sie lächelnd und zeigte dabei ihre Zähne. Sie trug ein dunkelblaues Kostüm. Der Rock war eng, das Jackett an den Schultern leicht gepolstert, und die weiße Bluse hatte sie bis oben zugeknöpft. Ein Wasserfall von Spitzen ergoß sich von ihrem vollen weißen Hals auf ihren imposanten Busen hinab. »Außerdem wußte ich gleich, als ich Sie sah, daß Sie ein Mann sind, der sich eisern unter Kontrolle hat.«

»Wenn Sie das gedacht haben«, sagte ich, während ich ein Frottiertuch von meinem Stapel sauberer Wäsche nahm und mein Gesicht abtrocknete, »dann kann man das, was Sie über Männer wissen, in halbmeterhohen Lettern auf einen Stecknadelkopf gravieren.«

»Ach, kommen Sie schon. Sie brauchen nicht so bescheiden zu sein. Loben Sie mich vielmehr für meinen Unternehmungsgeist.«

»Wie sind Sie überhaupt hereingekommen?« Ich war immer noch dabei, mich abzutrocknen.

»Altmodische Schlösser wie dieses sind ein Kinderspiel. Ich habe meine Goldkarte benutzt.

»Es ist schon spät, Miss Newell.«

»Nennen Sie mich Sharon. Ich habe die Erfahrung gemacht, daß Müdigkeit den natürlichen Widerstand gegen die Befragung reduziert.« Sie nahm einen funkelnden Kugelschreiber, der zwischen ihren fünf Zentimeter langen Fingernägeln steckte. Als sie jetzt lächelte, waren ihre Lippen geschlossen, und sie warf mir einen anzüglichen Blick zu.

»Wieso verschwinden Sie nicht einfach, Sharon?« sagte ich mit bleierner Stimme.

»Es ist gar keine schlechte Sache, wenn man nach Hause kommt und eine fremde Frau in seinem Bett vorfindet.« Ihr Gesicht war weiß und sogar noch weißer gepudert. Es ließ ihre schwarzen Augen in dem mandelförmigen Rahmen von kunstvoll aufgetragener Schminke glitzern.

»Im Augenblick bin ich nicht an Frauen interessiert, weder in noch außerhalb meines Bettes.«

»Ja, erzählen Sie von sich und Lola Cohan.«

»Wissen Sie, daß Lew Sie dafür, daß Sie über die Gegensprechanlage mithören, feuern könnte?«

»Wer braucht schon zu lauschen? Sie wurden zusammen am Mittwoch im Lodge gesehen. Gerüchte bringen die prominente Lola Cohan mit dem aufsteigenden Staatsanwalt Ted Rapley in Verbindung. Wer ist der mysteriöse Mann, der die Erbin nach dreißig Jahren in der Fremde ausführt? Sharon wittert eine Story.« Sie atmete tief durch ihre lange, elegant geschwungene Nase ein.

»Wir sind alte Freunde«, sagte ich.

»So kann man es auch nennen.« Sie wackelte mit dem Hintern, daß die Bettfedern quietschten. »Letzte Nacht waren Sie jedenfalls nicht in *diesem* Bett, als sich nebenan eine Tragödie ereignete.«

»Sharon, ich hatte so lange Geduld mit Ihnen, weil Lew mein Freund ist. Übertreiben Sie es nicht.«

Sie beugte sich vor und ließ die Unterlippe etwas hängen, als sie sprach. »Ich scherze nicht, Gabe. Ich wittere eine Story, und sie wird mir einen Job bei einer großen Zeitung einbringen, genau wie sie Ted Rapley den Weg in den Gouverneurspalast ebnet, und ich habe nicht die Absicht hierher zurückzukommen wie Lew. Ich habe mein ganzes Leben in Monticello verbracht, und ich weiß alles über die häßlichen kleinen Dinge, die hier unter den gepflegten Rasen und Gärten liegen. Sie brauchen nur ein bißchen zu graben, und Sie finden Dinge, die Sie sich nie hätten träumen lassen.«

Sie stieg elegant aus dem Bett, schlüpfte blind in die Schuhe und stand auf. Es war keine einzige Falte in ihrem Kleid zu sehen, das ihren kompakten, üppigen Körper umschmiegte. Nicht eine Strähne in ihrer schwarzen Rundfrisur war verschoben. Sie kam auf mich zu.

»Und Sie haben noch nicht genug gehabt von mir. Sie haben noch nicht einmal das kleinste Etwas gehabt.« Mit der einen Hand ergriff sie ihre Handtasche. Mit dem Zeigefinger der anderen fuhr sie mir über das Schlüsselbein. »Gute Nacht, Gabe.« Sie drehte sich um und ging aus dem Zimmer.

Als ich aus der Dusche kam, trocknete ich mich ab und ließ mich aufs Bett sinken. Ich konnte noch immer ihr Parfum riechen und die Wärme ihres Körpers spüren.

8

Am nächsten Morgen ging ich als erstes einen stabilen Besen kaufen. Dann begann ich damit, die Wege und Pfade in Edna Tutts Garten zu säubern. Wie ein Rekrut las ich alle Zigarettenstummel in den Beeten und auf dem Rasen auf. Ich wußte auch nicht, was ich wegen der zertrampelten Blumen tun sollte, aber ich mußte mir nicht lange den Kopf zerbrechen. Ein Kombi fuhr vor, und drei Frauen stiegen aus. Sie waren zwischen fünfzig und sechzig Jahre alt und trugen alle Arbeitskleidung und Sonnenhüte. Zwei stiegen über den Zaun, während die dritte, eine gedrungene Frau um die Sechzig, die das Haar in einem Knoten trug, Kisten aus dem Wagen lud. Eine großgewachsene Frau um die Fünfzig warf einen Blick auf den Garten. »Das ist ja gräßlich!« Dann sah sie mich. »Bin ich froh, daß wenigstens jemand Ordnung macht.«

Ich ging zu ihnen hinüber und stellte mich vor. Sie beäugten mich ein wenig mißtrauisch. Schließlich kannten sie mich nicht, und Edna war eines gewaltsamen Todes gestorben.

»Ich bin Muriel Todd«, sagte die Große. »Dies sind Nancy Luce«, sie war klein und hager, so um die Sechzig, und hatte schiefergraues, gekraustes Haar, »und Cora Lee.« Das war die gedrungene Frau. »Wir sind von der Monticello Flower and Garden Society. Wir waren so geschockt über das, was Edna zugestoßen ist, aber wir waren uns einig, daß wir uns um den Garten kümmern sollten. Er bedeutete ihr so viel, und schauen Sie sich an, was diese Leute damit gemacht haben!« Sie betrachtete ihn wie ein Zivilist, der zum ersten Mal in seinem Leben ein Schlachtfeld sieht.

»Das ist sehr nett von Ihnen«, sagte ich. »Ich habe getan, was ich konnte. Ich weiß, was sie über all die Zigarettenstummel gedacht hätte. Aber von Blumen verstehe ich nichts.«

»Ich weiß nicht so recht«, meinte die hagere Frau nachdenklich. »Lester Cabell könnte etwas dagegen haben, wenn wir am Tatort etwas verändern.«

»Lester Cabell kann mich mal«, sagte die gedrungene Frau, als sie mit einer Kiste voller Werkzeug durch das Gartentor kam.

»Ich habe ihn sowieso nie gemocht, und wenn er diesen Killer nicht schnell findet, sollte man ihn feuern.«

»Cora!« sagte Muriel. Dann zu mir: »Sind Sie mit den Treloars, die hier gewohnt haben, verwandt?«

»Edward und Brigid Treloar waren meine Eltern.«

»Habe ich mir gedacht. Es ist kein alltäglicher Name. Ihre Mutter kam immer am Mittwoch abend zu uns zum Bridge. Meine Mutter war Präsidentin des Bridge Clubs.«

»Dann sind Sie Muriel Zinn?« Mehr Erinnerungen stiegen in mir auf.

»Richtig«, sagte sie lächelnd. »Wir wohnten zwei Blocks weiter an der Poplar Street – im alten Jamison-Haus.«

»Sie gingen etwa zur selben Zeit ins College, als wir hierherzogen. Ich kann mich noch erinnern, daß Ihre Eltern ein paarmal bei uns zum Essen waren.«

»Es tut mir leid, daß dies gerade geschehen mußte, als Sie auf Besuch kamen.« Sie zog die Arbeitshandschuhe über und betrachtete das Haus, so, als ob sie nicht glauben konnte, daß dieser vertraute Anblick Schauplatz eines so schrecklichen Vorfalls gewesen war. Es war eine verständliche Reaktion. Die anderen zwei waren schon auf den Knien und rissen schonungslos die zertrampelten Pflanzen aus der Erde.

»Einige können wir retten«, sagte Nancy Luce. »Andere müssen wir ersetzen. Der Sommer ist zwar bald vorüber, aber wir werden den Garten schon irgendwie wieder in Schuß bringen. Edna hätte es bestimmt so gewollt.« Sie sprach im Plauderton, aber Tränen liefen ihr über die runzligen Wangen.

»Wie lange haben Sie Edna gekannt?« fragte ich die drei Frauen.

»Lassen Sie mich überlegen«, sagte Nancy, ohne ihre Arbeit zu unterbrechen. »Ich schätze, Edna trat der Society so um '68 oder '69 bei. Damals wußte sie so gut wie nichts über Pflanzen, und sie wollte etwas aus diesem Hof machen. Der alte Apfelbaum dort drüben«, sie deutete mit der Schaufel auf die Statue, »war tot. Wir fällten ihn, gruben die Wurzeln aus und halfen ihr, den Garten zu gestalten. Was die Gartenarbeit anbetrifft, war sie ein Naturtalent. Was waren ihre Pfingstrosen dieses Frühjahr doch herrlich.« Sie schniefte und tupfte sich das Gesicht mit dem Rücken ihres Handschuhs ab.

»Ist Edna jemals verheiratet gewesen?« fragte ich. »Kinder?«

»Sie hat nie etwas erwähnt«, sagte Muriel. »Edna ging nicht viel unter die Leute, obwohl sie sehr freundlich war und alle sie mochten. Sie lebte sehr zurückgezogen. Sie ging nie mit Männern aus. Das war schon etwas merkwürdig, denn sie war so eine hübsche Frau, aber es schien, als wäre sie mit dem Alleinsein zufrieden.«

»Ich hatte immer das Gefühl, sie hatte eine unglückliche Beziehung gehabt und wollte nichts mehr von Männern wissen«, sagte Nancy. »Es war nichts Bestimmtes, nur der Eindruck, den sie vermittelte. Und wieso auch nicht? Sie war unabhängig, wozu brauchte sie dann einen Ehemann? Sie hatte ihr Haus und ihren Garten. Das schien ihr zu genügen.«

»Der Nutzen von Ehemännern wird sowieso überschätzt, wenn Sie mich fragen«, warf die krötenartige Cora ein. Sie richtete den Oberkörper auf und deutete mit dem Kinn auf die bronzene Göttin. »Ich kann mich noch gut an den Skandal erinnern, den es in der Nachbarschaft ausgelöst hat, als Edna die Statue aufstellte. Van Rijn – er war reformierter Pfarrer – kam hierher in den Garten, als wir ihr halfen, neue Rosenbüsche zu pflanzen, und sagte, die Statue gefährde die öffentliche Moral. Wissen Sie, was sie ihm geantwortet hat? Sie sagte: ›Die Leute müssen sie jeden Tag ansehen. Wer sieht nicht lieber eine schöne, nackte Frau als einen häßlichen, angezogenen Mann?‹«

Die anderen lachten leise. »Sie war so ruhig, aber herumschubsen ließ sie sich nicht«, sagte Muriel.

Sie arbeiteten wie ein gut eingespieltes Team, und ich half, wo ich konnte. Sie akzeptierten mich und gaben ihre anfängliche Zurückhaltung auf. Ich denke, es half, daß ich von hier war. Wäre ich völlig fremd gewesen, hätten sie mich garantiert für den Mörder gehalten. Ich sagte ihnen, daß ich ein ehemaliger Polizist sei und die Polizei bei der Aufklärung unterstütze. Das machte meine Fragen über Edna etwas weniger verdächtig, aber sie fanden es seltsam, daß ich mich auf sie statt auf ihren Mörder konzentrierte.

»Meinen Sie, es war jemand, den sie kannte?« fragte Nancy.

»Für gewöhnlich ist es so«, antwortete ich.

»Oh, das mag vielleicht für Los Angeles zutreffen, aber die Leute hier tun so etwas nicht«, meinte Muriel ernst.

»Edna hat jedenfalls nie Umgang mit dem Gesindel in der Stadt gepflegt«, bekräftigte Cora. »Diese Leute treiben sich in den Bars und Spielhallen auf der anderen Seite des Flusses herum.«

»Von Zeit zu Zeit machte sie eine Reise«, sagte Muriel. Sie sah mir ins Gesicht. »Glauben Sie, sie könnte jemanden kennengelernt haben, der ihr hierher gefolgt ist?«

»Gut möglich«, sagte ich. »Wohin gingen diese Reisen denn?«

»Sie machte kleinere Ausflüge«, sagte Muriel, »immer nur für ein paar Tage. Sie hat was von Chicago erzählt, Boston, Knoxville, Orte wie diese. Sie besuchte Blumen- und Gartenausstellungen. Sie liebte es, auf Flohmärkten und Antiquitätenmessen herumzustöbern. Dort hatte sie alle ihre Statuetten her, an denen sie so hing.«

»Man muß das überprüfen.«

Wir sprachen noch eine Weile, aber wir waren in eine Sackgasse geraten. Es war dieselbe Geschichte: diese drei Frauen, die Edna viele Jahre gekannt hatten und die ihre Interessen geteilt hatten, wußten nichts über ihre Vergangenheit oder ihre Privatsphäre. Ich fragte nach möglichen Quellen.

»Wissen Sie, wo Edna sich die Haare schneiden ließ?« fragte ich sie.

»Im Emerald Beauty Room«, sagte Cora. »Das ist an der West Central, gleich gegenüber vom Postamt. Fragen Sie nach Sue. Ihr gehört der Laden jetzt. Sie hat Edna immer frisiert.«

Muriel lächelte mich mit ihren traurigen Augen an. »Frauen plaudern immer mit ihrer Friseuse, ist das, was Sie meinen?«

»Es ist einen Versuch wert.«

Etwas später fuhren sie davon, um die toten Pflanzen zu entsorgen und Ersatz zu holen. Der Garten sah besser aus. Die kahlen Stellen sahen trostlos aus, aber es war zumindest ordentlich. Ich hob meinen Besen auf und warf einen langen Blick auf das Haus; heute nacht würde ich hineingehen. Ich ging um das Haus herum, las dabei die letzten Zigarettenstummel auf und schaute mir die Türen und Fenster genau an. Die Doppeltür zum Keller war mit einem Vorhängeschloß gesichert, das vollkommen durchgerostet war. Es aufzubrechen würde einfach sein. Wie Sharon gesagt hatte, die alten Schlösser waren ein Witz.

Ich fuhr auf der Mansfield Road aus der Stadt und suchte ein Restaurant, wo ich etwas essen konnte, ohne daß ich Gefahr lief, jemandem zu begegnen, den ich kannte. Ich fand ein kleines Lokal, kaufte eine *Times-Tribune* und eine Zeitung aus Columbus. Zu Kaffee und Sandwich studierte ich die Artikel über den Mord.

Im Blatt aus Columbus war eine Fotografie mit einem streng dreinblickenden Ted Rapley vor Ednas Haus abgedruckt. Der Artikel stand gleich neben einer Meldung über die letzten Greueltaten der Serben und trug den Titel: *Horror in Monticello*.

Der Text begann in etwa, wie ich erwartet hatte:

> *Eine Tragödie ereignete sich im verschlafenen Städtchen Monticello, als die dort wohnhafte Edna Tutt in der Nacht auf Freitag von unbekannten Tätern gefoltert und ermordet wurde. Einzelheiten hält die Polizei noch unter Verschluß, um die Ermittlungen nicht zu gefährden, aber unbestätigte Meldungen weisen auf bizarre Umstände hin. Auf die Frage, ob es Hinweise auf einen Ritualmord gebe, antwortete Monticellos Polizeichef Lester Cabell nur: »Kein Kommentar zu diesem Zeitpunkt.« Sheriff Mark Fowles ließ durchblicken, daß ein Durchbruch kurz bevorstehe. Staatsanwalt Ted Rapley, der am späten Freitag morgen am Tatort war, sagte: »Ich will Verhaftungen sehen, und ich werde den oder die Täter vor Gericht stellen, und ich werde die Todesstrafe beantragen, und wenn ich dazu zuerst eine Änderung der Verfassung erwirken muß.«*

Ich mußte einfach grinsen, als ich das las. Es ging weiter:

> *Edna Tutt, 57, ist fünfundzwanzig Jahre in Monticello wohnhaft gewesen. Sie war bekannt für ihren wunderschönen Garten und die vielen Auszeichnungen, die sie an Messen und Blumenausstellungen gewann, und der bizarre Mord schockierte Freunde und Nachbarn.*

Kein Wort über mich, und auch nichts über die Cohans, keine Bilder von Ansel, obwohl er an jenem Morgen mit Rapley und Cabell dort gewesen war. Mangels weiterer Informationen gab die Zeitung eine Zusammenfassung weiterer, ähnlicher Morde in anderen Teilen des Landes. Hätte ich Reporter ernst genommen, wäre ich nur noch verwirrter gewesen.

Siebenundfünfzig. Edna war ein bißchen älter gewesen, als ich sie geschätzt hatte. Aber sie war auch hervorragend in Form gewesen und schien keine Laster zu haben, also war es nicht so erstaunlich.

Sharon Newells Artikel in der *Times-Tribune* war etwas ausführlicher, mit mehr Zitaten von Nachbarn und ein bißchen mehr Hintergrundinformationen über Edna – nicht, daß viel dabei herausgeschaut hätte. Sie machte eine Menge Anspielungen über Insiderinformationen und schockierende Enthüllungen, die noch folgen würden. Ich mußte zugeben, sie hatte Stil.

Ich fuhr in die Stadt zurück und parkte an der West Central. Der Emerald Beauty Room lag zwischen einem Antiquitätengeschäft und einem Café. Als ich das Geschäft betrat, begleitete eine junge Frau eine ältere Dame gerade zur Tür.

»Ich habe sie für den neunundzwanzigsten, ein Uhr, eingeschrieben. Mrs. Dawson«, sagte das Mädchen. Sie war hübsch und blond, kaum älter als neunzehn. Sie lächelte mir zu. »Was kann ich für Sie tun?«

Ich trat ein, und augenblicklich stach mir der kräftige Frisiersalongeruch in die Nase. »Mein Name ist Gabe Treloar«, sagte ich. »Sind Sie Sue?«

Aus einem Raum im hinteren Teil kam eine Frau. »Ich bin Sue Oldenburg.« Die Augen unter den dunklen Brauen waren rot umrandet. »Ich habe Sie irgendwie erwartet.« Das warf mich um. Sie wandte sich an die jüngere Frau. »Tina, für heute haben wir niemanden mehr eingeschrieben. Sie können nach Hause gehen.«

Das Mädchen sah besorgt aus. »Sind Sie sicher, daß Sie mich nicht mehr brauchen?«

»Ist schon in Ordnung. Mr. Treloar und ich haben etwas zu besprechen.«

»Okay. Dann also bis Montag morgen.« Sie warf mir einen skeptischen Blick zu, ging hinaus und zog die Tür hinter sich zu.

Sue Oldenburg schloß ab, drehte das »offen/geschlossen«-Schild um und zog die Jalousien runter. Dann sagte sie zu mir: »Kommen Sie mit.«

Ich folgte ihr, vorbei an den Stühlen, Spiegeln und dem Waschbecken, in ein kleines Hinterzimmer.

Sue Oldenburg war etwa Mitte Vierzig, von mittlerer Statur und trug einen weißen Arbeitskittel zu weißer Hose und Bluse. Ihr Haar war drahtig, fast buschig und fiel ihr in Locken auf die Schultern. Mit den dunklen Augen, den vollen Brauen und der dunklen Haut hätte man sie für eine Latina halten können, aber die breiten Wangenknochen deuteten auf indianische Vorfahren hin. Ihre Schneidezähne standen leicht vor, so daß sie Mühe hatte, sie bedeckt zu halten. Sie hatte ein gutes, festes Gesicht, aber im Moment war es gar nicht freundlich.

»Wer sind Sie, Mr. Treloar?« Ihr Blick war berechnend und intelligent. Außerdem waren ihre Augen rot von stundenlangem Weinen, was ihnen jedoch nichts von ihrer Härte nahm.

So erzählte ich die Geschichte noch einmal, ließ dabei aber alles aus, wovon ich dachte, es sei am besten bei mir aufgehoben, und schloß mit: »Die Damen von der Garden Society sagten, Sie seien Ednas Friseuse gewesen. Was können Sie mir über Edna sagen?«

Sie schaute mich lange und durchdringend an, zog dabei an ihrer Zigarette und sagte schließlich: »Okay, für den Moment nehme ich es Ihnen ab. Was wollen Sie wissen?«

»Erzählen Sie mir, wie Sie Edna kennengelernt haben.«

Sie hob ihren Blick zur Decke. »Ich kenne sie – kannte sie, sollte ich wohl eher sagen – länger als irgend jemand in der Stadt, weil ich sie an dem Tag kennenlernte, als sie hier ankam. Das war 1966. Ich hatte eben erst hier angefangen, hatte denselben Job, den Tina jetzt hat, als das Geschäft noch Emerald Reedy gehörte.

Sie kam mit dem Bus. Damals hatten wir noch keine richtige Bushaltestelle. Der Bus hielt dort oben beim Central-Café.« Sie zeigte auf das Diner mit der gekachelten Fassade und den Bogenfenstern. »Ich hatte gerade nichts zu tun und stand draußen vor dem Eingang, als der Trailways-Bus hielt und diese Frau ausstieg. Es war noch früh, so um halb neun. Es war Winter, und sie trug einen blauen Mantel. Den Kragen hatte sie hochgeschlagen, und sie trug ein Kopftuch und eine Sonnenbrille. Sie sah aus wie einer dieser Filmstars, Katharine Hepburn oder Lucille Ball – all jene, die sich in der Öffentlichkeit so anzogen, als wollten sie nicht erkannt werden.

Jedenfalls schaute sie sich um, sah das Geschäft und kam direkt auf mich zu. Sie fragte mich, ob außer mir noch jemand hier sei, und ich antwortete ihr, daß ich bis zum Nachmittag allein sei. Sie fragte mich, ob ich ihr das Haar machen könnte und niemandem etwas davon erzählen würde. Ich sagte, klar doch, es gehe mich schließlich nichts an. Ich schloß die Tür ab und zog die Jalousien runter, wie ich es vorhin getan habe. Erst dann nahm sie die Brille und das Kopftuch ab und zog den Mantel aus.«

Noch immer mit dem Blick zur Decke, blinzelte sie heftig und zündete sich eine weitere Zigarette an.

»Sie haben ja gesehen, welch eine gutaussehende Frau sie war. Aber 1966 war sie umwerfend schön. Ich dachte, sie hätte wirklich ein Filmstar sein können, aber die kannte ich damals alle, und sie war keine von ihnen. Diese Haut, dieses Gesicht und das kräftigste, glänzendste, schwärzeste Haar, das man sich vorstellen kann. Ich hätte alles darum gegeben, solches Haar zu haben – anstelle dieses Strohs.

Nun, sie wollte, daß ich es abschneide und blond färbe! Ich versuchte, sie davon abzubringen, aber sie ließ es sich nicht ausreden. Mir kamen fast die Tränen, als ich es abschnitt, aber ihr machte es überhaupt nichts aus. Es dauerte den ganzen Morgen, bis ihr Haar schließlich blond war, und es war nicht einfach mit den Mitteln, die wir damals hatten. Es war, als ob man Tinte mit Milch weiß färben wollte. Ich fand, sie sah nicht annähernd so gut aus, und sagte es ihr auch, aber sie war zufrieden damit. Siebenundzwanzig Jahre habe ich ihr jede Woche das Haar gemacht.« Tränen liefen ihr über die Wangen, als sie all die Jahre zurückblickte.

»Hat sie jemals gesagt, woher sie kam?«

»Nie. Sie hatte diesen Südstaatenakzent, als sie hierherkam, aber mit der Zeit verschwand er, als hätte sie dran gearbeitet. Nach zehn Jahren konnte man es kaum mehr hören. Manchmal sprach sie über Orte in Kalifornien, als ob sie sie gut kannte. Aber immer, wenn ich auf ihre Vergangenheit zu sprechen kam, lenkte sie das Gespräch in eine andere Richtung.«

»Familie? Männer?«

»Manchmal sprach sie von ihrer Mutter; nichts Genaueres, nur, daß sie religiös war und wieder geheiratet hatte, nachdem ihr erster Mann gestorben war. Ein paarmal erwähnte sie einen Bruder, und es schien, als liebte sie ihn, er aber brächte sie zur Verzweiflung. Ich erinnere mich daran, daß sie sagte, sie hätte einen Bruder *gehabt*, so als ob er gestorben wäre.«

Sie blinzelte, um die Tränen zu verscheuchen, und ihr Mund wurde hart. »Was die Männer angeht, so war sie genauso vage. Aber ich glaube, von Zeit zu Zeit war sie mit einem Mann zusammen.«

Das ließ mich aufhorchen. »Wie kommen Sie darauf?«

»Manchmal, wenn sie hereinkam, war sie anders, entspannter, glücklicher. Ich führte es auf eine gute Nacht mit einem Mann zurück. Andere Male sah man, daß sie geweint hatte, und wenn eine Frau keine Kinder hat, sind es meist die Männer, die sie zum Weinen bringen. Und ich denke auch, manchmal war auf ihren Reisen ein Mann dabei.«

»Erzählen Sie mir davon.«

»Nun, sie war nicht jedesmal mit einem Mann zusammen, weil wir von Zeit zu Zeit zusammen verreisten. Für gewöhnlich verbrachten wir ein paar Tage damit, Gartenausstellungen und Antiquitätengeschäfte, die sie sehen wollte, zu besuchen oder Kleider für mich zu kaufen und uns zu amüsieren. Sie genoß es immer, so als ob sie glücklich war, von hier wegzukommen. Sie schrieb jedesmal Briefe und Postkarten.«

»Wissen Sie an wen?«

Sie schüttelte den Kopf. »Ich habe nie darauf geachtet. Es waren immer nur ein paar Zeilen, die sie kritzelte und dann in den nächsten Briefkasten warf. Aber manchmal, wenn sie alleine unterwegs war, war sie schlecht drauf, wenn sie zurückkam – entweder unglücklich oder einfach müde.«

»Nahm sie sonst noch jemanden mit auf diese Reisen?«

»Nein. Soviel ich weiß, war ich ihre einzige richtige Freundin hier in der Stadt. Wir aßen öfter zusammen zu Mittag. Eine Zeitlang gingen wir zusammen in ein Heilbad. Edna gab besser auf sich acht als irgend jemand, den ich kenne. Wir gingen wegen der Sauna und des Whirlpools.« Ihr Blick verklärte sich etwas. »Ich konnte es kaum glauben, als ich in der Zeitung las, sie sei siebenundfünfzig gewesen. Sie sah jünger aus als ich, und ich bin sechsundvierzig. Sie hatte eine bessere Figur als Tina, und das Mädchen war letztes Jahr noch Cheerleader.«

»Sie wissen also auch nicht, wer sie wirklich war?« sagte ich mit Bitterkeit in der Stimme.

Sie richtete sich auf. Ihre Augen waren feurig, und ihre Unterlippe zitterte. »Edna war die netteste, liebenswürdigste – o Gott, ich kann einfach nicht glauben, daß sie nie mehr durch diese Tür kommen wird!« Dann brach sie schluchzend zusammen, krümmte sich, die Arme fest um sich geschlungen, und wurde von Krämpfen geschüttelt, daß es einem weh tat, zuzusehen.

Ich ging nach vorne in den Salon, nahm eine Handvoll Kleenex, ging wieder nach hinten, hielt sie bei ihren Schultern und wischte ihr das Gesicht ab, bis sie sich wieder einigermaßen unter Kontrolle hatte.

»Es tut mir leid«, heulte sie mit einer Kleinmädchenstimme. »Ich weine schon seit gestern morgen, und ich kann nicht aufhören.«

»Ist schon gut«, sagte ich, »ich weiß, wie es ist, jemanden zu verlieren, den man liebt.«

Langsam beruhigte sich ihre Atmung wieder. Dann schaute sie mich mit Augen, die rot, aber fast trocken waren, an. »Sie verstehen das also?«

»Ja. Und ich bin froh, daß sie eine Freundin wie Sie hatte. Ich glaubte schon, sie hatte niemanden.«

Sie holte tief Luft und beruhigte sich. »Also gut. Ich habe etwas für Sie, aber zuerst muß ich etwas wissen.«

Sie hatte gesagt, sie hätte mich erwartet, aber ich wollte sie nicht drängen. »Und was wäre das?«

»Erzählen Sie mir, was Sie an jenem Morgen in ihrem Haus gesehen haben. Erzählen Sie mir, was mit ihr geschehen ist.«

»Hören Sie, ich glaube nicht, daß Sie in der Verfassung sind –«

»Es kann nicht mehr schlimmer werden. Erzählen Sie schon. Ich kann die Anspielungen in den Zeitungen nicht länger ertragen.«

Also erzählte ich es ihr, und die ganze Zeit hindurch blieben ihre Augen trocken und hart. Als ich fertig war, saß sie geschlagene zehn Minuten da, ohne etwas zu sagen. Sie zündete sich eine weitere Zigarette an, rauchte sie bis auf den Filter hinunter und drückte sie aus.

»Okay«, sagte sie schließlich. »Ich werde für den Rest meines Lebens schlecht schlafen, aber zumindest weiß ich es jetzt.« Sie öffnete eine Schublade in ihrem Schreibtisch und nahm einen großen braunen Umschlag heraus. Ich dachte sofort an Edna und den Brief, den sie am Donnerstag morgen eingeworfen hatte.

»Das kam heute morgen mit der Post.« Sie entnahm dem großen Umschlag einen kleineren braunen, der mit Klebeband gesichert war. Daran war ein weißer Zettel befestigt, den sie mir reichte. Es war ein kurzer, mit Filzstift und in schwungvoller Handschrift verfaßter Brief.

> *Sue, Liebes*
> *Schreckliche Dinge geschehen. Es kann sein, daß wir uns nicht wiedersehen. Falls mir etwas zustößt, gib diesen Brief Mr. Gabriel Treloar, der das Appartement über meiner Garage gemietet hat. Dies ist unheimlich wichtig. Sue, es tut mir leid, siebenundzwanzig Jahre so beenden zu müssen. Es gibt so vieles, das ich Dir zu erzählen hätte, aber die Vergangenheit hat mich eingeholt, und jetzt fehlt mir die Zeit.*
> *Vielen Dank, daß Du mir eine so wundervolle Freundin warst.*
> *In Liebe*
Edna

»Sie wußte, daß es geschehen würde, nicht wahr?« fragte Sue.

»Sie wußte, daß etwas geschehen würde. Ich kann nicht glauben, daß sie einfach dagesessen und gewartet hat, bis sie kommen und ihr das antun.«

Sie gab mir den Umschlag. Er war etwa einen Zentimeter dick und fühlte sich zu schwer an, als daß er nur gewöhnliches Papier enthalten konnte. Es drängte mich, ihn sofort zu öffnen, aber ich tat es nicht. Statt dessen stand ich auf, und ich konnte die Enttäuschung in ihren Augen sehen.

»Danke, Sue. Ich halte Sie auf dem laufenden, aber das ist etwas, was ich mir alleine ansehen muß.«

Sie sah unendlich müde aus, als sie sich erhob und mich zur Tür begleitete. »Ich will, daß Sie mir mitteilen, was Sie herausfinden.«

»Das werde ich bestimmt.«

»Wenn ich Ihnen irgendwie helfen kann, sagen Sie es mir. Hier kommt einem so einiges zu Ohren.«

»Ich werde es nicht vergessen.«

Ich setzte mich in den Wagen und fuhr los. Der Umschlag neben mir auf dem Sitz schien mich zu verspotten. Fand sich darin die Antwort? Von all den Rätseln, die dieser Fall aufgab, war dies das verwirrendste. Hatte sie wirklich gewußt, was geschehen würde?

Ich hielt vor der Garage und stellte den Motor ab; dann stieg ich aus, stand einfach da und lauschte den Geräuschen des Sommernachmittags: Rasenmäher, bellende Hunde, spielende Kinder. Ich ging um das Haus herum. Die Frauen waren wieder hiergewesen und hatten neue Blumen gepflanzt. Der Garten war wieder fast so schön, wie Edna ihn hinterlassen hatte.

Ich schaute auf die Straße und in die herumliegenden Fenster. Es schien mich niemand zu beobachten. Ich ging in mein kleines Appartement und schloß die Tür hinter mir ab. Ich setzte mich mit dem dicken Umschlag hin, und meine Hände zitterten ein bißchen. Dann riß ich vorsichtig das Klebeband weg und öffnete den Umschlag. Ich nahm einen Stapel Fotos heraus.

Das erste Bild zeigte eine nackte Frau in klassischer Fünfziger-Pin-up-Pose: kniend, zurückgelehnt auf ihren Fersen sitzend, den Unterkörper im Profil, so daß die Wölbung der Oberschenkel die Schamgegend verdeckte. Der Oberkörper war leicht zur

Kamera gedreht, so daß man eine Dreiviertelansicht der perfekten Brüste erhielt. Sie hatte die Hände hinter dem Kopf verschränkt, die Ellbogen in die Höhe gestreckt und blickte direkt in die Kamera. Der Hintergrund war billigste Studiokulisse, aber das Model war atemberaubend. Jede Linie ihres Körpers strotzte vor Leben. Die Körperkontrolle und der Blickkontakt, die Art, wie sie die Kamera dominierte, so daß nicht der Fotograf der Künstler war, sondern sie, waren die Merkmale eines wirklich großen Models.

Und dann dieses von einem tiefschwarzen Pagenschnitt umrahmte Gesicht, erhellt von diesem strahlenden Lächeln, das mir so vertraut geworden war.

Unterhalb des rechten Knies stand in derselben schwungvollen Handschrift wie in Sues Brief:

Für Gabe:
Ich wünsche Ihnen ein wunderbares Leben! Alles Liebe, Edna.

Da wußte ich, wer Edna Tutt war.

9

»Sally Keane?« Lew schaute auf die Fotografie, dann zu mir und wieder auf die Fotografie. »Willst du etwa sagen, daß Edna Tutt in Wirklichkeit Sally Keane war?«

»Genau.« Als ich die Fotos sah, wußte ich, daß ich sie Lew zeigen mußte. Ich fand ihn in seinem Büro; es war nach Feierabend, und Sharon war zum Glück schon nach Hause gegangen. Ich versicherte mich trotzdem, daß die Gegensprechanlage ausgeschaltet war.

Dieses erste Bild hatte mich wieder in jene längst vergangenen Nächte im Lagerraum von Lews Vater zurückversetzt, als wir unsere Nasen in die verbotenen Magazine gesteckt hatten. Die Models waren meistens hübsche Mädchen, die sich mit dem Posieren vor der Kamera ein paar Dollar verdienten und hofften, irgendwie im Showbusineß Fuß zu fassen. Es kam äußerst selten vor, daß man das gleiche Mädchen mehr als einmal sah.

Aber es gab Ausnahmen. Eine Handvoll Models waren bemerkenswert genug, daß wir ihre Namen kannten, weil sie praktisch in allen Magazinen waren: Bunny Yeager, Diane Webber und noch ein paar andere. Und natürlich Sally Keane. Sie war die Königin unter ihnen.

»Sally Keane, mein Gott!« flüsterte er fast ehrfürchtig. »Und all die Jahre hat sie nur ein paar Blocks entfernt gelebt.«

»Das erklärt, weshalb sie ihre Haare gefärbt hat«, sagte ich. »1966 wäre sie wahrscheinlich erkannt worden. Ich kann mich nicht mehr erinnern, wann ich das letzte Mal ein Bild von ihr gesehen habe. 1967 ging ich zur Army, und in Armeebaracken gibt es Pornohefte immer in Hülle und Fülle, aber ich kann mich nicht erinnern, sie in diesen Jahren gesehen zu haben.«

Lew studierte die anderen Bilder. Es waren insgesamt deren zwanzig. Einige davon waren Aktfotos, auf anderen trug sie irgendwelche Kostüme: Strapse und BH und Stöckelschuhe, eine läppische Dienstmädchenuniform oder billige Fummel aus Leopardenfellimitation.

In jedem einzelnen von ihnen beherrschte sie die Kamera bravourös. Auch in der schäbigsten Umgebung und in der geschmacklosesten Aufmachung bedachte sie den Betrachter mit demselben verschwörerischen Blick in zwanzig verschiedenen Variationen, als hätte sie Spaß und wollte das mit ihm teilen.

Lew schaute mich über den Rand seiner Brille hinweg an. »Was ich nicht verstehe, ist, wieso schickt sie sie dir?«

»Ich weiß nicht. Das ist es, was ich herausfinden muß. Sie wollte mir etwas mitteilen, Lew, etwas Wichtiges.«

»Was willst du als nächstes tun?«

»Ich werde recherchieren. Zumindest weiß ich jetzt, wer Edna Tutt war, bevor sie nach Monticello kam.« Ich ergriff das erste Bild wieder und schüttelte den Kopf. »Aber wie finden wir etwas über ein Model heraus, das vor dreißig Jahren eine Underground-Berühmtheit war?«

»Ich weiß, wer uns weiterhelfen kann«, sagte Lew.

Das Haus lag in einer leicht heruntergekommenen Gegend zwischen der Main Street und dem Fluß. Wir hatten früher mal hier gewohnt, aber die Häuser waren kleiner und standen viel enger beisammen, als ich es in Erinnerung hatte. Wir traten auf die Veranda, und Lew klopfte. Ein Mädchen, so um die siebzehn, öffnete. Sie hatte kurzes, strohblondes Haar, das ihr wie Stacheln vom Kopf abstand.

»Oh, hallo Mr. Czuk«, sagte sie fröhlich. »Kommen Sie rein.« Sie hielt die Tür auf und trat zur Seite, um uns vorbeizulassen.

»Hallo Marty. Das ist Gabe Treloar, ein alter Freund von mir. Ist dein Vater zu Hause?«

»Ich hole ihn. Wie gefällt Ihnen meine neue Frisur?« Sie vollführte eine Drehung, damit wir sie auch von hinten betrachten konnten, wo sie von den Ohren an abwärts kahlrasiert war.

»Äh, sehr schön, Marty. Viel besser als grün oder schwarz.«

»Danke, das finde ich auch.« Das Mädchen hatte einen Fitneßstudio-gestählten Körper, wie er in letzter Zeit in Mode gekommen war: kein Gramm Fett, aber zu viele Muskeln, um magersüchtig auszusehen. Sie rannte davon, um ihren Vater zu holen. Eine halbe Minute später kam Scott Van Houten ins Wohnzimmer.

»Hallo Lew, Mr. Treloar. Was gibt's?«

»Scott«, sagte Lew, »wir haben da ein kleines Problem, bei dem wir deine Hilfe benötigen, aber du mußt für ein paar Tage dichthalten.«

Er sah etwas verdutzt aus. »Klar doch. Worum geht's?«

Lew reichte ihm die Fotos. Er nahm sie und ging mit uns zum Couchtisch. »Nehmen Sie Platz, meine Herren.« Wir setzten uns, und er breitete die Bilder auf dem Tisch aus, betrachtete sie eingehend und schaute mich dann an. Dasjenige, das sie mir gewidmet hatte, hatte ich vorher herausgenommen.

»Sally Keane. Sind Sie ein Sammler, Mr. Treloar? Dies sind gute Bilder.«

»Es geht um etwas, woran ich gerade arbeite. Ich brauche Informationen über diese Frau.«

»Ich weiß, daß sie eine ganze Weile ein Top-Model war. Dann verschwand sie irgendwann in den späten Fünfzigern oder frühen Sechzigern. War eine mysteriöse Angelegenheit.«

Aus der Küche kam eine Frau, die mir als Mrs. Van Houten vorgestellt wurde. Sie konnte es an Leibesfülle mit ihrem Mann problemlos aufnehmen, hatte ein freundliches Gesicht und schien gar nichts dabei zu finden, daß drei Männer um ihren Couchtisch saßen und sich Fotos von einer nackten Frau ansahen. Sie bot uns Kaffee und Snacks an, aber wir lehnten dankend ab.

Marty kam herein und betrachtete die Bilder. »Sie hatte ein Gewichtsproblem, nicht?«

»Marty«, sagte Scott, »in den Fünfzigern war diese Frau eine Göttin. Damals hatte eine Frau noch nicht auszusehen wie ein vierzehnjähriger Junge mit Möpsen.«

»Die Fünfziger«, sagte sie so, als ob damals noch Dinosaurier durch Ohio gestreift wären.

Mrs. Van Houtens Mutter kam mit einem Tablett Brownies, Tassen und einer Kanne Kaffee zurück. Offensichtlich wußte sie, daß Männer Essen nur aus falsch verstandener Höflichkeit ablehnen. Die Brownies waren ausgezeichnet.

»Und mehr weißt du nicht über sie?« fragte Lew.

»Ich nicht. Aber ich kenne da jemanden, der euch mehr sagen kann.«

»Wer ist das?« fragte ich.

»Irving Schwartz. Er veröffentlicht die Sally-Keane-Mitteilungen.«

Ich traute meinen Ohren nicht. »Wollen Sie damit sagen, Sally Keane hat einen *Fanclub*?«

»Aber sicher«, sagte er und schaute mich an, als hätte ich bisher auf dem Mond gelebt. »Das Blatt heißt *Neat-O Kean-O*; erscheint zwei- bis dreimal jährlich. Es ist hauptsächlich ihr gewidmet, enthält aber auch Artikel über andere Models aus der Zeit und verwandte Themen.«

»Ich glaube, die Welt ist viel merkwürdiger, als die meisten von uns es sich vorstellen können«, meinte Lew. »Kannst du diesen Mann für uns kontaktieren?«

»Klar. Kann ich ihm diese Bilder faxen? Wenn welche darunter sind, die er noch nie gesehen hat, will er todsicher mit euch sprechen.«

»Tun Sie das«, sagte ich. »Und sagen Sie ihm, es sei dringend.«
»Alles, was mit Sally Keane zu tun hat, ist dringend für ihn. Ich kann das von hier aus tun. Wenn er zu Hause ist, sollten wir morgen eine Antwort haben.«

Er ging mit den Bildern nach oben, und wir plauderten mit Marty und ihrer Mutter, während Scott den Ritualen seines Berufs nachging. Er kam wieder herunter, gab mir die Fotos zurück, und ich gab ihm meine neue Telefonnummer. Er versprach, mich sofort anzurufen, sobald er eine Antwort von Schwartz hatte. Wir verabschiedeten uns und gingen.

»Weißt du, Gabe«, sagte Lew, »diese Geschichte wird immer verrückter! Da könnte ein Pulitzer-Preis für mich herausschauen. Ich hätte nie gedacht, daß mir mal so was unterkommen würde. Ich hatte schon lange aufgegeben.« Kein Zweifel. Da war er wieder, der junge Reporter.

Er setzte mich bei der *Times-Tribune* ab, wo ich meinen Wagen geparkt hatte, und ich fuhr zu einem Shopping-Center. Die Apotheke hatte zum Glück noch geöffnet. Ich kaufte mir eine kleine Taschenlampe sowie ein Paar Chirurgenhandschuhe und fuhr dann zurück zu meinem Appartement. Ich studierte die Fotos noch einmal, aber alles, was ich sah, war eine wunderschöne, junge Frau vor dreißig Jahren.

Als es spät genug war, ging ich hinaus und quer durch den Garten. Es waren nur die üblichen Geräusche einer Sommernacht zu hören. An der Hintertür nahm ich die Karte für die öffentliche Bibliothek, die ich jetzt nicht mehr brauchte, aus der Brieftasche. Das Schloß war ein Kinderspiel. Ich brauchte nur ein paar Sekunden.

In einem leeren Haus ist es immer ruhig, aber in einem, dessen Besitzer gestorben ist, erscheint die Stille noch viel intensiver. Ich blieb ein paar Minuten regungslos stehen, bis sich meine Augen an die Dunkelheit gewöhnt hatten. Es war nicht vollkommen dunkel. Die Vorhänge waren offen, und von der Straßenbeleuchtung an der Ecke strömte Licht herein.

Ich suchte das Erdgeschoß gründlich ab und brauchte für jedes Zimmer vielleicht zehn Minuten. Alles war noch so, wie es die Polizei zurückgelassen hatte. Niemand hatte aufgeräumt.

Die Beamten waren sehr gründlich gewesen. Überall schimmerte Fingerabdruckpulver im Licht der Straßenlaterne. Um selber keine Abdrücke zu hinterlassen, hatte ich die Gummihandschuhe angezogen.

Im Erdgeschoß fand ich nichts. Ich ging die Treppe hoch. Die losen Stufen ächzten unter meinen Schritten, aber es war niemand da, der mich hören konnte. Ich sah im Fitneßraum nach und in einem anderen Zimmer, das Edna als Nähzimmer eingerichtet hatte. Nichts. Dann holte ich tief Luft und ging ins Schlafzimmer, wo sie gestorben war.

Vom Bett war nur noch das Gestell da. Die Bettwäsche und die Matratze hatten sie zur Untersuchung ins Labor geschickt. Auf dem Boden waren häßliche Flecken zu sehen; alles war umgeworfen. Ich brauchte keine fünf Minuten, um festzustellen, daß es hier nichts zu finden gab. Als ich wieder auf dem Flur stand, hatte ich das Gefühl, als hätte ich die ganze Zeit den Atem angehalten.

Als nächstes war der Estrich dran, den man über eine schmale Treppe erreichte. Lange Fetzen Fiberglas-Isolation hingen von den Dachschrägen des länglichen, schmalen Raumes. Ich stöberte ein bißchen herum, bis ich mir sagte, daß ich hier meine Zeit vergeudete. Was immer sie gesucht hatten, war nicht sehr groß. Es war ein altes Holzhaus, und Edna hatte gut dreißig Jahre Zeit gehabt, sich mit all den Winkeln und Verstecken darin vertraut zu machen.

Ich ging wieder hinunter in die Küche und dann in den Keller. Es war düster und feucht, und die Luft war abgestanden. Der Geruch erinnerte mich an die Zeit, als ich hier unten gespielt und mir vorgestellt hatte, es sei ein Verlies, ein Schloß, Frankensteins Laboratorium. An der Decke hing ein verwirrendes Labyrinth von Leitungsrohren, die von früheren Heizungssystemen stammten. Sie waren alle heruntergerissen und aufgebrochen worden. Die Mörder waren in jener Nacht unheimlich beschäftigt gewesen.

Ich ging aus dem Haus und schloß die Tür hinter mir ab. Was immer sie gesucht hatten, sie hatten es nicht gefunden. Was war es? Und wieso hat ihnen Edna nicht gesagt, wo es war?

Es war natürlich gut möglich, daß sie es ihnen nicht gesagt hatte, weil es gar nicht existierte. Die Bilder, die sie mir geschickt hatte, waren es nicht. Da war ich mir ganz sicher. Es war nichts darauf zu sehen, für das es sich zu töten lohnte.

Ich beschloß, in der Garage nachzusehen. Sie war nicht einmal abgeschlossen. Ednas Wagen war ein alter Toyota mit siebzigtausend Meilen auf dem Tachometer. Im Handschuhfach war nichts von Interesse. Ich öffnete den Kofferraum, der nur ein Reserverad und einen Karton mit alten Magazinen enthielt: *Look, Collier's, Saturday Evening Post, Redbook,* allesamt aus den dreißiger und vierzig Jahren; ein Flohmarktkauf. Nur für den Fall nahm ich den Karton heraus und machte den Kofferraum zu. Es war gut möglich, daß etwas in den Zeitschriften versteckt war, aber ich wollte warten, bis ich besseres Licht hatte.

Sonst war nichts in der Garage. Ich trug den Karton auf mein Zimmer und knipste die Nachttischlampe an. Nach zwei Stunden in der Dunkelheit mußten sich meine Augen zuerst wieder an das Licht gewöhnen.

Eines nach dem anderen blätterte ich durch die Magazine, hielt sie mit dem Rücken nach oben, so daß alles, was lose war, herausfallen würde. Nichts. Nur eine Menge Artikel, Fotoreportagen über längst vergangene Ereignisse, Leute, die schon lange tot waren, Werbung für Produkte, die längst vom Markt waren. Historische Kuriositäten. Eine weitere Sackgasse. Ich schloß das letzte Heft und legte es auf die anderen.

Ich zog mich aus, ging zu Bett und löschte das Licht. Ich schlief bald ein, aber ich träumte die ganze Nacht hindurch, wurde von einer Frau mit schwarzen Haaren und einer mit grauen Augen, in denen man kein Weiß sah, gequält. Sie hänselten und neckten mich, versprachen mir himmlische Genüsse, verschwanden aber in dem Moment, in dem ich sie in die Arme schließen wollte. Gegen drei Uhr fuhren wir zu dritt in einem Wagen den alten Küsten-Highway entlang. Es war ein alter, vertrauter Traum voller Furcht und Schuld, aber dies war das erste Mal, daß ich zwei nackte Frauen bei mir hatte. Normalerweise war ich allein. Sie lachten und zeigten auf die Stelle, wo ich über die Klippen hinausfahren sollte. Ich steuerte gehorsam darauf zu und pflügte durch die Leitplanken. Sie zerrissen wie Kleenex, und mit einem letzten Lachen verschwanden die Frauen genau in dem Moment, als sich die Kühlerhaube nach unten neigte und der Pazifik kurz aufblitzte, und dann war durch die Windschutzscheibe nichts mehr zu sehen als die zerklüfteten Felsen am Grund des Kliffs, die mit erschreckender Geschwindigkeit näher kamen.

Ich schreckte mit pochendem Herzen aus dem Schlaf. Erdrückend lasteten die Schuldgefühle auf mir, und ich setzte mich auf und zwang mich, mich zu beruhigen. Ich hatte den Traum mit kleinen Variationen gehabt, seit mein Vater 1966 seinen Kopfsprung vom Küsten-Highway gemacht hatte. Es war fast ein Monat vergangen seit dem letzten Mal, und so war ich nicht überrascht, daß ich ihn wieder geträumt hatte. Aber weshalb waren Lola und Edna darin vorgekommen? Ich kam zum Schluß, daß ich viel an sie dachte und sie sich deshalb in meinem alten Alptraum eingenistet hatten.

Es wurde langsam hell, und ich sah keinen Sinn darin, wieder schlafen zu gehen. Also zog ich mich an und ging joggen.

Wieder daheim nahm ich eine Dusche, schlüpfte in frische Kleider und fragte mich dann, was ich an einem Sonntag wohl erreichen konnte. Ich beschloß, daß ich am dringendsten einen Kaffee brauchte, und auf Instantkaffee hatte ich keine Lust. Ich ging in das mir inzwischen vertraute Café und bestellte Frühstück. Dann kaufte ich mir ein paar Zeitungen und ging damit wieder nach Hause. Als ich ankam, fuhr gerade ein roter Jaguar vor.

»Guten Morgen, Gabe«, sagte Sharon Newell.

»Was wollen Sie, Sharon?«

»Was ich will? Interessiert Sie nicht, was ich anzubieten habe?« Sie hielt ein paar zusammengefaltete Blätter Papier hoch.

»Also gut«, sagte ich, »aber ich kann Sie nicht hereinbitten. Sie ruinieren mir sonst noch meinen Ruf.«

»Ich habe hier«, und dabei winkte sie mit den Blättern, »einige Kopien von einem Freund, der im Büro des Sheriffs arbeitet und mir einen Gefallen schuldet.«

»Zeigen Sie mal her«, sagte ich.

»Dies hier«, sie nahm das erste Blatt, »ist von der Sozialversicherungsbehörde. Es besagt, daß Edna Tutt am 5. Mai 1936 in Los Angeles, Kalifornien, geboren wurde. Im Februar 1966 beantragte sie einen Sozialversicherungsausweis. Seltsam, nicht? Damit zu warten bis man dreißig ist?«

Ich zuckte die Schultern. »Das kommt vor. Eine Frau heiratet, führt den Haushalt und hat nie einen Job gehabt; oder sie pflegt ihre Mutter, oder sie hat geerbt.«

»Aber sicher. Und das hier«, sie nahm ein weiteres Blatt, »ist ein Fax vom Queen-of-Angel-Krankenhaus in L. A.: Edna Tutts Geburtsurkunde.«

»Und auf dem nächsten steht, daß Edna Tutt am 6. Mai 1936 starb, habe ich recht?«

»Eigentlich ist es der siebte. Sie haben geguckt.«

»Ist ein alter Trick. Sie wollen eine neue Identität, dann suchen sie jemanden, der etwa zur gleichen Zeit wie Sie geboren wurde und im Kindesalter starb. Sie beantragen eine Kopie der Geburtsurkunde des Kindes und können damit einen Sozialversicherungsausweis beantragen, ohne daß Sie Gefahr laufen, daß jemand auf einen Antrag der richtigen Person stößt. Damit bekommen Sie dann einen Reisepaß und alles, was Sie sonst noch brauchen. Es ist nicht mehr so einfach, wie es einmal war, aber es funktioniert immer noch.«

»Hätte eine unbedarfte Frau das 1966 gewußt?«

»Wenn sie viele Spionageromane las, dann ja. Ian Fleming war zu der Zeit eine große Nummer.«

»Was haben Sie herausgefunden, Gabe? Etwas an Ihnen läßt meine Fühler erzittern.«

»Ich weiß absolut nichts, Sharon.« Ich tat so, als ob ich die Titelseite der dicken Sonntagszeitung studierte.

»Ach hören Sie doch auf. Lew benimmt sich wie ein Teenager, der einem Cheerleader an die Wäsche will. Ich will wissen, was es ist.«

»Leisten Sie weiterhin so gute Arbeit, Sharon. Wenn Sie mehr Material aus Marks und Lesters Büro haben, kommen Sie damit zu mir.«

Sie lächelte süß. »Wie geht's Lola?«

»Ich habe sie schon eine ganze Weile nicht mehr gesehen.«

»Niemand hat sie gesehen.«

»Was wollen Sie damit sagen?« Die Frau konnte einem unter die Haut gehen wie eine Infusionsnadel.

»Lola Cohan wurde seit Donnerstag nachmittag nicht mehr gesehen. Halten Sie sie irgendwo versteckt?«

»Wenn ich das getan hätte, hätten Sie sie mittlerweile gefunden. Sie ist wahrscheinlich irgendwo hingegangen; Cape Cod, New York...«

»Muß ich Sie mit meinen körperlichen Reizen überzeugen?«

»Bis dann, Sharon.«

Sie schenkte mir ein letztes säuerliches Lächeln und legte den ersten Gang ein. Sie gab Gas und flitzte die Straße hinunter, als witterte sie irgendwo im Norden eine Story.

Ich schlug den Morgen mit Zeitunglesen tot.

Der Mord war mittlerweile auf Seite drei zurückgerutscht. Alle waren sich einig, daß man kurz vor einer Verhaftung stand, aber sonst gab es nichts Neues. Ich war eben bei den Comics angelangt, als das Telefon läutete.

»Ich möchte einen Mr. Gabriel Treloar sprechen«, sagte eine aufgeregte Stimme.

»Am Apparat.«

»Mr. Treloar, mein Name ist Irving Schwartz. Ich rufe wegen dieser Sally-Bilder an, die mir gestern abend gefaxt wurden.«

»Sie vergeuden auch keine Zeit, nicht?«

»Auf keinen Fall. Wie viele Leute haben Sie bis jetzt kontaktiert?«

»Niemanden. Ich wußte nicht, daß es da überhaupt jemanden gab, bis Scott Van Houten mir gestern abend von Ihnen erzählte.«

Es entstand eine längere Pause, als hätte ich ihm einen langsamen Ball zugeworfen. »Wollen Sie damit sagen, Sie haben noch nie etwas von *Neat-O Kean-O* gehört?«

»Ich wußte nicht einmal, daß sich außer einem alten Freund und mir überhaupt noch jemand an Sally Kean erinnert.«

Schwartz lachte ungläubig. »Kaum zu glauben, daß ich sie ganz für mich alleine habe! Hören Sie, Mr. Treloar. Ich zahle Ihnen einen guten Preis für die Bilder. Sieben davon habe ich noch nie gesehen! Ich werde damit eine Sonderausgabe machen.«

»Ich verkaufe keine Fotos, Mr. Schwartz.«

»Nein? Weshalb dann –«

»Welches davon hätten Sie am liebsten?« fragte ich ihn.

»Äh, ich würde sagen, das mit dem französischen Dienstmädchen. Es wurde im April '57 im Venice Photography Club aufgenommen, und ich dachte, ich hätte sie alle, aber –«

»Es gehört Ihnen, gratis, wenn Sie mir dafür ein paar Informationen geben.«

»Die Informationen sind kein Problem, aber den Rest will ich trotzdem kaufen.«

»Darüber können wir uns ein anderes Mal unterhalten.«

»Okay. Was wollen Sie wissen?«

»Zuerst, wann hörte Sally mit dem Modellstehen auf?«

»Zwischen 1955 und 1963 war sie unheimlich aktiv. Danach arbeitete sie von Zeit zu Zeit mit Profis und in ein paar der Clubs, aber sie dachte bereits ans Aufhören. Gegen Ende '64 hörte sie dann schließlich ganz auf.«

»Wissen Sie, weshalb?« fragte ich.

»Niemand weiß das so genau, aber ich denke, sie hatte einfach genug. Sie verdiente gutes Geld, aber sie war mit Recht stolz auf ihr Aussehen und wollte ihren Körper wahrscheinlich nicht zeigen, wenn er am Verblühen war.«

»Wenn Sally nicht voll arbeitete, wie kam sie dann über die Runden?«

»Sie arbeitete eine Zeitlang als Sekretärin bei Warner Brothers und hatte andere Jobs bei den Film- und Fernsehstudios. Sie versuchte die ganze Zeit ins Film- und Fernsehgeschäft zu kommen, aber geschafft hat sie es nie. Sie hatte ein paar Nebenrollen in Filmen, tanzte in der Chorus Line in der Ed Sullivan Show, solche Sachen. Sie war ein paarmal in New York, als Modell oder um in Shows zu arbeiten. Aber aus einer Schauspielerkarriere schien offenbar nichts zu werden, und ich denke, dies war mit ein Grund, weshalb sie schließlich aufhörte. Sehen Sie, meiner Meinung nach war sie das größte Model aller Zeiten, aber sie tat es bloß, um ihren Schauspiel-, Gesangs- und

Sprechunterricht zu finanzieren, um ›seriöse‹ Angebote zu bekommen. Alle, die sie kannten, sagten, sie sei die am härtesten arbeitende Frau in ganz Südkalifornien. Unterricht am Pasadena Playhouse, gefolgt von sechs Stunden Aufnahmen am Strand von Malibu, dann Abendkurse an der Universität, so ging das jeden Tag, jahrelang.«

»War sie jemals verheiratet?«

»Nein, soviel ich weiß, nicht. Sie ging aus, hatte ein paar Freunde, aber nicht für lange, was absolut verständlich ist. Ich meine, bei diesem Programm, da bekam sie keiner oft zu Gesicht. Sie war mit ihrem Beruf verheiratet, oder sie hoffte zumindest, es würde ihr Beruf werden.«

»Kannten Sie sie persönlich?«

Er lachte ein bißchen traurig. »Ich wünschte es mir. Nein, ich war erst zwölf, als sie aufhörte. Ich entdeckte sie erst, als ich so mit zwanzig Jahren ins Zeitschriftengeschäft einstieg. Einige Sammler verlangten nach Fotos von diesem großartigen Model aus den Fünfzigern, und als ich sie zum ersten Mal sah, habe ich mich gleich in sie verliebt.«

»Gibt es jemanden, der weiß, wo sie jetzt ist?«

»Mr. Treloar, vom Tag an, an dem sie verschwand, hat sie keiner mehr gesehen oder etwa von ihr gehört. Damals hat sie niemand gesucht. Erst Jahre später begann dieser Kult um Sally, und da hatte sich schon jede Spur verloren.« Er hielt inne und fügte dann etwas wehmütig hinzu: »Um ehrlich zu sein, es hat auch niemand ernsthaft nach ihr gesucht.«

»Und weshalb nicht?«

»Sie war eine Göttin – ein Fabelwesen. Ich glaube, wir alle wollten sie so in Erinnerung behalten, wie sie war. Wieso sie vom Podest holen? Sie ist wahrscheinlich irgendwo mit einem Mann verheiratet, der keine Ahnung hat, womit sie damals ihr Geld verdient hat. Keiner verehrt sie mehr als ich, aber wenn ich wüßte, wo sie ist, würde ich sie in Ruhe lassen.«

»Eine Frage noch, und das Bild gehört Ihnen.«

»Schießen Sie los.«

»Kennen Sie jemanden, der ihr in der Zeit, als sie noch als Model arbeitete, nahestand? Gibt es eine Freundin, eine Zimmergenossin oder einen Arbeitgeber, den man noch fragen könnte?«

»Sally arbeitete die meiste Zeit für Bloom Photo Service; Irma Bloom führt das Geschäft noch immer. Ihr Mann, Sam, ist vor ein paar Jahren gestorben. Die meisten frühen Bilder stammen von ihm.« Er gab mir eine Telefonnummer in L. A.

»Vielen Dank, Mr. Schwartz. Sie waren mir eine große Hilfe. Ich schicke Ihnen das Bild gleich heute zu.«

»Hören Sie, Mr. Treloar, ich muß das Bild, auf dem sie auf einem Pferd sitzt, unbedingt haben. Es gibt nur zwei Akte mit Pferd. Beide stammen aus einer Reihe von Aufnahmen im San Gabriel Valley aus dem Jahr 1958. Das Bild auf dem Fax sieht aus, als wäre es etwa drei Jahre früher gemacht worden, und sie sitzt auf einem Palomino –«

»Wir unterhalten uns ein andermal darüber, Irving«, sagte ich ihm. »Auf Wiedersehen.«

Ich wählte die Nummer, die er mir gegeben hatte. Nachdem es viermal geläutet hatte, nahm eine Frau ab.

»Bloom Photo Service.« Der Stimme nach war es eine schon etwas ältere Frau, und sie klang müde.

»Spreche ich mit Irma Bloom?«

»Ja.«

»Mrs. Bloom, mein Name ist Gabriel Treloar. Ich rufe wegen eines Models an, das für Ihre Agentur gearbeitet hat: Sally Keane.«

Sie stieß einen lauten Seufzer aus. »Hören Sie, es ist Sonntag, und ich bin nur im Büro, um ein paar Dinge zu erledigen. Wenn Sie etwas über Sally wissen wollen, dann sprechen Sie mit Irving Schwartz. Er publiziert ihr Fan-Magazin. Ich kann Ihnen seine Nummer geben.«

»Ich habe soeben mit ihm gesprochen, und er hat mir Ihre Nummer gegeben. Ich bin kein Sally-Fan, Mrs. Bloom, ich bin Detektiv.« Ich fühlte, wie mir das Blut in den Kopf schoß. Aber ich fühlte mich auch gut, weil es die Wahrheit war.

»Ein Detektiv? Hören Sie, wenn Sie einer von denen sind, die herausfinden wollen, wohin sie verschwunden ist, dann kann ich Ihnen nicht weiterhelfen. Ich weiß es selber nicht.«

Ich holte tief Luft. »Mrs. Bloom, ich rufe aus Ohio an. Sally Keane lebte hier unter einem anderen Namen, seit sie Kalifornien verlassen hat. Sie wurde in der Nacht vom Mittwoch auf Donnerstag ermordet. Es besteht Grund zu der Annahme, daß das Verbrechen irgendwie mit ihrer Vergangenheit zusammenhängt, und ich bin dankbar für alles, was Sie mir über sie erzählen können.«

»Ermordet? Mein Gott. Sind Sie sicher, daß sie es war?«

»An ihrer Identität besteht kein Zweifel.«

»Das ist schwer zu glauben. Ich meine, ich weiß nicht, warum das so ist. Ich lebe in L. A., und hier werden täglich Menschen grundlos ermordet. Mein Gott, noch letztes Frühjahr hat sie mir eine Postkarte geschrieben. Es war im Mai, glaube ich, vielleicht auch im Juni.«

»Haben Sie sich oft geschrieben?«

»Ich konnte ihr nie zurückschreiben. Drei- oder viermal im Jahr erhielt ich eine Postkarte oder einen kurzen Brief. Sie trugen nie einen Absender, und sie waren immer in einer anderen Stadt aufgegeben worden, für gewöhnlich im Mittleren Westen oder im Süden.«

Ich dachte daran, was Sue Oldenburg darüber gesagt hatte. »Was hat sie Ihnen denn geschrieben?«

»Nicht viel. Es waren immer nur ein paar Zeilen, und sie schrieb nur, daß es ihr gutgehe, daß sie viel im Garten arbeite, alles Gute, solche Dinge.«

»Nichts über Probleme? Daß vielleicht jemand aus der Vergangenheit plötzlich aufgetaucht ist? Etwas in der Art?«

»Nie. Und sie ließ keinen Zweifel daran, daß sie ein neues Leben angefangen hatte und in Ruhe gelassen werden wollte.«

»Wissen Sie, ob sie noch jemand anderem in Kalifornien geschrieben hatte?«

»Wenn, dann hat nie jemand etwas gesagt.«

»Okay. Ich brauche ein paar Informationen. Wann haben Sie Sally kennengelernt?«

»Sie kam '55 hierher. Sie war erst ein paar Monate in L. A. und arbeitete als Kellnerin. Sie versuchte ins Filmgeschäft zu kommen wie all die hübschen Dinger damals. Jemand bei der Maury

Spielman Agency gab ihr unsere Karte, und eines Tages tauchte sie hier auf. Sam, das ist mein verstorbener Mann, Gott erbarme sich seiner Seele, machte ein paar Probeaufnahmen, und sie hatte den Job. Das Mädchen war ein Naturtalent.«

»Wie lange hat sie für Sie gearbeitet?«

»Länger als alle anderen Models ... acht oder neun Jahre. Nach dem ersten Jahr wurde sie regelmäßig gebucht – die Magazine, die Clubs, die Fotografen, alle wollten sie, und sie machte mit.«

»Gab es Eifersuchtsszenen deswegen?«

»Ein paarmal schon, nehme ich an. Aber sie war ja so liebenswürdig und freundlich. Ich glaube nicht, daß ihr jemand lange böse sein konnte. Sehen Sie, die meisten Mädchen standen nebenbei Modell und gaben sich nicht groß Mühe. Sie hingegen liebte die Arbeit. Sie gab bei jeder Aufnahme ihr Bestes. Sie nähte alle ihre Kostüme selbst. Sie entwarf sogar ihre Schuhe und Stiefel, und wir ließen sie dann bei einem Hersteller in Burbank anfertigen.«

»Verdiente sie gut?«

»Sehr gut, im Gegensatz zu den anderen Mädchen, weil sie so gefragt war.«

»Wofür hat sie das Geld ausgegeben?«

»Ich dachte immer, sie lege es auf die hohe Kante, weil sie sehr sparsam lebte. Sie schneiderte nicht nur ihre Kostüme selbst, sondern auch alle ihre eigenen Kleider. Sie achtete sehr darauf, was sie aß. Sie ging nicht auf Parties, obwohl die anderen Mädchen dachten, man müsse die wichtigen Leute im Filmgeschäft kennenlernen. Sie war sehr streng erzogen worden, und das merkte man. Sie rauchte und trank nie, und ich habe sie nie fluchen gehört.«

»Aber sie stand Fremden nackt Modell.«

Irma lachte. »Mr Treloar, sie war ein sympathisches, schönes Mädchen, das bezüglich ihres Körpers überhaupt keine Komplexe hatte. Man brauchte sie nicht erst zu überreden, sich auszuziehen. Wenn sie einen Fehler hatte, dann war es ihre Eitelkeit. Sie trainierte jeden Tag in einem Fitneßcenter – und das in den Fünfzigern, als das nur Sportler taten. Aber Sie haben mich ge-

fragt, wofür sie ihr Geld ausgab. Nun, all der Unterricht, den sie besuchte, muß einiges gekostet haben, und ich weiß, daß ihr Bruder sie teuer zu stehen kam.«
»Ihr Bruder?«
»Ja. Er tauchte von Zeit zu Zeit auf und wohnte bei ihr. Eine Zeitlang war er in der Navy, soviel ich mich erinnere. Er fuhr sie zur Arbeit und holte sie wieder ab. Ich habe ihn ein paarmal getroffen; ein wirklich höflicher, gutaussehender Südstaatenjunge. Aber er war ein Tunichtgut, immer in Schwierigkeiten, und sie mußte mehr als einmal aufs Revier gehen und Kaution für ihn stellen.«
»Was für Schwierigkeiten?«
»Hauptsächlich kleinere Dinge: Erregung öffentlichen Ärgernisses in angetrunkenem Zustand, Kneipenschlägereien, kleinere Diebstähle, und einmal, glaube ich, Autodiebstahl. Dann war er wieder ein, zwei Jahre weg, aber er tauchte immer wieder auf.«
»Können Sie sich an seinen Namen erinnern?«
»Ach Gott, das ist so lange her... Steve oder Stan oder so ähnlich.«
»Was ist mit anderen Männern? Liebhabern? Verehrern?«
»Sie hatte schon Verabredungen. Bei ihrem Aussehen mangelte es ihr nicht an Angeboten, aber sie wollte immer beim Film Fuß fassen, und das hatte Vorrang.«
»Gab es vielleicht unschöne Trennungen? Ich frage das, weil die Umstände ihres Todes auf jemanden hindeuten, der besessen gewesen sein muß, der seit langer Zeit einen Groll gegen sie hegte.«
»O Gott. Hören Sie, die letzten zwei Jahre, die sie an der Westküste lebte, hat sie nicht mehr für uns gearbeitet. Wir sind ein paarmal zusammen essen gegangen. Ich weiß, daß sie mit einem Mann zusammen war, vielleicht sogar mit ihm zusammengelebt hat. So wie sie darüber sprach, stand die Beziehung auf etwas wackligen Beinen. Es könnte jemand gewesen sein, der mit ihrem Bruder zu tun hatte, aber mehr weiß ich nicht.«
»Hören Sie, Mrs. Bloom, etwas läßt mir keine Ruhe. Sally war so schön, und sie strengte sich über so lange Zeit an, im Showbusineß Fuß zu fassen. Weshalb hat sie es nicht geschafft?«

Irma zögerte einen Moment und lachte dann etwas traurig. »Mr. Treloar, sie war ein schönes Mädchen, aber in Hollywood verdienen die Leute ihren Lebensunterhalt mit Schönsein. Sie versuchte es zwar, aber sie war nicht sehr gut. Sie konnte ein bißchen tanzen, aber sie war eine Athletin, keine Tänzerin. Sie konnte nicht singen, ja konnte nicht einmal einen Ton halten. Unbedeutende Nebenrollen waren alles, wofür sie gut war. Als sie hier ankam, hatte sie den breitesten Tennessee-Akzent, den man sich vorstellen konnte. Und wieviel Sprechunterricht sie auch hatte, sie wurde ihn nicht los. Sie vermochte ihn zwar ein bißchen zu glätten, aber auch wenn sie es zum Film geschafft hätte, hätte sie für den Rest ihres Lebens Südstaatencharaktere spielen müssen, und das war ihr nicht gut genug. Lucy war ein großes Modell, aber das war es dann auch schon.«

Ich war wie vom Donner gerührt. »Einen Moment. Wer ist Lucy?«

»Über wen sprechen wir? Sie dachten doch nicht, Sally Keane wäre ihr richtiger Name?«

»Ich habe mir keine Gedanken darüber gemacht«, sagte ich. Es war das erste, das ich sie hätte fragen müssen.

»Nein, Sam hat ihr den Namen gegeben, als sie bei uns anfing. Eine Menge Models benutzen Künstlernamen. Lucy wollte ihren richtigen Namen erst benutzen, wenn sie den Durchbruch geschafft hatte, und der fand nie statt. Sie war Lucinda Elkins aus Holston, Tennessee. Ich konnte es mir merken, weil dort eine große Eastman-Kodak-Fabrik steht, von der wir immer eine Menge Fotomaterial bezogen.«

Ich notierte mir den Namen. Edna hatte mehr Schalen als eine Zwiebel. »Kam Sally – ich meine Lucy – irgendwann mit dem Gesetz in Konflikt?«

Irma lachte. »Ich glaube, sie hat noch nicht einmal falsch geparkt. Es war ihr immer peinlich, wenn ihr Bruder in Schwierigkeiten geriet. Ich glaube, das hing mit ihrer Erziehung zusammen.«

»Mrs. Bloom, Sie waren mir eine große Hilfe. Sollte Ihnen noch etwas einfallen, das wichtig sein könnte, rufen Sie mich bitte an.« Ich gab ihr meine Nummer.

»Tut mir aufrichtig leid, von ihrem Tod hören zu müssen. Ich habe das Mädchen wirklich gemocht. Die Welt ist ein so schrecklicher Ort geworden.«

»Das ist sie, Mrs. Bloom. Aber ich glaube, Sie haben mir mehr geholfen, als Sie wissen.«

»Benachrichtigen Sie mich, wenn der Fall gelöst ist?«

»Ich schicke Ihnen eine Kopie meines Berichts«, versicherte ich ihr.

Nachdem ich aufgelegt hatte, saß ich eine ganze Weile da und starrte zum Fenster hinaus auf den Garten. Die kleine Göttin glitzerte in der Sonne, und die Blumen entfalteten ihre ganze Farbenpracht. Ich dachte über besessene Fans nach. Könnte sie einer hier aufgespürt haben, und könnte er, als er anstatt der zwanzigjährigen Göttin, die er gesucht hatte, eine ältere Dame fand, aus Enttäuschung schreckliche Rache genommen haben? Solche Leute gibt es immer; diejenigen ohne eigenes Leben oder Persönlichkeit, die sich an einem Wunschbild festkrallen und nicht mehr zwischen Phantasie und Wirklichkeit unterscheiden können. Prominente lebten in ständiger Angst vor ihnen.

Aber besessene Fans waren Einzelgänger und unfähig, Bindungen mit anderen Menschen einzugehen. Ich suchte nach mehr als einem, und jemand hatte nach etwas gesucht. Ich strich den besessenen Fan mit einer gewissen Erleichterung von der Liste der Verdächtigen.

Lucinda Elkins aus Holston, Tennessee. Ich ging nach draußen und nahm meinen Straßenatlas aus dem Plymouth. Ich fand Holston am Highway 23, gleich südlich der Grenze zu Virginia. Ich konnte nach Columbus fahren, dort die 23 nehmen und wäre in sechs Stunden in Holston. Ich hatte den Verdacht, daß Edna auf einigen ihrer Reisen ihre Heimat besucht hatte. Dort könnte ich ihre Familie finden, alte Freunde, Leute, mit denen sie kürzlich Kontakt gehabt hatte, irgend jemand, der ein weiteres Stück dieses verrückten Puzzles hatte.

Es fühlte sich gut an, sich wieder hineinzuknien. Ich leistete richtige Arbeit – wichtige Arbeit. Und es vertrieb die Geister der Vergangenheit, alte Schuldgefühle und Sehnsüchte, und es machte den Kopf frei für die wichtigen Dinge.

Ich spürte, wie ich wieder zu leben anfing, und allein schon deswegen stand ich in Edna Tutt/ Sally Keane/Lucinda Elkins' Schuld, und ich hatte vor, sie ganz abzubezahlen.

10

Ich hatte zu viele Fragen und nicht genug Antworten. Weshalb gerade Edna? Sie hatte zwar einst in der schmierigen Halbwelt der Sexmagazine und Möchtegern-Schauspieler gelebt, aber die hatte sie schon vor langer Zeit hinter sich gelassen. Was hatte sie getan, oder gewußt? Worin war sie verwickelt gewesen, daß sie solch blindwütigem Haß zum Opfer fallen mußte?

Und wo war Lola? Seit der Nacht im Bootshaus hatte sie nichts mehr von sich hören lassen. War sie mit Rapley zusammen?

Ich saß da und blätterte ziellos durch das Telefonbuch, als das Telefon wieder klingelte.

»Mr. Treloar?« Dieses Mal war es die Stimme einer jungen Frau.

»Am Apparat.«

»Ich bin Ann Smyth, die Sie vorgestern in Skinnertown draußen gesehen haben.« Sie hatte diesen Südstaatentonfall, der die meisten Sätze wie Fragen klingen ließ.

»Ich erinnere mich.«

»Ich habe Informationen, die Sie interessieren könnten. Vertraulich.«

Die Handfläche, die den Hörer umfaßte, begann zu schwitzen. »Worum geht es?«

»So nicht. Wenn Sie interessiert sind, dann kostet es Sie was. Wir treffen uns, und dann können wir uns darüber unterhalten, was ich weiß und was es Ihnen wert ist.«

»Okay. Wissen Sie, wo ich wohne?«

»Nein, Sie kommen hierher, oder das Geschäft findet nicht statt. Der Airstream?«

»Ich habe ihn gesehen. Wann?«

»Ich habe heute abend frei. Um elf?«

»Ich werde dort sein.«

»Bis dann.« Klick.

Es sah so aus, als würde meine Dummheit auf den Prüfstand gestellt. Skinnertown war kein Ort, wo ich bei Tage sein wollte, und schon gar nicht in der Nacht. Aber die Frau hatte etwas an sich, das mich neugierig machte, und die Aussicht, leichtsinnig ein Risiko einzugehen, war seltsam verlockend, genauso, wie an einem Fall zu arbeiten, mich wieder hatte leben lassen. Es könnte eine Falle sein und wenn schon.

Ich sollte es jemandem erzählen. Mark Fowles? Keine gute Idee. Lester Cabell? Nie im Leben. Ich rief Lew an und erzählte ihm, was ich an diesem Tag in Erfahrung gebracht hatte.

»Das ist phantastisch! Wir suchen jetzt also nach einer Frau namens Lucinda Elkins, die so um 1935 in Holston, Tennessee, geboren wurde.«

»Sie muß nicht unbedingt dort geboren sein, aber es scheint ihr letzter Wohnsitz gewesen zu sein, bevor sie an die Westküste zog. Wenn ich hier weg kann, ohne daß Mark oder Lester etwas merken, dann gehe ich hin und schaue, was ich finden kann. Es sind nur sechs Stunden Fahrt.«

»Sie haben keine Straßensperren aufgestellt. Wenn du gehst, solange es noch dunkel ist, solltest du keine Probleme haben.«

»Ich gehe heute nacht nach Skinnertown rüber. Eine Frau will sich mit mir treffen. Sagt, sie hätte Informationen zu verkaufen. Ich muß dich vielleicht anpumpen, wenn sie tatsächlich etwas hat und es teuer wird.«

Er sagte eine ganze Minute lang nichts. »Gibt es irgend etwas Besonderes, das du gerne in deinem Nachruf sehen würdest?«

»Werde nicht gleich dramatisch. Die Skinners haben keine Ahnung, wer ich bin.«

»Erstens, davon würde ich nicht ausgehen. Zweitens, sie haben dich am Freitag morgen mit Lester Cabell zusammen gesehen, als er wegen des Mordes herumgefragt hat. Und drittens, die Skinners hatten in den letzten hundert Jahren bei jedem größeren Verbrechen in diesem County die Finger drin. Du darfst auf keinen Fall davon ausgehen, daß sie nicht in die Geschichte verwickelt sind.«

»Wenn sie etwas weiß, muß ich es riskieren.«

»Nein, das mußt du nicht. Wenn sie Geld will, kommt sie zu dir.«

»Stimmt, aber ich fühle mich kribbelig und unruhig. Bis jetzt habe ich alle Informationen ganz einfach bekommen. Ich glaube nicht, daß ich auf diese Weise noch viel mehr erfahren werde. Ich will da hinausgehen und die Bäume schütteln, und dann sehen wir, was runterfällt.«

»Ist es die Art von Dingen, nach denen du in den Straßen von L.A. gesucht hast?«

Ich dachte nach. »Ja, ich glaube, das ist es.«

»Nun, davon findest du in Skinnertown mehr, als dir lieb ist.«

Es war alles ruhig, als ich ankam. Es war niemand zu sehen, als ich an den Baracken und Wohnwagen vorbeifuhr. Ein paar neugierige Hunde kamen aus ihren Löchern, machten aber keinen großen Lärm. Der Airstream hob sich bleich von der Nacht ab, und der Mond spiegelte sich als weißer Fleck in dem gewölbten Dach. Ich parkte den Wagen davor und stieg aus. Vom Fluß, der fünfzig Meter zu meiner Rechten vorbeifloß, waren leise Geräusche zu hören. Die Frösche und Grillen gaben ein Konzert. In Earls Haus brannte noch Licht.

Ich ging zur Tür, und auf der anderen Seite des Fliegengitters erschien verschwommen eine weiße Gestalt.

»Treloar?« Sie öffnete die Tür und schaute sich draußen um. »Kommen Sie rein.«

Ich ging in den Wohnwagen, und die Tür schloß sich hinter mir.

Ann Smyth zeigte auf einen Stuhl neben einem kleinen Tisch. »Machen Sie sich's bequem.«

Ich saß da und betrachtete sie. Sie trug ein ärmelloses T-Shirt, das unten so kurz geschnitten war, daß man einen Teil ihrer kleinen Brüste sehen konnte. Das war das größte Kleidungsstück. Ansonsten trug sie nur noch einen Tanga, der aus einem kleinen weißen Dreieck mit ein paar Schnüren, die sich über die hervorstehenden Hüftknochen spannten, bestand.

»Was haben Sie für mich, Ann?« Wie sie ihre Gäste empfing, ging mich nichts an.

»Kein Grund zur Eile. Entspannen Sie sich. Wollen Sie ein Bier?«

»Nein danke.«

Sie blieb stehen und lehnte sich gegen die winzige Anrichte. »Ich denke, ich genehmige mir eines.« Sie drehte sich um und öffnete den Kühlschrank. Hinten war an dem Tanga noch weniger dran als vorne. Sie nahm eine Flasche mit langem Hals heraus und öffnete sie.

»Woher stammen Sie, Ann?«

»Tennessee.«

»Aus welcher Gegend?« Ich hoffte auf eine Verbindung.

»Memphis.«

Ich war enttäuscht. Holston lag im nordwestlichen Teil des Staates, Memphis im äußersten Südwesten, im gleichen Staat zwar, aber so weit auseinander wie nur möglich. »Wie sind Sie hierhergekommen?«

»Ich traf Mel, als ich in einem Klub in Memphis arbeitete. Er nahm mich in dieses Loch mit und wurde kurz darauf wegen Drogenbesitzes verhaftet.« Sie lächelte zynisch. »Ich habe eine glückliche Hand, nicht?« Sie nahm einen Schluck Bier und steckte den Flaschenhals dabei tief in den Mund, wobei sie die Augen immer auf mich gerichtet hielt.

»Sie mögen Monticello nicht?«

»Es liegt mitten im Nirgendwo. Hier läuft rein gar nichts, und eine Skinnerfrau endet wie meine Mutter: verbraucht und zahnlos bevor sie vierzig ist. Ich bevorzuge das Stadtleben. Mel ist für einige Zeit aus dem Verkehr, und schon schnüffeln Jesse und ein paar andere hinter mir her.«

»Sie wollen also weg.«

Sie nickte. »Und ob. Und ich brauche Geld für die Reise.« Sie lehnte sich zurück, einen Fuß auf dem Boden, den anderen auf die Schranktür gestützt, und schob ihr Becken vor.

»Was haben Sie anzubieten, Ann?«

Sie lächelte vielsagend. Ich wußte nicht, ob die Anmache zum Handel gehörte, den sie mir anbot, oder ob sie es unbewußt machte. Vielleicht war es ihre Art, die Männer zu kontrollieren. Ich mußte zugeben, es zeigte Wirkung.

»Mel, er plauderte viel, wenn er trank, und das tat er die meiste Zeit. Gab gerne an. Ließ durchblicken, daß er einiges wußte. Einmal fragte ich ihn, ob er denn auch wirklich etwas Wichtiges wüßte, oder ob er bloß eine große Klappe hätte. Er sagte, er wüßte etwas, was diese Stadt hochgehen ließe, wenn er plauderte, aber er könnte nichts sagen, weil es ein großes Skinner-Geheimnis wäre und die anderen ihn umbringen würden, Blutsbande hin oder her.«

Draußen verstummten die Frösche und Grillen langsam.

»Was hat Mel Ihnen erzählt, Ann?« fragte ich weiter.

Sie fuhr sich mit der Hand über die Hüfte. Die Haut wurde dabei glänzend naß vom Kondenswasser der Flasche, und sie bekam eine leichte Gänsehaut.

»Schließlich war er betrunken genug, daß er ein wenig erzählte, obwohl es nicht leicht war, ihm zu folgen. Sehen Sie, sein Vater war Jarvis Skinner.«

»Jarvis . . .« Jemand hatte den Namen kürzlich erwähnt.

»Er wurde bei diesem großen Raubüberfall getötet, bevor ich geboren wurde, und als Mel noch ein Baby war. Sheriff Fowles' Vater hat ihn mit einer Tommy erschossen.«

»Interessante Geschichte, Ann, aber ich bin an Edna Tutts Mord interessiert, nicht an alten Geschichten.« Trotzdem fühlte ich das Prickeln, das einen überkommt, wenn man aus dem Blauen heraus etwas Wichtiges erfährt.

Sie setzte wieder dieses vielsagende Lächeln auf. »Denken Sie, die beiden Sachen hängen nicht zusammen? Es gab einen weiteren –«

Die Tür sprang auf, und etwas Großes, Haariges stürmte herein. Mit blutunterlaufenen Augen und nach Bier stinkend, baute sich Jesse Skinner drohend vor mir auf. Ich war blitzartig auf den Beinen und warf dabei den Stuhl um. Er drehte den Kopf und starrte Ann an. Sie schaute gleichmütig zurück.

»Du rothaarige Schlampe, ich habe dir gesagt, was ich tue, wenn ich dich dabei erwische, wie du deinen Arsch verkaufst, während Mel weg ist! Ich werde dich mit dem Messer bearbeiten, so daß dich kein anderer Mann mehr ansieht.« Er wandte sich wieder mir zu, und seine Hand ging zu dem Lederetui an seinem Gürtel. In einer einzigen Bewegung öffnete er das Futteral, zog ein Messer heraus und klappte es auf. Die scharf geschliffene Schneide funkelte. »Aber zuerst ist er dran, damit er weiß, was geschieht, wenn man mit einer Skinner-Frau rummacht.«

Ich konnte nicht davonrennen und schaute mich nach einer Waffe um. Er war riesig, bösartig und mehr als nur ein bißchen verrückt, und in seinem Zustand mußte man schon einen guten Treffer landen, damit er überhaupt etwas spürte. Männern wie ihm war ich schon viele Male gegenübergestanden, aber damals hatte ich eine Pistole, Schlagstock und Tränengas dabeigehabt, und ich war vor allem nicht allein gewesen.

Er kam auf mich zu, und ich machte mich bereit, ihm einen Kinnhaken zu verpassen, als Ann in die Küchenschublade griff und etwas mattsilbrig Glänzendes herausnahm. Sie drückte Jesse den kurzen Lauf des Revolvers direkt ins Ohr und spannte den Hahn. Er blieb wie angewurzelt stehen, als er den kalten Stahl spürte und dann das mehrfache Klicken der Trommel und das Einrasten des Hahns hörte. Selbst die Verrücktheit eines betrunkenen Skinner hatte seine Grenzen.

»Jesse, bleib ganz ruhig stehen. Es würde mir sehr leid tun, dir dein Hirn rauszublasen und in meinem ganzen schönen Airstream zu verteilen, aber ich schwöre dir, ich tue es.«

Ich erkannte die Waffe: eine Ruger SP 101, nicht größer als die kurzläufigen 38er, die Kriminalbeamte trugen. Trotzdem war es eine ausgewachsene .357er Magnum.

»Leg das Messer weg, Jesse.«

Langsam ließ er das Messer sinken und schließlich auf den Boden fallen. »Das wirst du bereuen, Ann.«

»Zum Teufel, Jesse. Seit zwei Jahren bereue ich, daß ich jemals von eurer Familie gehört habe.« Plötzlich hob sie die Hand hoch über den Kopf und versetzte Jesse mit dem massiven, kleinen Revolver einen Hieb hinter das Ohr. Ein trockener Schlag, ein Stöhnen, dann ging er in die Knie. Sie schlug ihn mit der gleichen Wucht nochmals auf dieselbe Stelle, und er schlug, noch immer kniend, mit dem Gesicht auf den Boden. Sie stützte sich mit dem Hintern an der Anrichte ab und versetzte ihm mit dem Fuß so einen Stoß, daß er rückwärts zur Tür hinausfiel und reglos im unkrautüberwachsenen Hof liegenblieb.

»Ich schätze, wir unterhalten uns besser ein andermal, Mr. Treloar. Sie werden bald hiersein, um zu sehen, was der Lärm zu bedeuten hat. Ich erzähle ihnen, er sei betrunken gewesen und wollte mir an die Wäsche. Wäre nicht das erste Mal. Bringen Sie fünfhundert in bar mit, wenn wir uns wiedersehen.«

Ich stieg in den Plymouth und startete den Motor. Als ich wegfuhr, stand Ann in derselben Pose über dem leblosen Jesse, in der ich sie am Freitag gesehen hatte, nur daß sie jetzt in der Hand, die lose an ihrer Seite hing, einen Revolver hatte. Ein paar Skinner-Frauen, die zum Airstream gingen, blinzelten im Scheinwerferlicht. Wahrscheinlich waren die Frauen die einzigen, die nüchtern genug waren, um den Aufruhr gehört zu haben.

Das wichtigste Arbeitsinstrument eines Ermittlers ist das Telefon. Am Montag morgen rief ich die Auskunft an, die mir die Nummer der wichtigsten Schulen im Holston County gab. Ein paar Fragen später wurde ich mit einer Sekretärin verbunden, die Zugang zu den Akten hatte.

»Miss Breckenridge am Apparat. Was kann ich für Sie tun?«

»Ich suche nach einer Frau aus Holston, die irgendwann zwischen '51 und '53 die Schule abgeschlossen hat. Können Sie mir da weiterhelfen?«

»Wir haben mittlerweile alle unsere Daten auf Computer. Nach welchem Namen suchen Sie?«

»Lucinda Elkins.«

»Schauen wir mal...« Ich hörte, wie sie etwas in den Computer tippte. »Elkins ist ein ziemlich geläufiger Name hier in der Gegend. Ich sehe hier eine ganze Menge davon.« Eine kurze Pause, dann: »Nein, nicht eine einzige Lucinda.«

Ich dankte ihr und legte auf. Eine weitere Sackgasse. Ich hatte gehofft, sie problemlos aufzuspüren, und war enttäuscht. Ich wußte nicht, wen ich sonst noch anrufen konnte, und blätterte durch ein altes *Life*-Magazin. Es stammte aus der Zeit des Zweiten Weltkriegs, und die Fotos wirkten unendlich trostlos.

Ich blätterte eine Seite um, und mein Hirn machte einen dieser Überschläge, wie man sie erlebt, wenn man etwas komplett Widersprüchliches sieht oder hört und nicht weiß, was es genau ist. Die Anzeige stand im oberen Teil einer Seite mit dem Titel »*Life* geht zum Film« mit Fotos von Dick Powell und Myrna Loy. Wie so viele Anzeigen hatte diese einen militärischen Rahmen. Mit dem Krieg ließ sich damals alles verkaufen.

Das Bild zeigte einen GI in einem Schützengraben. Er war unglaublich sauber und gepflegt, hatte ein breites Lächeln auf dem Gesicht und hielt ein Päckchen Zigaretten hoch. Das Päckchen war weiß mit einem großen, roten Punkt in der Mitte. Der Slogan lautete: »Lucky-Strike-Grün zieht in den Krieg!«

Etwas war hier total verkehrt. Ich schaute mir das Titelblatt an: August 1942. Ich blätterte zurück zur Anzeige. Vor sieben Tagen hatte mich Edna da draußen auf der Treppe gefragt, ob ich rauche. Was hatte sie gleich wieder gesagt?

»Als ich achtzehn war, hat mich mein Freund überredet, eine zu rauchen. Es war eine Lucky Strike, und ich war fasziniert von der Packung. Schon damals liebte ich Art déco, und sie war schön: dunkelgrün, mit einem roten Punkt und einem schwarzen Kreis darum.«

Ich griff so hastig zum Hörer, daß ich ihn fast fallen ließ. Ich rief in einem Supermarkt an. Ich sagte dem Verkäufer am anderen Ende, er solle eine Schachtel Lucky Strike holen und mir den Namen des Herstellers vorlesen.

»American Tobacco Company, Sir«, sagte er, als beantworte er solche Fragen jeden Tag.

Die Auskunft in North Carolina gab mir die Nummer des Hauptsitzes der Firma, und nach ein paar Minuten Warten wurde ich mit der Publicity-Abteilung verbunden.

»Marvin Collins am Apparat.«

»Können Sie mir sagen, wann Lucky Strike von der grünen zur weißen Packung wechselte?«

»Oh, das ist einfach: Das war Anfang '42. Dieses Dunkelgrün war in den Zwanzigern und speziell in den Dreißigern sehr populär. Man sah es überall. Sammler und Innenarchitekten nennen es ›Krisen-Grün‹.«

Ich mußte an die bronze-grüne Farbe bei einigen von Ednas Statuetten denken.

»Der Farbstoff«, fuhr Collins fort, »basierte auf Kupfer, und nach Pearl Harbor wurde Kupfer als kriegswichtiges Material deklariert und verschwand vom zivilen Markt. Das Militär benutzte Kupfer für alles, von Granaten bis zur Tarnfarbe. Wir machten sogar eine erfolgreiche Werbekampagne daraus. Jemand dachte sich den Slogan ›Lucky-Strike-Grün zieht in den Krieg‹ aus.«

»Vielen Dank, Mr. Collins, Sie waren mir eine große Hilfe.«

Ich legte auf und saß einen Augenblick wie benommen da. Ich war schon überrascht gewesen, als ich las, daß Edna siebenundfünfzig war, als sie starb. Aber wenn sie sich mit der Zigarettenschachtel nicht geirrt hatte, dann mußte Edna Tutt beinahe siebzig gewesen sein.

Ich rief Miss Breckenridge nochmals an. »Ich glaube, ich habe einen Fehler gemacht. Lucinda Elkins muß die Schule schon 1941 oder 1942 abgeschlossen haben. Könnten Sie nochmals nachschauen?«

»Aber sicher.« Es entstand wieder eine Pause, dann war sie wieder am Apparat. »Ich hab's. Lucinda Elkins besuchte die Holston High School von September '38 bis Juni '42.«

Eine Welle des Triumphes überkam mich. »Großartig! Eventuell hatte sie einen Bruder, der ein paar Jahre nach ihr abschloß. Führen Sie einen Stanley oder Steven Elkins irgendwann zwischen '42 und Mitte Fünfzigerjahre? Ich kann es Ihnen leider nicht genauer sagen. Ich weiß nicht, wie groß der Altersunterschied ist.«

»Kein Problem«, sagte sie fröhlich. »Mit dem Computer ist es ein Kinderspiel.« Ich wartete ein paar Minuten, bis sie sich wieder meldete. »Tut mir leid, aber ich kann zwischen 1940 und 1960 keinen Stanley oder Steven Elkins finden, nur einen Steven, der '61 in der neunten Klasse war.«

»Das kann er nicht sein. Danke, Miss Breckenridge. Ich muß ein paar Nachforschungen anstellen und habe deshalb vor, in den nächsten Tagen nach Holston zu kommen und bei Ihnen vorbeizuschauen. Könnten Sie vielleicht herumfragen, ob sich jemand an Lucinda erinnert? Es ist sehr wichtig. Polizeiangelegenheit.«

»O Gott. Aber sicher, mit Vergnügen.« Sie klang, als könnte sie etwas Aufregung ganz gut gebrauchen.

»Dann bis bald.«

Ich legte auf, packte meine Toilettenutensilien und frische Kleider zusammen und warf alles in den Wagen. Ich fuhr um die Ecke und hielt vor dem Haus der Cohans. Ich klingelte und wartete ein paar Minuten. Ich wollte eben aufgeben, als sich die Tür öffnete. Er war nicht Lola.

»Ja?« sagte Angelica Cohan. »Oh, Mr. Treloar, nicht wahr?« Sie war unterkühlt höflich.

»Ja. Ich möchte Lola sprechen. Ist sie zu Hause?«

»Bitte treten Sie ein.«

Ich ging hinein, während Angelica bei der offenen Türe stehenblieb. Wahrscheinlich dachte sie, sie hätte mich besser im Griff, wenn wir beide im Haus waren.

»Meine Tochter ist verreist. Sie wird erst in ein paar Tagen zurück sein.«

»Wohin ist sie gegangen?« fragte ich.

»Sie hat nicht gesagt, wohin. Ansel hat mir erzählt, Sie untersuchen den Mord an dieser Frau.« Es schien mir eine herzlose Bezeichnung angesichts der Tatsache, daß Edna ihre Nachbarin gewesen war.

»Ja, das tue ich. Kannten Sie Edna gut?«

»Nein. Wir verkehrten in unterschiedlichen Kreisen. Haben Sie irgendwelche ... Hinweise gefunden.«

»Ich prüfe einige Spuren.« Ich konnte auch ausweichend sein.

»Sehr gut.« Sie zögerte, so als ob sie die nächsten Worte Überwindung kosteten. »Mr. Treloar, ich möchte Ihnen raten, keine allzu großen Hoffnungen in irgendeine gemeinsame Zukunft mit meiner Tochter zu setzen.«

Nun, das war deutlich genug. »Bei allem Respekt, Mrs. Cohan, Lola ist fünfundvierzig, ich ebenfalls. Wir sind erwachsen und können unser Leben selber gestalten.«

»Sie ist trotzdem immer noch meine Tochter, und sie ist nicht so stark oder ausgeglichen, wie Sie zu denken scheinen. Ich sage Ihnen dies zu Ihrem eigenen Besten.« Unter der zerbrechlichen Hülle war sie hart wie Stahl, und sie ließ ihn durchschimmern.

»Hören Sie, wenn es wegen Ted Rapley ist –«

»Es geht nicht um ihn!« Ich war schockiert ob des bitteren Hasses in ihrem Gesicht. Der alte Ted und sie waren nicht gerade dicke Freunde, soviel war sicher. »Lola wurde in ihrem Leben zutiefst enttäuscht, viele Male. Sie ist deswegen so unendlich verletzlich. Sie scheinen ein anständiger Mann zu sein, Mr. Treloar, und solche Männer gab es im Leben meiner Tochter nicht allzu viele. Was die Männer anbetrifft, ist ihr Urteilsvermögen nicht besonders gut.«

»Ich fühle mich geschmeichelt. Welche Bedenken haben Sie bei mir?«

»Oh, Ihnen gegenüber keine. Es ist nur, daß Lola Ihre besseren Seiten überbewerten könnte.«

»Und ich könnte ihren Erwartungen nicht genügen?«

»Ich bezweifle, ob das überhaupt jemand könnte. Aber ich will Sie nicht länger aufhalten, Mr. Treloar.« Und schon war ich draußen und fragte mich, was das eben zu bedeuten hatte. War es ihr Ernst? Wollte Sie mir damit etwas sagen? War es einfach die Art, wie die Cohans zu ihren Untergebenen sprachen? Oder war es bloß das Gefasel einer alten Frau, die sich beim nächsten Mal an nichts mehr erinnern würde?

Ich stieg wieder in den Plymouth und verließ die Stadt in Richtung Columbus. Ich kam nicht weit. Die roten und blauen Blinklichter in meinem Rückspiegel erinnerten mich daran, daß ich die Nacht hätte abwarten sollen. Ich hielt am Straßenrand und sah, wie eine bullige Gestalt aus dem Streifenwagen stieg.

»Verreisen Sie, Gabe?« fragte Lester Cabell und lehnte sich an meinen Wagen.

»Ich muß mit ein paar Leuten von außerhalb sprechen.«

»Außerhalb des Staates?« grinste er.

»Ja. Aber es wird nicht lange dauern. Morgen abend bin ich wahrscheinlich wieder zurück.«

»Erwarten Sie von mir, daß ich Ihnen traue?«

»Hören Sie, beschuldigen Sie mich irgendeines Vergehens?«
»Nein, nein«, lachte er. »Ich bin bloß vorsichtig.« Er klatschte mit der Hand gegen die Tür des Plymouth. »Okay, Gabe. Ich vertraue Ihnen. Gehen Sie und sprechen Sie mit Ihren Leuten; erzählen Sie mir danach, was Sie herausgefunden haben. Bis dann.«

Er trottete zu seinem Wagen zurück und stieg ein – noch immer der Halbstarke, der die Mitschüler terrorisierte. Aber ich mußte zugeben, daß er mir ziemlich viel Freiraum ließ angesichts seines durchaus legitimen Verdachtes. Ich war ein guter Handlanger, und er wußte, wie er mich benutzen konnte.

Bis Columbus brauchte ich eine Stunde. Dann fuhr ich auf der 23 in südlicher Richtung nach Portsmouth, wo ich den Ohio River und die Grenze nach Kentucky überquerte. Der Highway folgte, zumeist zweispurig, der Grenze zwischen Kentucky und West Virginia. Das Gelände wurde immer gebirgiger, bis es aussah wie zusammengeknülltes Papier – eine Landschaft aus hohen, rasiermesserscharfen Kanten und dunklen, tiefen Tälern, die einem, wäre nicht alles so grün gewesen, das Gefühl gegeben hätte, auf dem Mond zu sein. Es war tiefstes Skinner-Territorium, und es schien nicht enden zu wollen.

Ein Schild sagte mir, daß ich in Virginia war. An der ersten Tankstelle füllte ich Benzin nach, und der Besitzer erklärte mir, daß es bis Holston noch etwas mehr als eine Stunde sei.

Bis ich den kleinen Zipfel Virginia durchquert hatte und in Tennessee war, war es stockdunkel. Nur Minuten später war ich in Edna Tutts Heimatstadt, wo ein Teenager namens Lucinda von der Schule abgegangen war – vierzehn Jahre bevor sie wieder in Sam und Irma Blooms Agentur auftauchte und unter dem Namen Sally Keane auf eine gewisse Weise unsterblich werden sollte. Das waren eine Menge Jahre, über die niemand etwas wußte.

11

Bei Tageslicht besehen war Holston, Tennessee, eine hübsche an einem malerischen Fluß gelegene, mittelgroße Stadt. Der beißende Geruch von Chemikalien lag in der Luft und erinnerte mich daran, was Irma Bloom über die Eastman-Kodak-Fabrik gesagt hatte. Ich verließ mein billiges Motel und fuhr an einer gigantischen Papiermühle, mehreren großen Kopierwerken und an einem Wegweiser zu einer Munitionsfabrik der Army vorbei. Die chemische Industrie schien Holstons Hauptarbeitgeber zu sein.

Die Schule war ein weitverzweigtes Gebäude aus Ziegelsteinen und Glas, das wohl aus den Siebzigern stammte. Ich wurde beobachtet, als ich aus dem Wagen stieg und zum Haupteingang ging. Heutzutage betrachtet man fremde Erwachsene, die sich in der Nähe von Schulhäusern aufhalten, äußerst mißtrauisch. Ich folgte den Schildern zur Schulverwaltung. Die Frau am Empfang führte mich zu einem Büro, wo Miss Breckenridge an einem Computer arbeitete. Sie war eine mollige, grauhaarige Frau, und sie lächelte, als sie mir die Hand gab.

»Ich bin Gabe Treloar. Ich habe gestern wegen Lucinda Elkins angerufen.«

»Sie haben aber wirklich keine Zeit vergeudet, nicht?«

»Ich habe nicht viel Zeit. Haben Sie seit gestern noch mehr herausgefunden?«

»Ach, wissen Sie, ich habe gestern einfach im Lehrerzimmer herumgefragt, und Mary Jackson sagte, wenn Sie über Lucinda Elkins sprechen wollen, sollten Sie zu ihr kommen.«

Ich konnte mein Glück kaum fassen. »Sie kannte sie?«

»Das weiß ich nicht. Sie sagte nur, Sie sollten zu ihr kommen.« Sie schaute auf die Uhr. »Ihre letzte Stunde für heute ist gleich vorüber. Dienstags unterrichtet Mary nur morgens. Wenn Sie wollen, bringe ich Sie zu ihrem Zimmer.«

»Gehen wir«, sagte ich.

Wir gingen durch Korridore voller lärmender Schüler und tauchten in die Stille eines Schulzimmers ein, in dem nur noch eine Frau war, die ihre Unterlagen zusammenpackte. Sie schaute auf, als wir das Zimmer betraten.

»Mary, das ist Mr. Treloar. Er war es, der nach Lucinda Elkins gefragt hat.«

»Erfreut, Sie kennenzulernen, Mr. Treloar.« Mary Jackson überraschte mich, und das nicht ohne Grund. Sie war Asiatin und sah ein bißchen aus wie Rose, aber mit kleinen Unterschieden, die mir sagten, daß sie japanischer Abstammung war. Sie war etwa um die Vierzig, aber mein Vertrauen in meine Fähigkeit, das Alter von Frauen zu schätzen, hatte eben erst einen schweren Schlag erlitten.

»Miss Breckenridge sagt, Sie könnten mir etwas über Lucinda Elkins erzählen.«

Sie musterte mich kühl.

»Ich muß wieder zurück«, sagte Miss Breckenridge, die den Wink verstanden hatte. »War nett, Sie kennenzulernen, Mr. Treloar.«

Als sie gegangen war, begann Mary zu erzählen. »Meine Mutter und Lucinda sind ihr ganzes Leben lang Freunde geblieben. Sie sagten etwas von Polizei. Ist es etwas Schlimmes?«

»Schlimmer geht es nicht, leider. Vor fünf Tagen wurde die Frau, die Sie als Lucinda Elkins kennen, ermordet. Ich habe den Verdacht, daß sie wegen etwas aus ihrer Vergangenheit umgebracht wurde, und ich habe ihre Spur bis hier nach Holston zurückverfolgt. Es war nicht einfach, aber ich habe ein-, zweimal Glück gehabt.«

Ihre Hand ging zum Mund, und sie schloß die Augen. »O Gott, Mutter wird . . .« Sie schüttelte den Kopf.

»Lebt Ihre Mutter hier in Holston?«

»Sie wohnt bei mir. Ich bringe Sie zu ihr, aber bitte nehmen Sie Rücksicht auf sie. Sie ist nicht mehr so robust wie früher.«

»Machen Sie sich keine Sorgen. Ich bin nicht hier, um jemanden zu verhören. Ich brauche nur Informationen über Lucinda.«

»Haben Sie einen Wagen? Für gewöhnlich nehme ich den Bus.«

»Er steht vorne auf dem Parkplatz.«

Sie sagte nichts mehr, bis wir im Wagen saßen. Dort sagte sie mir, welchen Weg ich fahren sollte.

»Meine Mutter war über vierzig Jahre Lehrerin.«

»Sie hat immer hier gelebt?«

»Ja, außer ein paar Jahre während . . .« ihre Stimme stockte ein bißchen ». . . während des Zweiten Weltkriegs.«

»Kannten Sie Lucinda persönlich?«

»Ja, aber Mutter ist die Person, mit der Sie reden müssen.«

Wir hielten vor einem gemütlichen, kleinen Bungalow in einem Wohnquartier. Auf der Veranda stand eine Schaukel, und das Geländer war von Kletterpflanzen überwuchert.

»Mr. Treloar, ich will zuerst alleine mit Mutter sprechen. Dies wird sehr schwer für sie werden.«

»Ganz wie Sie wollen.«

Im Inneren war es dunkel und kühl. Wir befanden uns in einem Wohnzimmer oder Salon mit gerahmten Fotografien an der Wand und einem Klavier. Während Mary nach hinten ging, betrachtete ich die Bilder. Auf einem viktorianischen Foto war ein Paar mittleren Alters in traditioneller japanischer Kleidung zu sehen. Andere waren zweifellos Fotos von Verwandten und Bekannten. Bei einem Bild blieb ich wie vom Donner gerührt stehen. Zwei Mädchen im Teenageralter saßen auf dem Kotflügel eines alten De Soto. Sie hielten Colas in den Händen und trugen die gleichen weißen Pullover, lange Röcke und Söckchen und Schuhe. Das eine ähnelte stark Mary Jackson. Das andere war eine sehr junge Edna Tutt. Sie hatte das Haar zu einem Pferdeschwanz zusammengefaßt, was ihre hohe Stirn noch betonte. Das Gesicht war noch nicht zu voller Schönheit erblüht, aber das Lächeln war unverkennbar.

Im hinteren Teil des Hauses war ein erstickter Schrei zu hören. Ich fand kein weiteres Bild von Edna und auch keines von einem Mr. Jackson. Auf einem Bücherregal an der Wand standen die gesamten Jahrbücher der Holston High School von den dreißiger Jahren bis zur Gegenwart. Es juckte mich, sie herauszunehmen und nach alten Fotos von Edna zu suchen, aber ohne Mrs. Jacksons Einverständnis durfte ich das nicht tun. Ich hatte das Gefühl, daß ich die geheimnisvollste Frau, die ich je gekannt hatte, endlich zu fassen kriegte.

Mary kam wieder herein und mit ihr eine ältere Ausgabe von ihr. Im Gegensatz zu ihrer Freundin sah man dieser ihr Alter an.

Sie hatte weißes Haar und das bestimmte Auftreten einer Frau, die ihr Leben lang vor einem Schulzimmer voller Lümmel gestanden hat, die viel lieber ein bißchen Spaß gehabt hätten, als etwas zu lernen.

»Mr. Treloar, das ist meine Mutter, Jane Okamura.«

Ich gab ihr die Hand. »Ich wünschte, der Anlaß wäre erfreulicher, Mrs. Okamura.«

Sie war gefaßt, aber voller Traurigkeit. »Als Mary sagte, gestern hätte jemand wegen Lucy angerufen und daß es eine Polizeiangelegenheit wäre, wußte ich, daß etwas Schreckliches geschehen sein muß. Bitte nehmen Sie Platz.« Sie sah aus, als hätte sie es selbst viel nötiger, sich zu setzen.

»Ich gehe Kaffee machen«, sagte Mary.

Wir setzten uns.

»Sie scheinen nicht sonderlich überrascht zu sein, daß sie ermordet wurde?« sagte ich.

Die alte Frau schüttelte den Kopf. »Unendlich traurig, aber nein, daß ich überrascht bin, kann man nicht sagen. Ich habe Lucy geliebt wie eine Schwester, und ich kannte sie besser als alle anderen. Sie war keine glückliche Frau, Mr. Treloar, obwohl sie jeden glücklich machen konnte.«

»Was mich anbelangt, so habe ich sie in der kurzen Zeit, in der ich sie gekannt habe, sehr schätzen gelernt.«

»So erging es den meisten Leuten. Aber ihr Leben war von einer tiefen Traurigkeit geprägt, und, wenn ich etwas melodramatisch werden darf, so glaube ich, daß ihr Leben mit dem wirklich Bösen in Berührung gekommen ist.«

Ich wußte, daß ich auf der richtigen Spur war. »Das ist es, weshalb ich hier bin. Aber beginnen wir am Anfang. Ich muß wissen, wer Edna – Lucinda Elkins war.«

»Also . . .« Ihre dunklen Augen verklärten sich. »Meine Eltern emigrierten gleich nach dem Ersten Weltkrieg aus Yokohama. Mein Vater fand Arbeit bei Kodak in Rochester, New York. Er arbeitete mit Filmen und wurde zur hiesigen Niederlassung versetzt. Ich wurde 1923 hier geboren, im selben Jahr wie Lucy.«

Es stimmte also. Sally Keane war zweiunddreißig, als sie sich vor der Kamera auszuziehen begann. Ich fragte mich, was Irving

Schwartz und die Leser von *Neat-O Kean-O* wohl darüber denken würden.

Ihre Tochter kam wieder herein, und Jane Okamura ordnete die Jahrzehnte von Erinnerungen, während ihre Tochter uns dreien Kaffee einschenkte.

»Ich kann mich nicht einmal mehr erinnern, wann ich Lucy kennenlernte. Es war wahrscheinlich in der ersten Klasse. Holston war damals noch viel kleiner; eine durchschnittliche, schläfrige Stadt im Süden, wo jeder jeden kannte. Wir waren die einzige japanische Familie hier, und wir waren ein bißchen exotisch – wir sind hier schließlich im Süden –, aber es war nicht allzu unangenehm. Die Vorurteile, denen wir Asiaten uns ausgesetzt sahen, waren nichts im Vergleich zu denen gegenüber der schwarzen Bevölkerung.

Jedenfalls war es Lucy egal. Ich bezweifle, ob es ihr überhaupt auffiel, bevor wir im Teenageralter waren. Sie war ein fröhliches Mädchen, außerordentlich aktiv und sehr sportlich. Man hätte sie für einen richtigen Jungen halten können, wäre sie nicht so feminin gewesen. Sie hatte immer Ärger mit ihrer Mutter, die sehr, sehr religiös war. Mrs. Elkins verbot ihr, schwimmen zu gehen, weil die Badeanzüge zu wenig züchtig waren. Tanzen war selbstverständlich undenkbar, genau wie Make-up zu tragen. Filme waren ebenfalls verboten. Lucy ging heimlich mit mir oder anderen Freundinnen hin.

Lucy bestand darauf, ins Leichtathletiktraining zu gehen, und dagegen konnte ihre Mutter nicht viel sagen. Wenn etwas in Tennessee mit Sport zu tun hat, dann muß es in Ordnung sein. Alles andere grenzt fast schon an Verrat.

Ihr Vater arbeitete in einem der Kopierwerke, aber er war viel krank und hatte ein Herzleiden. Er starb, als Lucy neun war. Ihre Mutter heiratete schon nach ein paar Monaten wieder, aber Lucy kam mit ihrem Stiefvater nie aus. Ihre Mutter war streng, aber ihr Stiefvater mißhandelte sie regelrecht. Er war ein ignoranter, fanatischer Prediger, und ich weiß, daß er sie mehr als einmal wegen irgendwelcher Kleinigkeiten verprügelt hat. Sie war entschlossen wegzugehen, sobald sie alt genug war.«

Sie holte tief Luft. »Aber alles in allem war unsere Jugend nicht so verschieden von der anderer Mädchen in unserem Alter. Wir plagten uns mit der Schule und den Zensuren, wir sprachen über Jungs, die wir mochten oder nicht mochten, wir ärgerten uns über die Cliquen, die uns nicht aufnehmen wollten, und gründeten mit Gleichgesinnten unsere eigene. Wir hielten uns für intelligenter und unabhängiger als die anderen. Es war die Art von Leben, wie es in diesen albernen Filmen damals zelebriert wurde – diese Frank-Capra-Inszenierungen vom Leben in der amerikanischen Kleinstadt.«

Sie blickte zu dem Bild mit ihr und der jungen Lucy auf dem De Soto auf. »Das änderte sich natürlich alles im Dezember 1941.«

»Das muß eine schreckliche Zeit für Sie gewesen sein«, sagte ich.

»Es war mehr als schrecklich. Ich hatte mich nie als Japanerin betrachtet. Ich war ein Mädchen aus Tennessee, und urplötzlich waren ich und meine Familie feindliche Ausländer. Die Leute schrieben schreckliche Dinge an unsere Hauswand und auf den Gehsteig davor. Meine kleine Schwester wurde auf dem Heimweg von der Schule zusammengeschlagen. Unser Hund wurde erschossen. Und schließlich wurden wir in ein Konzentrationslager verfrachtet.«

Sie machte eine Geste, als scheuche sie eine Rauchschwade weg. »Aber ich komme vom Thema ab. Verzeihen Sie. Der Punkt ist, daß es für Lucy selbst nicht so schlimm hätte sein müssen, aber das war es. Lucy hatte einen ausgeprägten Gerechtigkeitssinn. Sie hielt zu mir bis zu dem Tag, als wir deportiert wurden. Wenn andere Schüler mich beschimpften, griff sie sie an. Sie konnte so unwahrscheinlich selbstsicher sein.

Ihre Eltern hörten natürlich davon, und sie kassierte noch mehr Prügel. Man verbot ihr den Umgang mit mir, aber sie kümmerte sich nicht darum. Richtig schlimm wurde es, als der Internierungsbefehl kam und Lucy darauf bestand, an der wöchentlichen Schulversammlung dagegen zu protestieren. Zu Beginn war sie ganz ruhig und sachlich, aber all die Pfiffe und Buhrufe machten sie wütend, und es endete damit, daß sie den Rektor eine rückgratlose Memme nannte, der zu feige wäre, sich für seine Schüler einzusetzen.«

»Ich bin erstaunt, daß sie nicht von der Schule flog«, sagte ich.

»Ich denke, die Lehrer schämten sich ein wenig, weil sie sich bewußt waren, daß dieses Mädchen ihre Prinzipien vertrat, während sie selbst zu einer heuchlerischen Politik schwiegen. Zum Glück war das Schuljahr fast schon vorüber. Ich glaube, bis zur Abschlußfeier hat niemand mehr ein Wort mit ihr gesprochen. Ich sah sie erst wieder nach dem Krieg.«

»Und trotzdem sind Sie zurückgekommen.«

»Wohin hätte ich sonst gehen sollen? Es war ja nicht nur hier so. Die ganze Nation war hysterisch. Ich wollte das Land nicht verlassen, also ging ich an den Ort zurück, den ich kannte. Ich war bereits verheiratet – mein Mann wurde bei den Kämpfen in Italien ausgezeichnet. Die Ironie in diesen Jahren kannte keine Grenzen. Ich ging an die Eastern Tennessee State University, und 1950 begann ich an meiner alten Schule zu unterrichten.«

»Das muß seltsam gewesen sein.«

»Viele der Lehrer von damals waren noch da. Selbst Jahre später getrauten sie sich nicht, mir in die Augen zu schauen, wenn sie mit mir sprachen. Das war wohl meine Rache, nehme ich an.«

»Wann haben Sie Lucy wiedergesehen?«

»Sie kam zur Abschlußfeier ihres Bruders nach Hause. Es gab ein tränenreiches Wiedersehen. Natürlich war sie böse, daß ich für dieselben Leute arbeitete, die mich so schlecht behandelt hatten, aber wir hatten uns in der Zwischenzeit verändert.«

»Was hat sie während der Kriegs- und Nachkriegsjahre getan?«

»Sie hatte verschiedene Jobs in Knoxville – während des Kriegs gab es mehr als genug Arbeit. Trotz ihrer Weigerung, mich wegen meiner Abstammung abzulehnen, war Lucy so patriotisch, wie man es sich nur denken konnte. Sie wollte ins Frauenkorps der Armee, bestand aber den körperlichen Eignungstest nicht, man muß sich das mal vorstellen – etwas mit ihren Augen, glaube ich. So kam sie schließlich zur Truppenbetreuung. Sie tourte durch Nordafrika und Europa bis 1946. Sie war nie mit den großen Nummern wie Bob Hope und den anderen zusammen, aber sie genoß es. Bei diesen Shows machten alle alles, also sang sie und tanzte, schob Kulissen und bediente Licht und Ton.

Aber als sie 1946 die Truppenbetreuung verließ, gab es kaum mehr Jobs. Dazu kam, daß sie im Showgeschäft Fuß fassen wollte. Während sie auf ihre Chance wartete, arbeitete sie als Kellnerin und Zimmermädchen in New York. Sie fand bald heraus, daß die Produzenten und das New Yorker Publikum etwas anspruchsvoller waren als die Offiziere in ihrer Truppe und die GIs. Und sie war einfach nicht übermäßig talentiert, obwohl sie es sich nie eingestand.

Als ich sie dann wiedersah, hatte sie vor, nach Kalifornien zu ziehen. Sie versprach sich vom Film mehr als von den New Yorker Bühnen. Aber dort war es genau dasselbe. Sie kam mich jedes Jahr besuchen. Nachdem sie Kalifornien verlassen und ihren Namen geändert hatte, war es nur noch alle drei oder vier Jahre. Aber sie schrieb mir sehr oft.«

»Sagt Ihnen der Name Sally Keane etwas?« fragte ich sie.

Zum ersten Mal lachte sie. »Aber natürlich! Lucy liebte es, mich mit diesen Bildern zu schockieren. Ich weiß nicht, wie das mit ihrer Erziehung zusammenpaßt, aber in bezug auf ihren Körper kannte sie absolut keine Hemmungen. Aber ich nehme an, wie die meisten bühnenbesessenen Leute war sie tief in ihrem Innern eine Exhibitionistin. Und sie konnte die Leute immer davon überzeugen, daß sie mindestens zehn Jahre jünger war, als es der Wirklichkeit entsprach.«

»Mich hat sie jedenfalls überzeugt«, sagte ich ihr. »Ich hatte sie mindestens zwanzig Jahre zu jung geschätzt. Hat sie gesagt, weshalb sie alles aufgab und ihren Namen änderte?«

»Das war ein Teil ihres Lebens, den sie absolut verborgen hielt«, sagte Jane zu meiner Enttäuschung. »Sie sagte, es gäbe nur eine einzige Frau, die ihre Geheimnisse kennt, und die würde niemals reden.«

Wer konnte das sein? Sue Oldenburg? Unwahrscheinlich. Irgendeine andere alte Freundin in einem anderen Winkel des Landes? Schon wahrscheinlicher. Oder war es nur die rätselhafte Bemerkung einer Frau, die ihr Leben rigoros unter Verschluß hielt? Sehr wahrscheinlich.

»Wann haben Sie sie zum letzten Mal gesehen?«

»Im März. Sie kam und sagte, sie würde meinen Garten in Ordnung bringen. Sie konnte sehr lästig werden, wenn es um den Garten ging. Ich sagte ihr, sie würde nichts dergleichen tun, ich hätte es lieber, wenn es ein bißchen verwildert wäre.«

»War sie anders als sonst?«

»Das ist schwer zu sagen. Ihre Besuche waren so selten geworden. Sie war weniger lebhaft, viel nachdenklicher. Ein paarmal dachte ich, sie würde mir endlich erzählen, was sie all die Jahre schon beschäftigte, aber sie tat es dann doch nicht. Ich weiß, daß es etwas war, das lange her war, und ich vermute, es ging um einen Mann – oder Männer. Und es muß etwas Schreckliches gewesen sein, daß eine starke Frau wie Lucinda ihre Träume aufgibt und unter falschem Namen ein Leben in der Abgeschiedenheit führt.«

»Hat sie Ihnen je erzählt, wo sie lebte oder unter welchem Namen?«

»Nie, obwohl ich vermutete, daß es in Ohio war. Ihr Wagen hatte Ohio-Nummernschilder, und einmal fiel ihr ein Brief aus der Tasche, der an eine Edna Tutt adressiert war.« Sie zögerte einen Augenblick. »Und . . . es ist nur so ein Gefühl, aber ich hatte den Eindruck, daß sie noch immer in der Nähe dieses Bösen war, das ihr Leben zerstört hatte. Sie war ihm nicht wirklich entkommen.«

Ich blickte zu den Jahrbüchern. »Kann ich mir die alten Bilder von Lucy anschauen?«

»Oh, gewiß.«

Ich ging zum Bücherregal und zog die Bände von '38 bis '42 heraus. Ein hübsches Mädchen, das von Jahr zu Jahr hübscher wurde.

»Sie sagten, ihr Bruder hätte die Schule im Jahr 1951 abgeschlossen?« Ich nahm diesen Jahrgang vom Regal.

»Ja, in seinem letzten Schuljahr hatte ich ihn in einer meiner Klassen gehabt. Ein ruhiger Junge, aber ein schwieriger Schüler. Ich vermute, Lucys Stiefvater behandelte ihn sehr brutal. Ich weiß, daß Stan seiner Schwester sehr viel Kummer bereitet hat, nachdem er zu ihr nach Kalifornien gezogen war.«

»Das habe ich gehört.« Ich suchte im Abschlußjahrgang unter E, aber kein Stan Elkins. »Ich kann ihn nicht finden. War er in dem Jahr nicht dabei, als die Fotos gemacht wurden?«

»Er muß drin sein.« Jane stand auf, kam zu mir herüber und warf einen Blick auf das Buch. »Oh, Stan war kein Elkins. Er war Lucys Halbbruder.« Sie blätterte ein paar Seiten weiter. »Das ist Stan.«

Ein mondgesichtiger Teenager, gutaussehend auf eine gewisse Art und mit Gesichtszügen, die noch nicht von Charakter und Erfahrung geprägt waren. Einer wie Millionen anderer Teenager. Aber dann fiel mein Blick auf den Namen unter dem Bild, und es verschlug mir fast den Atem: Stanley Kincaid.

Vier Tage vorher, in Mark Fowles' Büro: »*Einer war Jarvis Skinner. Der andere war ein kleiner Ganove namens Stanley Kincaid. Er hatte mit Jarvis im Staatsgefängnis gesessen. Keine Gewalttaten, aber sieht so aus, als ob er daran war, sich nach oben zu arbeiten.*«

Edna Tutts Bruder war 1965 beim Cohan-Chemical-Raub ums Leben gekommen.

12

Ich wartete bereits vor der Bibliothek in Monticello, als sie am Morgen öffnete. Ich war noch in derselben Nacht in Holston losgefahren, hatte vier Stunden geschlafen und war energiegeladener aufgewacht, als wenn ich zwölf Stunden geschlafen hätte; zum Frühstück hatte ich eine Handvoll Aufputschtabletten gehabt. Ich stürmte an der Bibliothekarin vorbei, die die Tür aufschloß, und ging direkt in den Raum mit den Mikrofichen.

Ich nahm die Filme mit den Zeitungen aus Monticello und Columbus vom Dezember 1965. Ich wußte, daß Stanley Kincaid der Schlüssel war, aber wo paßte er hinein?

Der Raub hatte am 1. Dezember stattgefunden, zu spät für die Morgenausgabe. Das Columbus-Mittagsblatt hatte es ebenfalls verpaßt. Das Monticello-Blatt vom 2. Dezember, dasjenige, das ich im alten Bahnhof gesehen hatte, wartete mit der größten Schlagzeile seit Pearl Harbor auf:

> 4 TOTE BEI COHAN–CHEMICAL-RAUB!
> *Sheriff Fowles, Raymond Purvis, zwei Täter*
> *im Kugelhagel umgekommen.*
> *Fahrer Sturdevant verletzt. Zustand kritisch*

Bei einem verwegenen Überfall auf den Lohngeldtransport von Cohan Chemical erbeuteten vier bewaffnete Täter eine Rekordsumme. Die minutiös geplante Aktion geriet außer Kontrolle, als Sheriff Fowles eingriff und dies mit dem Leben bezahlte (siehe Nachruf auf S. 5).

Die Augenzeugenberichte widersprechen sich, aber die Tat scheint folgendermaßen verlaufen zu sein: Vier maskierte Männer fuhren morgens um 8.30 Uhr durch das Tor der Fabrik in Monticello, gingen ins Pförtnerhaus und überwältigten den Wächter Harmond Gilchrist. Darauf versteckten sie sich im Pförtnerhaus, bis der Wagen mit den Lohngeldern um 8.45 Uhr ankam. Der Wagen mit zwei der Täter schoß hinter dem Pförtnerhaus hervor und versperrte den Weg, während die zwei aus dem Pförtnerhaus auf den Geldtransporter zurannten.

Dies war der Moment, in dem die Aktion, die an den legendären Überfall bei Brinks erinnert, außer Kontrolle geriet. Laut einem der Augenzeugen legte der Fahrer des Geldtransporters den Rückwärtsgang ein und versuchte zu entkommen. Im selben Augenblick wurde er von einem der Täter angeschossen, der auf der Beifahrerseite ausstieg und mit einer Schrotflinte das Feuer eröffnete. Sturdevant wurde in Kopf und Brust getroffen. Er liegt zur Zeit auf der Intensivstation des Mercy Hospitals.

Als der erste Schuß abgegeben wurde, stieg Sheriff Fowles, der auf dem Rücksitz des Wagens gesessen hatte, aus und erwiderte das Feuer mit seiner Thompson-Maschinenpistole. Er deckte den Wagen der Täter mit Kugeln ein und tötete dabei den Fahrer, der mit einer Waffe in der Hand ebenfalls ausgestiegen war, sowie auch den mit einer Schrotflinte bewaffneten Beifahrer (siehe Grafik auf S.2). Über das Dach des Geldtransporters hinweg nahm er die zwei Mittäter unter Feuer. Unglücklicherweise traf der Schuß eines Täters das Magazin der Maschinenpistole und blockierte diese. Die zwei Täter rannten um den Geldtransporter herum und schossen mehrmals auf Sheriff Fowles.

In diesem kurzen, aber heftigen Feuergefecht wurde Raymond Purvis, Buchhalter bei Cohan Chemical, von einer Kugel – ob gezielt oder zufällig ist zur Zeit noch nicht klar – in den Kopf getroffen und war auf der Stelle tot (siehe Nachruf auf S. 5). Dann luden die beiden überlebenden Täter die in mehrere Säcke abgepackten Lohngelder in ihren Wagen und flohen. Ihre beiden toten Komplizen ließen sie liegen.

Die ganze Aktion, von der Ankunft des Geldtransporters bis zur Flucht der Verbrecher, dauerte nur gerade drei Minuten. Das Fluchtfahrzeug, ein schwarzer, neuer Pontiac oder älterer Buick, wurde zum letzten Mal gesehen, als es in die Fredericktown Road einbog.

Der Täter mit der Schrotflinte, der von Sheriff Fowles getötet wurde, wurde als Jarvis Skinner aus Monticello identifiziert. Skinner war wegen Gewaltverbrechen mehrfach vorbestraft. Die Identität des Fahrers, der ebenfalls von Sheriff Fowles getötet wurde, ist bislang nicht bekannt. Die beiden flüchtigen Täter sind weiß, männlich. Der eine wurde als groß und bullig, der andere als etwas kleiner und von schlanker Statur beschrieben.

Die Polizei hält in ganz Ohio Ausschau nach den Tätern. Die Bundesbehörden wurden ebenfalls kontaktiert.

Auf derselben Seite fand sich eine Schlagzeile in etwas kleineren Lettern:

Lohngeldräuber kassierten 2,5 Millionen Dollar

James Cohan, Eigentümer der Cohan Chemical Corporation, bestätigte, daß beim gestrigen Raub, bei dem vier Menschen getötet und ein weiterer lebensgefährlich verletzt wurden, Lohngelder in der Höhe von zweieinhalb Millionen Dollar erbeutet wurden. Zur außergewöhnlichen Höhe der Summe befragt, erklärte Mr. Cohan: »Die Lohngelder waren nicht nur für die Fabrik in Monticello be-

stimmt, sondern auch für unsere vier Niederlassungen in Columbus und Chillicothe. Die Lohnsumme ist im Dezember immer besonders groß, weil darin die Weihnachtszulagen enthalten sind. Ich sollte vielleicht noch anfügen, daß mein Gehalt und das meiner leitenden Angestellten ebenfalls darunter waren. Traditionellerweise werden die Gehälter seit der Zeit unseres Gründers Patrick Cohan in bar ausbezahlt. Ich hätte schon lange daran denken müssen, welch eine Versuchung das für Verbrecher sein muß, aber Monticello ist eine so friedliche Stadt, daß man so etwas eigentlich nicht erwartet. Ich fühle mich verantwortlich für das, was gestern geschehen ist.«
Der zutiefst betroffene Mr. Cohan fügte noch an: »Mit Raymond Purvis und Sheriff John Fowles habe ich zwei gute, enge Freunde verloren. Bill Sturdevant ist ein langjähriger Mitarbeiter, und ich komme selbstverständlich für alle Krankenhauskosten auf. Ich habe außerdem eine Belohnung von fünfzigtausend Dollar für Hinweise, die zur Verhaftung dieser Mörder führen, ausgesetzt.«

Es gab noch mehr von derselben Art. Die Zeugen waren Angestellte und Leute, die in der Nähe des Fabriktors wohnten, aber ich wußte aus Erfahrung, wie wertlos Augenzeugenberichte in der Regel waren. Die meisten Leute nehmen schon im Alltagsleben wenig von ihrer Umgebung wahr. Kommen sie in eine Situation, die vollkommen außerhalb ihrer sonstigen Erfahrungen liegt, erhält man so viele verschiedene Schilderungen, wie es Zeugen gibt. Es gab hier einen Augenzeugen, den ich unbedingt sprechen mußte, und ich hatte eigentlich nur eine wichtige Frage, die ich ihm stellen wollte.

Die restlichen Artikel über die nächsten paar Tage enthielten hauptsächlich Wiederholungen und Geschichten von Leuten, die sich miteinander unterhielten. Ein *Times-Tribune*-Artikel vom 4. Dezember trug die folgende Überschrift:

Zweiter Lohngeldräuber identifiziert

Wie die Behörden mitteilen, handelt es sich beim Fahrer des beim Raub am 1. Dezember benutzten Fahrzeugs um Stanley Kincaid, der in Kalifornien mehrmals wegen kleinerer Vergehen festgenommen wurde und letztes Jahr in Tennessee wegen Autodiebstahls im Gefängnis saß. Der aus Tennessee stammende Kincaid war Mitglied einer Bande, die gestohlene Autos von Kalifornien in den Südosten verschob. Jarvis Skinner, der ebenfalls getötet wurde, verbüßte im selben Gefängnis zur gleichen Zeit eine Strafe, und es wird angenommen, daß sich die beiden dort kennengelernt haben.

Das war alles. Nur ein weiterer Kleinkrimineller, der bei irgendeinem Raubüberfall getötet wurde. Aber ein anderer Artikel erregte meine Aufmerksamkeit:

Hilfssheriff bei Autounfall getötet

Bereits zum zweiten Mal innerhalb einer Woche wurde das Sheriff Department von Polk County von einem Unglück heimgesucht, als Hilfssheriff Richard Percy, 25, gestern nacht vor seinem Haus in der Holly Street von einem Auto überfahren wurde. Percy war trotz einer Grippe aufgestanden, um bei der Spätschicht auszuhelfen. Als er die Tür zu seinem Wagen öffnen wollte, wurde er von einem Auto, das mit überhöhter Geschwindigkeit um die Ecke Holly und Ridgecrest bog, erfaßt und zwischen den beiden Wagen erdrückt. Der Lenker des Unfallwagens beging Fahrerflucht. Zeugen, die eine Beschreibung des Fahrzeuges geben könnten, gibt es keine.
»Ich wollte nicht, daß er heute nacht arbeiten geht«, sagte Percys Witwe JoAnne, 23, schluchzend. »Aber er wollte unbedingt im Büro aushelfen. Sie sind unterbesetzt, weil Sheriff John getötet wurde und so viele mit Grippe im Bett liegen.«
Die Beisetzung findet am Samstag um 13.00 in der First Congregational Church statt.

Da war jemand auf Nummer Sicher gegangen. Mark hatte gesagt, daß alle drei Hilfssheriffs an jenem Tag die Grippe hatten. Ich hätte wetten können, daß Percy den Transport hätte bewachen sollen. Entweder hatte er wirklich die Grippe gehabt, oder er hatte es als Vorwand benutzt, um nicht dabeisein zu müssen.

Die Täter hatten einen Komplizen im Geldtransporter erwartet. Sie hatten nicht mit dem Sheriff und seiner Tommy gerechnet.

Ein Blick ins Telefonbuch sagte mir, daß Harmon Gilchrist immer noch in Monticello lebte. Die Adresse lautete Tyler Street, und ich erinnerte mich daran, daß das Chemiewerk am Ende der Tyler Street lag. Ich rief an, und der Hörer wurde schon nach dem zweiten Klingeln abgenommen.

»Ich möchte Mr. Harmon Gilchrist sprechen.«

»Das bin ich.«

»Mr. Gilchrist, mein Name ist Gabe Treloar, und ich stelle Nachforschungen über den Lohngeldraub bei Cohan Chemical im Jahr 1965 an. Sind Sie der Mr. Gilchrist, der an jenem Tag im Pförtnerhaus war?«

»Da haben Sie den richtigen Mann erwischt. Wenn Sie etwas über den Raubüberfall wissen wollen, fragen Sie mich nur.« Es war die Stimme eines älteren Mannes, und er klang, als wäre er begierig, darüber zu sprechen.

»Würde es Ihnen passen, wenn ich jetzt gleich vorbeikäme? Ich könnte in etwa fünf Minuten bei Ihnen sein.«

»Kommen Sie ruhig vorbei.«

Nach einer kurzen Strecke in Richtung Columbus bog ich nach links in die Tyler Street ein. Gilchrists Haus war im zweiten Häuserblock. Richtung Süden und drei Blocks weiter konnte man den Eingang des Chemiewerks sehen. Ich lenkte den Wagen in die Einfahrt und stieg aus. Ein großgewachsener, sehr dünner Mann stand auf der Veranda.

»Harmon Gilchrist?«

»Da haben Sie den richtigen Mann erwischt. Sie sind Mr. Treloar?«

»Genau.«

»Sind Sie zufällig mit Ed Treloar verwandt, der bei Cohan gearbeitet hat?«

»Ich bin sein Sohn.«

Wir schüttelten uns die Hände. Sein Haar war weiß und lag eng am Schädel an, aber seine Haltung war aufrecht und die Stimme fest.

»Was wollen Sie über den Raub wissen? Ich weiß alles. Ich war der einzige, der von Anfang bis Ende dabei war.« Ich spürte, das war seine einzige große Geschichte. Ich würde die Informationen nicht mühsam aus ihm herauskitzeln müssen.

»Ich bin die Artikel in den Zeitungen noch einmal durchgegangen. Sie waren alle ein bißchen vage.«

Der alte Mann schnaubte verächtlich. »In den Artikeln stimmt kaum etwas. Diese Reporter wollten einfach nicht auf mich hören.« Bitterkeit klang in seiner Stimme an.

»Und weshalb nicht? Sie waren dabei, Sie hätten der Hauptzeuge sein müssen.«

»Genau«, sagte er und nickte. Dann hob er den Kopf. »Lust auf einen Spaziergang?«

»Ist mir recht.«

»Gehen wir zur Fabrik. Ich zeige Ihnen, wie es sich damals abgespielt hat.« Wir gingen den Fußweg bis zur Straße hinunter und dann in Richtung Fabrik.

»Ich denke, es war Mr. Cohan, der den Reportern eingeredet hat, ich sei nicht glaubwürdig. James Cohan, meine ich. Er war damals der Eigentümer. Es war, als gäbe er mir irgendwie die Schuld. Er tat so, als sei mein Wort nicht viel wert, als sei ich ein Säufer oder so, und dabei habe ich mein Leben lang nicht mehr als ein, zwei Bier getrunken.«

»Er muß ziemlich aufgebracht gewesen sein.«

»Aufgebracht ist nicht das richtige Wort. Er und Ray Purvis standen sich ziemlich nahe.« Er wandte den Kopf und schaute mich an. »Ihr Vater wäre in dem Wagen gesessen, wenn er nicht fortgegangen wäre – wann war das? Ein Jahr vorbei?«

»Etwa anderthalb Jahre. Dad war ziemlich fertig, als er das mit Ray hörte. Es war in den Abendnachrichten.«

»Ja«, nickte er zufrieden. »Es war im ganzen Land in den Nachrichten. Von überall kamen Reporter, Kamerateams, der ganze Zirkus.«

Der Spaziergang die schattige Straße entlang war angenehm; es war ein kühler Morgen, und die Sonne fiel in glitzernden kleinen Strahlen durch das Blätterwerk. Wir kreuzten eine doppelspurige Eisenbahnlinie, und dann waren wir auch schon am Fabriktor. Das Gelände war von einem Maschendrahtzaun umgeben, und der Eingang war durch zwei Schiebetore gesichert, die im Augenblick geöffnet waren. Auf der linken Seite stand das Pförtnerhaus, ein Gebäude mit nur einem Raum und einer Glasscheibe zur Straße hin. Wir gingen durch das offene Tor, und ein uniformierter Mann trat aus dem Pförtnerhaus.

»Morgen, Arthur«, sagte Gilchrist.

»Hallo Harmon«, sagte der Mann gelangweilt. »Besuchst du uns wieder mal?«

»Ich erzähle dem jungen Mann hier nur von dem großen Raub damals.« Der Wächter zuckte die Schultern und ging wieder hinein.

»An jenem Morgen«, begann Gilchrist, »saß ich an meinem Pult, als dieser schwarze Pontiac – es war ein neues Modell – durch das Tor fuhr. Also, er hätte hier vorne halten müssen, aber manchmal übersehen die Leute das Schild und fahren rein. Ich stand also auf und ging nach draußen, um mit ihnen zu reden. Alle Angestellten waren bereits drin. Am Zahltag kommt niemand zu spät zur Arbeit.

Ich war kaum durch die Tür, als ich auch schon eine Waffe an meinem Kopf hatte und zwei Männer mich wieder hineinstießen. Einer zog mir meine Waffe aus dem Holster, bevor ich überhaupt reagieren konnte. Sie setzten mich auf meinen Stuhl – es war ein alter Drehstuhl – und fesselten mir die Hände mit Handschellen auf den Rücken. Dann band mir einer mit einer Wäscheleine die Füße am Stuhl fest.«

»Sie waren vorbereitet«, sagte ich.

»Sie wußten, was sie taten.«

»Haben sie etwas gesagt?«

»Zuerst sagte einer von ihnen! ›Geh wieder rein und setz dich hin.‹ Als sie mich dann fesselten, sagte einer: ›Sitz einfach hier und sei ruhig, dann geschieht niemandem etwas.‹ Sie knurrten irgendwie, so, als verstellten sie die Stimme.«

»Wie sahen sie aus?«

»Einer war groß, kräftig. Der andere war nicht ganz so groß, schlanke Figur.« Wie es in der Zeitung gestanden hatte.

»Können Sie etwas über die Haare oder die Farbe der Augen sagen?«

»Nein, sie trugen diese Strumpfmasken. Und darunter trugen sie Wollmützen, damit man die Haare nicht sah.«

»Okay. Sie stürmten herein und fesselten Sie. Was dann?«

»Nun, ich war festgebunden und versuchte mir immer noch klarzuwerden, was vor sich ging, als der Geldtransporter ankam. Sehen Sie, sie hatten mich gleich vor die Glasscheibe gesetzt. Jeder, der vorbeikam, konnte mich sehen und würde keinen Verdacht schöpfen.«

»Einen Augenblick. In der Zeitung stand, die Täter seien um halb neun gekommen und der Geldtransport um Viertel vor neun.«

Er schnaubte verächtlich. »Die waren keine fünfzehn Minuten hier. Mr. Cohan wollte einfach nicht glauben, daß sie es so knapp geplant hatten, und alle hörten auf ihn, nicht auf mich. Die waren nicht länger als fünf Minuten hier, als der Wagen kam.«

Hatte jemand den Tätern einen Tip gegeben, wann der Transporter bei der Bank wegfuhr? Je genauer sie es planen konnten, desto geringer war das Risiko, daß jemand mitten in ihr Ding platzte.

»Und was geschah dann?«

»Okay, jetzt kommt der wichtige Teil, der Teil, den die Polizei und die Reporter nicht begriffen haben.« Sein finsterer Blick ließ erahnen, wie sehr das in all den Jahren an ihm genagt hatte.

»Erzählen Sie.«

»Sie haben die Artikel gelesen; sie sagen alle, die Schießerei ging los, als Bill Sturdevant zu fliehen versuchte. Nun, die Schaltautomatik war die ganze Zeit auf PARK. Ich habe nachgesehen, als die Sanitäter den armen Billy aus dem Wagen zogen. Was wirklich geschah, war, daß das Auto hier hinter dem Pförtnerhaus hervorkam.« Er zeigte mit einer Handbewegung die Richtung an, die der Wagen genommen hatte. »Er hielt vielleicht drei Meter vor dem Geldtransporter. Dieser Skinner-Junge sprang mit einer Schrotflinte in der Hand auf der Beifahrerseite aus dem Wagen und schoß durch die Windschutzscheibe auf Bill. Er hat nicht gewartet, er wußte, daß er schießen würde, als er aus dem Wagen stieg. Die zwei im Pförtnerhaus rannten noch vor dem Schuß heraus.« Er holte tief Luft. »Sehen Sie, Ihnen das zu erzählen, dauert eine ganze Weile, aber es geschah alles sehr schnell; in zehn, zwanzig Sekunden war alles vorbei.«

»Ich weiß, wie schnell solche Sachen ablaufen«, versicherte ich ihm. »Ich war zwanzig Jahre lang Polizist.«

»Dann wissen Sie, wovon ich spreche. Okay, als der Skinner-Junge mit der Schrotflinte ausstieg, sprang auch der Fahrer aus dem Wagen. Er hatte eine Pistole, aber er hielt sie so, als wüßte er nicht recht, was er damit anfangen sollte. Ich hatte den Eindruck, er hatte nicht mit einer Schießerei gerechnet.« Das war Stanley Kincaid, Ednas Bruder.

»Jetzt stieg Sheriff Fowles auf der Beifahrerseite aus dem Transporter. Das war auf der anderen Seite, aber ich sah, wie Kopf und Schultern blitzschnell über dem Dach des Wagens auftauchten, bevor Skinner überhaupt wieder laden und schießen konnte. Er hatte die alte Tommy, und ich sah, wie er kurz zu den anderen beiden schaute, die auf den Wagen zugerannt kamen, und dann abdrückte. Den Skinner-Jungen erschoß er zuerst.«

»Die zwei im Pförtnerhaus«, fragte ich ihn, »wie waren sie bewaffnet?«

»Beide hatten kurzläufige Revolver.«

»Also hat Fowles zuerst die Schrotflinte ausgeschaltet. Guter Zug.«

»Das dachte ich auch. Dann erschoß er den Fahrer, diesen Kincaid. Er brauchte die Schußrichtung nicht groß zu ändern. Er drehte sich nach links und versuchte über den Transporter hinweg auf den größeren Mann zu schießen, der um den Wagen herumrennen wollte, um besser auf den Sheriff schießen zu können. Beide Männer kamen auf ihn zugerannt und schossen. Dabei muß eine Kugel das große Magazin der Thompson getroffen haben. Ich sah, wie sie einen Ruck machte. Der Sheriff versuchte zu schießen, aber die beiden rannten von beiden Seiten um den Wagen herum und schossen ihre Magazine auf ihn leer. Er wurde fünfmal getroffen.«

»Haben Sie gesehen, wann Ray Purvis getroffen wurde?«

»Und ob ich das habe«, bekräftigte er und machte eine Kunstpause. »Das ist auch so etwas, was sie in den Zeitungen, am Radio und am Fernsehen völlig verdreht haben, und fragen Sie mich nicht, warum. Als Sheriff Fowles tot war, fingen die zwei Männer an, die Geldsäcke auszuladen. Mr. Purvis saß da wie benommen. Ich dachte, wenn er sich ruhig verhält, geschieht ihm nichts, aber während der Dünne die Säcke zum Fluchtfahrzeug trug, zog der Größere eine kleine Automatik aus der Gesäßtasche, lehnte sich in den Wagen und schoß ihm in die Stirn – seelenruhig, als wäre nichts dabei.«

»Glauben Sie, daß er etwas gesehen hat, möglicherweise einen von ihnen erkannt hat?«

»Ich weiß nicht, wie er mehr hätte sehen können als ich, und mich brachten sie nicht um.«

Ich hatte nur noch eine Frage, und ich hatte Angst vor der Antwort. »Mr. Gilchrist, der kleinere der beiden Täter, die Sie fesselten – besteht die Möglichkeit, daß das eine Frau war?«

»Sie meinen wie bei Bonny und Clyde?« Er schüttelte den Kopf. »Nein, er war zwar kleiner als der andere, aber beides waren ausgewachsene Männer. Keine Frau könnte die Stimme so verstellen.«

»War nur so eine Idee«, sagte ich erleichtert.

»Nicht einmal Mark Fowles hat mich gefragt, ob eine Frau dabei war.«

»Er hat mit Ihnen darüber gesprochen?«

»Alle paar Jahre kommt er mich besuchen, und dann gehen wir die Sache nochmals durch. Er denkt wahrscheinlich, mir kommt noch etwas in den Sinn, aber das wird nicht geschehen. Er will diese zwei Männer – um jeden Preis.«

Ein großer Wagen fuhr vor, wie damals, als an jenem Morgen ein anderer, ähnlicher Wagen vorgefahren war. Dieser hier war grau und hatte getönte Scheiben. Der Wächter kam aus seinem Häuschen gerannt und tippte zur Begrüßung an seine Mütze, als sich das linke hintere Fenster öffnete.

»Morgen, Mr. Cohan.«

»Guten Morgen, Arthur«, sagte Ansel Cohan. Er blickte um sich und sah uns. »Oh, hallo, Gabe, Harmon.« Er stieg aus und kam zu uns herüber.

»Ich habe dem jungen Mr. Treloar von dem großen Lohngeldraub erzählt«, sagte Harmon stolz.

»Nun, da haben Sie den richtigen Mann erwischt, Gabe«, meinte Ansel zustimmend. Dann hob er eine der langsam ergrauenden Brauen. »Aber ich dachte, Sie untersuchen den Mord an Edna Tutt.«

»Oh, ich habe ein paar Recherchen über die Zeit angestellt, als Edna hierherzog, und das war kurz nach dem Raubüberfall. Es wurde noch immer darüber geschrieben. Ich hatte nie die ganze Geschichte gehört, also beschloß ich, mit Harmon zu sprechen. Wie es scheint, ist er der einzige Augenzeuge, der alles aus der Nähe gesehen hat.«

»Das stimmt. Ein paar Leute haben es von der Fabrik aus beobachtet«, er deutete auf die Gebäude, die etwa fünfzig Meter entfernt waren. »Aber die sahen erst hin, als die Schießerei losging.«

»Ich habe gehört, Mark Fowles sucht immer noch nach den beiden, die entkamen«, sagte ich.

»Mark hat eine fixe Idee, was den Überfall betrifft«, sagte Ansel schulterzuckend. »Verständlich, wenn man bedenkt, wie sein Vater starb, als er noch so jung und formbar war. Aber irgendwie glaube ich nicht, daß die zwei jemals geschnappt werden; nicht nach so vielen Jahren – oder was meinen Sie?«

»Es kommt nicht oft vor.«

»Schließlich waren es bloß gewöhnliche Verbrecher, und solche Leute bringen sich dann nicht selten gegenseitig um«, fuhr Ansel fort. »Mit zweieinhalb Millionen in bar – und das 1965 –, wie lange haben sie wohl durchgehalten, nachdem das in ihren Kreisen erst mal durchgesickert war?«

»Das ist ein Haufen Geld«, stimmte ich ihm zu.

»Ich war zu der Zeit natürlich nicht hier, aber später habe ich alles über die juristischen Streitereien mit der Versicherungsgesellschaft gehört. Es war eine ziemlich harte Sache und dauerte über ein Jahr, aber am Ende mußten sie zahlen.«

»Muß in der Zwischenzeit für die Angestellten ziemlich schwierig gewesen sein«, bemerkte ich.

»Cohan Chemical ist immer mit einer loyalen Arbeiterschaft gesegnet gewesen«, sagte Ansel. »Wir halten in schwierigen Zeiten zusammen.«

Harmon Gilchrist sah aus, als müßte er sich nächstens übergeben.

»Haben Sie im Mordfall Fortschritte gemacht?« fragte Ansel.

»Ein bißchen.«

»Was haben Sie auf Ihrem kleinen Ausflug außerhalb des Staates entdeckt?« Er wollte mir unter die Nase reiben, daß Cabell ihn auf dem laufenden hielt.

»Ein paar Dinge.«

Er grinste. »Na, Sie lassen sich wohl nicht gern in die Karten blicken.«

»Ich spreche nicht gern über eine Untersuchung, solange sie nicht abgeschlossen ist. Man zieht so leicht voreilige Schlüsse aus unvollständigen Fakten, und ich bin da lieber vorsichtig. In ein paar Tagen sollte ich soweit sein.«

»Denken Sie wirklich, Sie können diese dumme Sache aufklären?«

»Es beginnt langsam, einen Sinn zu ergeben.«

»Wissen Sie, Ted Rapley wird sehr beeindruckt sein, wenn Sie diesen Fall lösen. Er hat immer Verwendung für einen guten Ermittler, und er ist auf dem Weg nach oben. Wenn Sie möchten, kann ich bei ihm ein Wort für Sie einlegen.«

»Lassen Sie mir Zeit, darüber nachzudenken«, sagte ich. »Mein Verhältnis mit dem Büro des Staatsanwalts war nicht immer das beste, als ich noch ein Cop war. Es wäre ein radikaler Wechsel.«

Er wurde sehr ernst. »Manchmal muß man mit gewissen Dingen abschließen, wenn man seinem Leben eine Wende geben will. Es ist nie zu spät für Veränderungen. Denken Sie darüber nach.«

Wir gaben uns die Hand, und er stieg wieder in seine Limousine. Sie rollte geräuschlos aufs Fabrikgelände. Ich machte mich mit Harmon auf den Weg zurück zu seinem Haus.

»Was halten Sie von Ansel?« fragte ich ihn.

»Ich denke, er ist mir sympathischer als sein Alter – nicht, daß das viel heißen will.« Er dachte eine Weile nach. »Wissen Sie, man erzählt sich viele Geschichten über ihn, und ich weiß nicht, ob sie stimmen, aber man sieht ihn jedenfalls nie mit Frauen zusammen. Andererseits verhält er sich auch nicht ausgesprochen geziert oder schwul. Ich weiß auch nicht, was ich davon halten soll.«

»Aber Sie mögen ihn nicht wirklich?«

»Die Cohans wollen nicht, daß man sie mag. Aber sie sehen zu, daß man Respekt vor ihnen hat. Aber das County gehört praktisch ihnen, und so bekommen sie den Respekt, den sie verlangen.«

Ich dankte ihm und fuhr zurück in die Stadt. Ich dachte über längst Vergangenes nach, über Dinge, die vergessen und begraben waren und die zurückkamen und einen verfolgten.

13

Lew breitete die Fotokopien des High-School-Jahrbuchs auf seinem Couchtisch aus. Er wohnte in einem kleinen eingeschossigen Backsteinhaus, zwei Häuserblocks vom Zeitungsgebäude entfernt. Eine Flasche Bier, das Glas beschlagen vom Kondenswasser, stand auf dem Tisch neben den Fotografien. Er studierte die Gesichter von Edna und ihrem Bruder, als ob sie ihm etwas sagen könnten.

»Was wissen wir jetzt?« fragte er rhetorisch. »Wir wissen, was sie vom Tag ihrer Geburt an und in ihrer Zeit als Model gemacht hat. Und wir wissen, daß ihr Bruder im Gefängnis war, dort mit Jarvis Skinner in Kontakt kam und zusammen mit Skinner beim Überfall ums Leben kam. Aber was hat sie veranlaßt, in Kalifornien alles zurückzulassen, den Namen zu ändern und hierherzuziehen? Man sollte denken, dies wäre der letzte Ort, an dem sie leben wollte.«

»Es muß noch eine andere Verbindung geben«, sagte ich. »Da ist mehr als nur der Bruder.«

»Können wir wirklich sicher sein, daß der Raubüberfall und der Mord zusammenhängen?«

»Es paßt einfach zu gut zusammen. Der Raubüberfall von '65 und der Mord letzten Donnerstag; Bruder und Schwester in

Monticello gewaltsam zu Tode gekommen. In ihrem Brief an Sue Oldenburg schreibt sie, die Vergangenheit hätte sie eingeholt.«

»Das muß nicht heißen, daß es etwas sein muß, das bis 1965 zurückreicht«, meinte Lew.

»Aber alles deutet darauf hin. Ann Smyth wollte mir von Jarvis und seiner Verbindung zum Mord erzählen, als wir unterbrochen wurden.«

»Das kleine Flittchen würde für Geld alles sagen. Und vielleicht weiß sie nur, daß der Fahrer Ednas Bruder war, und das könnte in Skinnertown allgemein bekannt sein. Hat sie wieder versucht, Kontakt mit dir aufzunehmen?«

»Soviel ich weiß, nicht. Sie könnte versucht haben, mich anzurufen, aber ich habe keinen Anrufbeantworter – und wenn ich einen hätte, würde ich ihn nicht benutzen. Jeder, von Lester Cabell bis zu deiner kleinen Sharon, würde sich eine Kopie von dem Band machen.«

»Sharon ist in Ordnung«, sagte Lew etwas verschämt. »Sie ist nur sehr ehrgeizig.«

Ich fragte mich, ob ich seine Verlegenheit richtig deutete. »Lew, du solltest dich schämen! Sie ist jung genug, um deine Tochter zu sein!«

»Sie ist dreißig«, verteidigte er sich. »Ich hätte verdammt früh anfangen müssen, um ihr Vater zu sein. Wie dem auch sei, ich verrate ihr nichts.«

Sicher tust du das nicht, dachte ich und wußte jetzt, daß ich vorsichtig sein mußte mit dem, was ich ihm erzählte.

»Kehren wir zum Thema zurück«, sagte Lew. »Was ist mit dem Motiv? Was läßt jemanden sein ganzes Leben umkrempeln und dreißig Jahre lang an einem Ort wie Monticello ausharren?«

»Die großen Drei«, sagte ich. »Liebe, Haß, Rache.«

»Wen haßte oder liebte sie dann? An wem wollte sie sich rächen? Hier ging es nicht um ihren geliebten Bruder.« Zur Bekräftigung klatschte er dabei mit dem Handrücken auf das Bild von Stanley. »Er war um so vieles jünger als sie, daß sie ihn kaum gekannt haben konnte, als sie noch Kinder waren. Sie hatten nicht den gleichen Vater. Als er in Kalifornien wieder in ihr Leben trat, bereitete er ihr nichts als Schwierigkeiten. Er kam bei einem

Raubüberfall ums Leben, und der Mann, der ihn tötete, starb Sekunden später.«

»Kein überzeugendes Motiv für Rache«, mußte ich zugeben. »Nicht für eine Frau mit einem ausgeprägten Sinn für Gerechtigkeit.«

»War es Liebe? Sue denkt, daß ein Mann im Spiel war.«

»Wenn dem so ist, dann hat sie es ebenso geheimgehalten wie alles andere in ihrem Leben. Und würde sie so lange auf einen Mann warten? So etwas kommt nur in Filmen vor.«

»Vielleicht waren es mehrere.« Lew nahm einen Schluck aus der Flasche. »Vielleicht war es eine ganze Reihe diskreter, gutbetuchter, verheirateter Männer. Sie konnte nicht all die Jahre von ihrem Ersparten leben.«

»Dazu hätten eine Menge Leute, ein paar unglückliche Ehefrauen eingeschlossen, sich äußerst ruhig verhalten müssen.«

»Die Leute behalten solche Dinge für sich, besonders in einer Stadt wie Monticello. Und sie war auch nicht mehr die Jüngste. Ich kann es noch immer nicht fassen, daß sie beinahe siebzig war! Sie hatte sich dem Altern unglaublich lange widersetzt, aber auf die Dauer kann man diesen Kampf nicht gewinnen. Vielleicht waren ihre Quellen versiegt, und sie verlegte sich auf Erpressung.«

Das gefiel mir gar nicht. Mein Innerstes wehrte sich. »Das klingt überhaupt nicht nach Edna.«

Lew sah mich ernst an. »Gabe, ich hätte nie gedacht, daß ich das einmal einem L.A.-Cop sagen müßte, aber deine Gefühle beeinträchtigen dein Urteilsvermögen. Zum Teufel, du hast dich in ein paar jahrzehntealte Fotos und Geschichten über ein junges Mädchen verknallt.« Er nahm einen weiteren Schluck Bier.

»Unsinn, aber ich kann es einfach nicht glauben«, sagte ich störrisch. »Ich kannte sie zwar nicht lange, aber als kaltblütige Erpresserin kann ich sie mir nicht vorstellen.«

»Dazu brauchte sie nicht unbedingt ein boshafter Vamp zu sein, sondern bloß eine verzweifelte Frau, die einen einsamen Lebensabend vor sich hatte. Es bräuchte nicht viel, um es vor sich selbst zu rechtfertigen. Diese fetten, respektablen Heuchler, die sie benutzt hatten und dann verschmähten, als sie genug hatten oder einfach nur Angst, ihre Frauen kämen ihnen auf die Schliche. Vielleicht setzte sie sie unter Druck, und bei einem hätte sie das besser nicht getan.«

»Es war nicht nur einer«, erinnerte ich ihn, als er aufstand und ein weiteres Bier aus dem Kühlschrank holte.

Er setzte sich wieder und öffnete den Verschluß. »Ein gedungener Handlanger. Während er sich damit vergnügte, sie zu foltern, stellte der andere das Haus auf den Kopf und suchte die Liebesbriefe oder die belastenden Fotos. Sally Keane hatte gewußt, wie man mit einer Kamera umgeht. Vielleicht hatte sie sich gegen schlechte Zeiten abgesichert.«

»Das glaube ich nicht. Sie hätte sie sofort herausgerückt, wenn er sie bedroht hätte.«

»Vielleicht existierten sie gar nicht, und er kaufte ihr das nicht ab. Das Leben kann grausam sein, und es ist einfach, sich hoffnungslos zu verstricken. Nein, Edna war keine böse Frau. Aber vielleicht hatte sie Angst und hatte gegen Ende ihres Lebens einen dummen Fehler gemacht.«

»Böse«, sagte ich nachdenklich und ließ alte Erinnerungen an mir vorbeiziehen, »das ist ein Wort, das man heutzutage nicht mehr oft hört.«

»Nur in Romanen«, sagte Lew. »Als ob es in der realen Welt nicht existierte. Wir haben es gesehen, nicht wahr?«

»Richtig«, bekräftigte ich. »Als Cop begegnet man ihm so oft, daß es seltsame Dinge mit deinem Kopf anstellt, mit der Art, wie man das Leben betrachtet. Wenn ich heute an die Dinge denke, die ich in diesen Jahren gesehen und getan habe, kann ich nicht glauben, daß ich das war. Verrückt daran ist, daß es einem damals absolut normal erschien. Das kann die Arbeit bei der Polizei einem antun.«

Auf dem kurzen Weg zurück zu meinem Appartement dachte ich über die Zeit damals nach. Schwierig war, die Brutalität des Berufsalltags vom Privatleben zu trennen. Die Ehen von Polizisten gingen deshalb oftmals in die Brüche. Wie kann man nach Hause gehen und über seinen Tag reden, wenn man etwas unvorstellbar Schreckliches erlebt hat? Rose war sehr verständnisvoll gewesen. Sie hatte den größten Teil ihres Lebens in einem vom Krieg zerrütteten Land verbracht. Sie war nicht in der Erwartung eines idyllischen Lebens aufgewachsen.

Das ist einer der Gründe, weshalb Cops ein so ausgeprägtes Cliquenbewußtsein haben. Sie verkehren mit anderen Cops und deren Familien. Wer sonst könnte ihre Art zu leben verstehen? Aber das führt nur zu noch mehr Distanz zwischen ihnen und der zivilen Bevölkerung.

Als ich durch die Tür kam, riß mich das Telefon aus meinen Gedanken. Ich schnappte mir den Hörer.

»Treloar?« Es war Ann Smyth.

»Richtig.«

»Wo zum Teufel sind Sie gewesen?«

»Weg«, sagte ich ungeduldig. »Haben Sie etwas für mich?«

»Haben Sie fünfhundert Dollar?«

»Wenn Sie mir etwas erzählen können, das ich nicht schon weiß. Ich habe selber schon einiges herausgefunden.«

Sie zögerte einen Moment. »Nun, das wissen Sie ganz bestimmt nicht, sonst würden Sie gar nicht mit mir sprechen.«

Das klang vielversprechend. »Wo wollen wir uns treffen? Skinnertown können Sie vergessen.«

»Ja, das wäre vielleicht etwas auffällig oder nicht? Hören Sie, ich tanze heute nacht im Lido. Ich fange um zehn an, und mein letzter Auftritt ist um halb eins. Danach können wir uns auf dem Parkplatz treffen.«

»Viertel vor eins?«

»Okay. Warum kommen Sie nicht schon etwas früher und sehen sich meine Show an?«

»Ich glaube, das meiste, was Sie zu bieten haben, habe ich schon Sonntag nacht gesehen.«

»Ach nein, da war ich vollkommen angezogen. Außerdem haben Sie noch nie alles in Aktion gesehen.«

»Was tun Sie denn in Ihrer Show? Den Kunden mit der Rohrzange eins über den Schädel ziehen?«

»Nur den fiesen. Kommen Sie ruhig.« Sie legte auf.

Ich hatte kaum den Hörer aufgelegt, als es wieder klingelte. Ich wurde zusehends beliebter.

»Gabe?« Es war Lola.

»Wo bist du gewesen?« fragte ich und klang dabei fast wie Ann.

»Ich hatte etwas außerhalb zu erledigen. Ich muß dich sehen.«

»Wurde langsam Zeit.« Ich schaute auf die Uhr. Es war kurz nach neun. »Wann und wo?«

»Um elf beim Bootshaus?«

»Ich kann nicht vor eins oder ein bißchen später da sein«, sagte ich, aber mir drehte sich vor Frustration fast der Magen um.

»Wieso?«

»Wieso hast du dich seit Donnerstag nacht nicht mehr gemeldet?«

»Genaugenommen war es Freitag morgen.«

»Schau, Lola, ich kann das nicht verschieben. Ich muß jemanden treffen, und dieser jemand könnte einige Antworten haben, die ich dringend brauche.«

»Antworten worauf?« fragte sie zu meiner Überraschung.

»Auf Fragen zu Ednas Ermordung, selbstverständlich.«

»Ist es nicht die Aufgabe der Polizei, sich darum zu kümmern?«

Vielleicht war sie tatsächlich die ganze Zeit außerhalb der Stadt gewesen. »Ich erzähle dir heute abend davon.«

»Okay. Ich versuche, nicht einzuschlafen, bis du kommst.«

»Wage es ja nicht.«

Sie machte Kußgeräusche ins Telefon und legte auf.

Ich wählte Lews Nummer. »Lew, hier Gabe. kannst du mir fünfhundert Dollar leihen? Ich bin ein bißchen knapp bei Kasse.« Ich erzählte ihm von Anns Anruf, sagte aber nichts von Lola.

»Jetzt strippt das kleine Flittchen nicht nur, jetzt singt es auch noch?«

Das hätte man besser nicht sagen können. »Hast du das Geld?«

»Im Moment nicht, aber wir nähern uns dem Ende des 20. Jahrhunderts und sollten Gott für den Bankomaten danken. Hast du dich jemals gefragt, was die Leute, bevor es Bankomaten gab, getan haben, wenn sie mitten in der Nacht Geld brauchten?«

»Sie haben Tankstellen und Schnapsläden überfallen. Soll ich dich mit dem Wagen abholen, Lew?«

»Nein, zwei Blocks weiter steht ein Automat. Ich gehe zu Fuß. Komm in einer Stunde vorbei und hol es dir ab. Ich will dafür eine Story, die fünfhundert Dollar wert ist.«

»Wenn du es richtig anpackst, bekommst du den Pulitzer«, versicherte ich ihm.

»Okay, das genügt mir.« Er legte auf.

Dann kam mir in den Sinn, daß ich seit dem Frühstück nichts mehr gegessen hatte, und da es nach einer langen, langen Nacht aussah, machte ich mich auf den Weg, etwas zu essen zu besorgen.

Ich hatte das Lido ein paarmal beim morgendlichen Joggen gesehen. Es war ein niedriger, fensterloser Betonbau mit einem schäbigen Parkplatz dahinter. Es lag an der Kreuzung des Highway 13 und der Straße nach Granville. Granville war eine College-Stadt und lag nur ein paar Meilen entfernt. Die Lage war gut, und das Lokal zog sowohl das verwegenere Collegepublikum wie auch die etwas gesetztere Kundschaft aus Monticello an.

In der Nacht strahlte es den etwas schmierigen Glamour aus, wie man es von einem Roadhouse erwartet. Dach, Hauskanten und Eingang waren mit roten, grünen und blauen Neonlichtern eingefaßt. Oben auf dem Dach blinkte ein Schild mit der Aufschrift »LIDO« in die warme Sommernacht hinaus.

Auf dem Parkplatz stand eine große Auswahl an Autos und Motorrädern. Anhand der fahrbaren Untersätze davor, kann man einiges über die Qualität eines Lokals sagen. Ich sah keine schrillen Zuhälterschlitten, und die Motorräder waren größtenteils nicht modifiziert; keine Biker-Hobel mit verlängerter Gabel und hohem Lenker. Granville College galt als eines der besten kleinen Colleges im Land. Mit einer solchen Kundschaft vermittelte das Lido bloß die Illusion der Gosse. Ich fand einen freien Platz neben einem Volvo mit Star-Trek-Aufkleber und ging ins Lokal.

Das Lido war in reinstem Retro-Look eingerichtet, wie es vor drei Jahren in L.A. der letzte Schrei gewesen war. Bilder und Nippeskram aus den Vierzigern und Fünfzigern waren wahllos gemischt worden, entweder aus Unwissenheit oder Gleichgültigkeit, aber offenbar nach dem Grundsatz, daß jede Zeit besser war als die Gegenwart. Die Kunden waren jung und unreif. Die Musik war zu laut und von der Art, die ich gar nicht mehr wahrnahm, obwohl ich die Vibrationen noch immer spürte. Ich fand einen freien Stuhl am Ende der Bar, gleich bei der Bühne, so daß ich es nur mit einem Sitznachbarn zu tun hatte. Er war ein kleiner Kerl in einem Tweed-Jackett. Hinter der Bar stand ein dunkelhaariges Mädchen, das mit einem College-Studenten sprach, der ein T-Shirt mit dem Emblem einer Rockgruppe trug, von der ich noch nie etwas gehört hatte. Sie unterbrach das Gespräch und kam zu mir herüber.

»Was kann ich Ihnen bringen?« fragte sie lächelnd.

»Nur eine Cola, bitte.«

»Da wären immer noch fünf Dollar für das Gedeck.«

Ich schaute auf die Bühne. »Ist die Show fünf Dollar wert?«

Sie zuckte die Schultern. »Kommt auf Ihren Geschmack an.« Sie brachte mir die Cola und nahm mein Geld. Zumindest tat sie nicht so, als ob ein richtiger Mann etwas Stärkeres trinken sollte.

Ich drehte mich um, um dem Mädchen auf der Bühne zuzuschauen. Sie tanzte in etwa zum Takt der Musik und kaute leicht arhythmisch einen Kaugummi. Sie trug ein stachelbewehrtes Hundehalsband und ein ebensolches Oberteil: ein Minimum an Leder und eine ganze Menge Chrom. Sie trug schwarzen Lippenstift und Nagellack. Ihr wichtigstes Accessoire war eine Lederpeitsche, die sie von Zeit zu Zeit knallen ließ.

»Traurig, nicht?« sagte der Typ neben mir. Ich schaute ihn an. Er war in meinem Alter, bekam langsam eine Glatze und hatte eine Brille mit dicken Gläsern auf der Nase. Zudem trug er eine rote Fliege. Ich konnte es kaum fassen. Er grinste breit und hielt mir die Hand hin. »Nathan Ames, Geisteswissenschaften.« Offensichtlich stellte man sich da, wo er herkam, mit der Fakultät vor.

»Gabe Treloar, Kriminologie«, sagte ich und ergriff seine Hand. »Wenn Sie die Erniedrigung meinen, sollten Sie es mal da sehen, wo ich herkomme.«

»Nein, nein. Ich meine diese gespielte Dekadenz. Diesen Leuten fehlt es sowohl an Jahren wie an Erfahrung. Außerdem war richtige Dekadenz immer der Elite vorbehalten. Die Massen sind nicht wirklich in der Lage, das zu schätzen.«

»Es ist der aktuelle Look. Nächstes Jahr ist es irgendwas anderes.«

»Zweifellos.« Er nahm einen Schluck von seinem Drink, der erheblich stärker aussah als der meine.

Ein anderes Mädchen betrat die Bühne. Wie Cabell gesagt hatte, trug sie ein kurzes, enges Kleid und war wie der Blitz aus ihm raus. Bei diesem Gedanken schaute ich mich um, ob Cabell irgendwo saß und die verdächtigen Elemente im Auge behielt. Ich konnte weder ihn noch sonst jemanden in Uniform sehen.

»Diese hier ist ein bißchen rudimentärer«, sagte mein Nachbar und zeigte auf die Tänzerin. Sie trug nur noch hochhackige Schuhe, einen G-String und eine Menge Silikon. »Dieser Typus reduziert die Grammatik der Sexualität auf eine Art statueske Symbolik. Es funktioniert nie, weil sie die neolithische Erdenmutter mit dem zeitgenössischen Körperbewußtsein in Einklang bringen will. Das Resultat sehen Sie ja: die Venus von Willendorf mit Fettabsaugung.«

Ich nahm einen Schluck von meiner Cola, die viel zu süß war. »Tun Sie das öfter?«

Er nickte. »Ich schreibe ein Buch: *Die Semiotik des Striptease*. Das ist einer der Vorteile, Akademiker zu sein. Sie können an Orten wie diesem herumhängen und den Leuten sagen, es sei Forschung.«

Er schwankte ein bißchen auf seinem Stuhl, aber seine Aussprache war noch immer perfekt. Als Gesprächspartner war er immer noch besser als irgendein besoffener Hinterwäldler, aber man muß wirklich selber trinken, um das Bargeplauder überhaupt ertragen zu können.

Ich stellte auf Bier um und nahm gerade einen Schluck, als der Professor sagte: »Die hier ist ein Naturtalent.« Ich konnte an seinem Ausdruck sehen, daß er darauf gewartet hatte. Das Neonlicht, das sich in seiner Brille spiegelte, gab ihm ein geradezu glückseliges Aussehen. Ich drehte mich um, und auf der Bühne stand Ann Smyth.

»Ist sie nicht etwas gar mager für diese spezielle Form der Kunst?« fragte ich ihn.

»Es kommt auf die Einstellung an. Sie war früher schon mal dran, als Sie noch nicht hier waren, aber ihr zweiter Auftritt ist immer besser.« Ein Kenner.

Ich sah, daß sie mit Überzeugung zur Sache ging. Sie trug hochhackige Schuhe wie die anderen, zog sie hingegen als erstes aus. Danach zögerte sie das Strippen hinaus und schaffte es, selbst dieser müden, abgelutschten Nummer etwas Provokatives zu verleihen. Die Gäste beobachteten sie gebannt. Dann und wann klatschte oder johlte einer. Wäre ich in Gedanken nicht bei einer anderen Frau gewesen, hätte ich ihre Show wahrscheinlich mehr geschätzt. Sie hatte die Augen halb geschlossen, und sie musterten mich pausenlos.

»Ein Paradebeispiel einer Narzißtin-Exhibitionistin«, sagte Ames. »Sie saugt Aufmerksamkeit ein, wie ein schwarzes Loch Licht aufsaugt. Nichts kann ihr entrinnen. Es ist ihr egal, daß sie kleine Brüste und knochige Hüften hat, also spielt es für das Publikum auch keine Rolle. Sie macht mit sich selbst Liebe da oben, und die Leute spüren das.«

Dem konnte ich nicht widersprechen. Ihr langsamer Strip ging in rhythmische Turnübungen über – ihre Künste als Schlangenmensch ließen einem die Spucke wegbleiben –, und beim Crescendo verfiel sie in orgastische Windungen und Zuckungen, die abrupt aufhörten, als die Musik zu Ende war. Unter wildem Applaus verließ sie gemächlich die Bühne: verschwitzt, ohne ein Lächeln, völlig distanziert.

Ich trank mein Bier aus, ließ ihr etwas Zeit, um sich abzutrocknen und anzuziehen, und hörte Ames' Geschwafel über die historische und mythische Bedeutung seiner bevorzugten Kunstform zu. Ich wünschte dem Professor viel Glück für seinen kulturellen Beitrag und ging auf den Parkplatz hinaus, um auf Ann zu warten.

Zehn Minuten später war sie noch immer nicht gekommen, und Lola wartete auf mich. Ich ging wieder ins Lokal. Hinter der Bühne war ein schwarzer Vorhang, und ich schlüpfte durch ihn durch. Die Garderobe war mit den üblichen Tischen und Spiegeln ausgestattet, und in der Luft hing der Geruch von Haarspray, Parfum und Schweiß. Die silikonbefrachtete Frau saß vor einem Spiegel und frischte ihr Make-up auf.

»Keine Männer in der Garderobe«, sagte sie, ohne sich umzudrehen.

»Ann Smyth sollte mich draußen treffen«, sagte ich. »Ist sie noch hier?«

Sie blinzelte ein paarmal, dachte nach. »Sie ging gleich nach ihrem letzten Auftritt. Sie erhielt einen Anruf, gerade als sie von der Bühne kam, und sie ging da raus, sobald sie angezogen war.« Sie zeigte auf eine Tür hinten im Raum. »Ich glaube, sie wurde abgeholt.« Die Tür führte zur Südseite des Gebäudes. Der Parkplatz lag auf der Westseite.

»Wer war der Anrufer?«

»Sie hat abgenommen. Ich weiß nicht, wer angerufen hat. Ann schien irgendwie aufgebracht.« Sie wandte sich wieder dem Spiegel zu und zog ihre Lippen nach.

Ich ging zurück zu meinem Wagen. Ich war wütend auf Ann, weil sie mich an der Nase herumgeführt hatte, aber noch mehr, weil ich den Abend mit Lola hätte verbringen können. Ich schaute auf die Uhr: schon ein Uhr. Ich fuhr los und fragte mich, was Ann wohl wußte, das so wertvoll war, und ob sie überhaupt etwas wußte.

Zwanzig Minuten später parkte ich den Wagen wieder an der alten Stelle. Der Mond schien noch immer hell genug, daß man etwas sehen konnte. Die herabhängenden Äste strichen an meinem Gesicht vorbei, als ich mich zwischen den Sträuchern und Bäumen durchschlängelte. Sie raschelten im aufkommenden Nordwind, der kühl in der schwülen Sommernacht blies.

Als ich aus dem Wald heraus war, wehte der Wind schon stärker, kräuselte die Oberfläche des Sees und ließ das reflektierte Licht wie eine Fata Morgana schimmern. Die Lichter am anderen Seeufer blieben reglos, und die Entfernung ließ das Schild auf dem Dach des Lodge etwas weniger grell erscheinen. Vom Wind und dem Rascheln der Blätter abgesehen, war es absolut still.

Ich ging dem Ufer entlang; der Kies knirschte unter meinen Schritten, mein Magen flatterte, als ich plötzlich etwas sah, das nicht hätte dort sein dürfen. Zuerst dachte ich, es sei ein angeschwemmter Baumstamm, aber das war nur ein Reflex, der immer dann einsetzt, wenn wir wissen, was wir vor uns haben, aber es nicht glauben wollen. Ich ging näher, und die nackten Füße verunmöglichten es mir, mich länger an der Illusion festzuklammern.

Sie lag mit dem Gesicht nach unten, die Beine auf dem steinigen Strand, Kopf und Schultern im Wasser. Ihre Arme waren unter Wasser. Ich rannte hin. Ihr Hinterkopf war dunkel vom Blut. Es war noch so frisch, daß es im Mondlicht schimmerte und das Wasser rund um ihren Kopf schwarz färbte.

»O Gott, Lola!« Ich vergaß alle meine Instinkte, die ich mir als Cop erworben hatte, ignorierte die Hoffnungslosigkeit, als ich mich zu ihr hinabbeugte, sie bei den Schultern packte, den Stoff ihrer weißen Bluse spürte, sie umdrehte und aus dem Wasser zog.

Sie war selbstverständlich tot. Ihr Gesicht war so unmenschlich schlaff, wie man es nicht mal bei jemandem im tiefsten Koma sieht. Das Weiße in ihren Augen sandte eine Schockwelle durch meinen Kopf und meinen Körper, die eine verwirrende Mischung aus Horror und Erleichterung war und mir den Atem stocken ließ. Es war nicht Lola.

Es war Ann Smyth.

14

Ich rannte zum Bootshaus. Ich wußte, ich war ein Narr, aber ich konnte nicht anders. Ich mußte wissen, ob Lola dort war. Natürlich keine Spur von ihr. Zitternd und mit klopfendem Herzen setzte ich mich auf eine Bank, um nachzudenken. Das Kajütboot stieß sanft gegen die niedrige Mole.

Ich wußte, daß ich reingelegt worden war und daß ich auf eine Bestimmung zutrieb, die undenkbar war. Ich verfluchte mich und versuchte, das Ganze zu überdenken. Es gab mal eine Zeit, da war ich gut in diesen Dingen gewesen. Daß ich persönlich in den Fall verstrickt war, änderte diesmal selbstverständlich alles. Ann, das Lido, der See: Es waren alles Fäden im Gewebe. Wo waren sie alle zusammengekommen?

Mein Telefon.

Schweiß rann mir über die Stirn, als ich es überdachte. Seit wann war mein Telefon schon angezapft? Wer hatte mitgehört? Zumindest war es kein Geheimnis, wie sie Ann rumgekriegt hatten – mit Geld konnte man alles von ihr haben.

Und jetzt die entscheidende Frage: Was nun?

Mein erster Gedanke war, abzuhauen, einfach alles zurückzulassen und so weit weg zu rennen wie nur möglich. Ich war mir ziemlich sicher, daß ich nicht weit kommen würde. Ich konnte mich nach Hause schleichen, zu Bett gehen und so tun, als sei ich nicht am See gewesen, aber an diese Möglichkeit hatte man wahrscheinlich auch gedacht.

Mir blieb nur ein Weg: mich wie ein guter Staatsbürger zu verhalten. Handle wie ein gewissenhafter Ex-Cop, der über eine Leiche gestolpert ist. Laß den Tatort unberührt und verständige die Polizei. Dann besorge dir einen guten Anwalt.

Ich ging zu meinem Wagen zurück. Sie konnten mir nicht vorwerfen, mich vom Tatort entfernt zu haben, wenn ich den Mord meldete. Ich hatte eine Erklärung dafür, daß ich die Leiche angefaßt hatte, da ich ja nicht wissen konnte, ob sie nicht noch lebte und ich sie vor dem Ertrinken hätte retten können.

Als ich bei meinem Wagen angelangt war, fühlte ich mich schon besser. Es gab nichts, was mich mit dem Mord in Verbindung hätte bringen können, außer daß ich zufällig in der Gegend war. Kein Problem. Ich hatte genug davon, Lola zu schützen. Und überhaupt, wo war Lola, welche Rolle spielte sie? Irgendwie war ich überrascht, daß nichts geschah, als ich wegfuhr.

Zwei Meilen weiter war eine Tankstelle mit einem kleinen Laden, der zu zivilisierteren Stunden Köder und Proviant an Leute verkaufte, die an den See zum Fischen gingen. Der Laden hatte geschlossen, aber an einer Ecke des Gebäudes gab es ein öffentliches Telefon. Eine Quecksilberdampflampe tauchte den Parkplatz in jenes gespenstische Licht, das selbst den gesündesten Mann wie einen Aussätzigen aussehen läßt. Der Wind hatte nachgelassen, und Insekten umschwirrten unermüdlich die Lampe. Es war so still, daß es fast wie eine Explosion klang, als ich die Wagentür zuschlug.

Allein beim Telefon, unter diesem gräßlichen Licht und inmitten dieser erdrückenden Stille, fühlte ich mich einsamer als je zuvor; einsamer als in der Nacht, in der Rose starb. Damals hatte ich zumindest Murray und meine anderen Kollegen gehabt. Als Murray starb, war ich so von Sinnen und vom Schnaps betäubt gewesen, daß Einsamkeit meine kleinste Sorge war.

Jetzt aber gab es niemanden außer mir und dem Telefon. Lola hatte sich in etwas Unbekanntes verwandelt. Edna war tot. Und ich war in einer Sackgasse, unfähig, das fehlende Glied zu finden, das den Mord an Edna aufklären würde und, so hoffte ich, ihre unglückliche Seele Ruhe finden ließ.

Was ich wirklich, wirklich wollte, war, in diesen Laden einzubrechen und mir ein paar Flaschen unter den Nagel zu reißen, die mich vergessen lassen könnten. Statt dessen kramte ich in der Tasche nach Kleingeld: zwei Vierteldollarmünzen. Setz sie klug ein, Gabe.

Ich wählte 911 und sagte der Vermittlung, ich hätte einen Mord zu melden, und sie solle mich mit dem Büro des Sheriffs verbinden. Ich wurde mit jemandem, der Telefondienst hatte, verbunden, nannte meinen Standort und schilderte die Situation.

»Wir haben einen Notfall auf dem Highway 36, und die meisten Wagen sind da draußen, aber jemand wird so bald wie möglich vorbeikommen.«

Großartig. Eine aufregende Nacht für das Polk County. Als ich den Hörer auflegte, kam mir der Gedanke, daß ich ein vollkommener Narr war, anzunehmen, der Noteinsatz sei purer Zufall. Mit zitternden Fingern warf ich meine letzte Münze ein. Am anderen Ende klingelte es eine ganze Weile, und ich wollte schon aufgeben, als der Hörer abgenommen wurde.

»Hallo?« Die Stimme klang belegt. Verständlich, wenn man bedachte, wie spät es war.

»Lew? Gabe hier. Eine große Schweinerei. Ann wurde ermordet, und ich glaube, man will es mir anhängen.«

»Was? Bist du das, Gabe?« Na großartig. Die beste Nacht, sich zu betrinken.

»Lew, Lew, hör mir zu. Du weißt doch, wo das Sommerhaus der Cohans ist? Am See?«

»Ja, das Haus der Cohans unten am ... See, ja, weiß ich. Was ist los, Gabe?«

Hier würde nur Geduld zum Ziel führen. »Ann Smyth wurde dort ermordet, Lew, in der Nähe des Pfades zum See, wo sich die Liebespaare treffen. Sie sollte mich im Lido treffen, aber sie tat es nicht. Ich muß zurück und sehen, was ich herausfinden kann, bevor die hiesige Polizei alle Spuren vernichtet wie bei Edna. Hast du das soweit begriffen, Lew?«

»Ja, Ja, Gabe. Was soll ich tun?«

»Komm so schnell wie möglich hierher. Ich habe im Büro des Sheriffs angerufen, aber die haben irgendeinen Notfall. Der Himmel weiß, wer kommt oder wann, aber ich möchte dann lieber nicht allein sein. Und ich brauche vielleicht einen Anwalt.« Ich hoffte, er würde vielleicht jedes dritte Wort behalten können.

»Okay, Gabe, mach dir keine Sorgen. Ich bin gleich bei dir. Ermordet? Haben wir hier bald so oft wie Falschparken.«

»Ich muß jetzt gehen. Komm so schnell wie möglich hierher und laß dir wegen des Anwalts etwas einfallen.« Ich legte auf.

Zehn Minuten später war ich wieder am See. Ich hatte die kleine Taschenlampe dabei, die ich gekauft hatte, als ich Ednas Haus durchsucht hatte. Sie gab nicht viel Licht im Freien, aber sie war immer noch besser als nichts.

Ich kauerte mich zuerst bei der Leiche hin. Es waren keine weiteren Verletzungen auszumachen. Es sah so aus, als wäre sie vollkommen überrascht worden. Keine Risse in den Kleidern. Weit und breit keine Schuhe zu sehen.

Als nächstes suchte ich den Boden um sie herum ab. Keine Fußspuren außer meinen. Einfach großartig. Ich würde jede Wette eingehen, daß sie woanders umgebracht und dann hierhergebracht worden war. Höchstwahrscheinlich hatte man sie aus einem Boot geworfen.

Stimmen drangen durch das Rascheln der Blätter. Männer mit

Taschenlampen kamen auf mich zu. Sie kamen näher, und ein Lichtstrahl erfaßte mich.

»Na so was. Guten Abend, Gabe. Was haben Sie denn heute für uns?« Es war Lester Cabell.

»Ich habe das Büro des Sheriffs angerufen«, sagte ich. »Wo ist Mark?«

»Es gab einen kleinen Noteinsatz draußen auf der 36. Jeder Polizist im County war dort. Ich war zufällig bei meinem Wagen, als die Meldung kam, und beschloß, persönlich herzukommen.«

Er richtete den Schein der Lampe auf Ann. »Ermordete Frauen haben es Ihnen offenbar angetan, nicht wahr, Gabe. Zwei Morde in Monticello in den letzten zehn Jahren, und in beide sind Sie verwickelt. Und das alles in einer einzigen Woche.«

Es war ein denkbar schlechter Zeitpunkt, um etwas zu sagen, also blieb ich still. Es waren noch drei Männer mit Cabell gekommen, und zwei davon begannen das Gras abzusuchen. Der dritte kam auf mich zu.

»Wie kommt es, daß Sie heute hier sind, Mr. Treloar?« fragte Ansel Cohan.

»Dasselbe könnte ich Sie fragen«, sagte ich.

»Der Noteinsatz, den Lester erwähnte, das war ein Lastwagen von Cohan Chemical, der auf dem Highway einen Unfall hatte. Ich war vor Ort und sprach gerade mit Lester, als der Funkspruch kam. Da das hier mein Grund und Boden ist, fühlte ich mich verpflichtet, mitzukommen.«

»Quecksilberzünder, überall auf dem Highway verstreut«, sagte Cabell, der bei der Leiche kauerte wie ich vorhin. »Heikle Situation. Es war die zivile Ausführung, geht viel schneller hoch als die militärische.«

»Chief, ich glaube, Sie kommen besser mal her«, rief einer der Cops. Er stocherte etwa zwanzig Meter weiter im hohen Gras herum.

»Wenn Sie mich entschuldigen wollen, ich muß mit meinem Kollegen reden«, sagte Cabell und ging, die Taschenlampe hin und her schwenkend, davon.

»Sie haben meine Frage nicht beantwortet, Treloar«, sagte Ansel mit ruhiger Stimme.

Es konnte niemand mithören, also brauchte ich auch kein Blatt vor den Mund zu nehmen. »Eigentlich kam ich hierher, um mich mit Lola zu treffen. Wir wollten zusammen ins Bootshaus. Das ist eine alte Gewohnheit von uns, geht schon Jahre zurück. Wo ist sie, Ansel?«

»Tut mir leid, aber meine Schwester ist nicht in der Stadt, und Sie machen sich etwas vor. Wenn Sie es wirklich nötig haben, sich mit billigen Nutten abzugeben, sollten Sie das nicht auf meinem Grundstück tun.« Er war gelassen, unerschütterlich, gut vorbereitet.

»Aber sicher mache ich mir etwas vor. Ihr Grundstück also? Und Ihr Lastwagen heute nacht auf dem Highway. Und ein Anruf von Ihrer Schwester.« Ich ging einen Schritt auf ihn zu, und zu meiner Befriedigung wich er zurück. »Welche Verbindung bestand zwischen Ihnen und Edna Tutt, Ansel?«

»Sieht so aus, als hätten wir die Mordwaffe gefunden, Gentlemen«, sagte Cabell. Er und seine Männer standen bei etwas, das im Gras lag, und beleuchteten es mit ihren Lampen. Ansel machte kehrt und ging zu ihnen hinüber. Ich folgte ihm dicht dahinter. Der Schein der Lampen beleuchtete den länglichen, blutverschmierten Gegenstand auf dem Boden wie Flutlicht. Es war eine Taschenlampe aus schwerem, schwarz eloxiertem Aluminium.

»Eine Taschenlampe, wie sie von Polizisten benutzt wird«, bemerkte Cabell.

Und ich wußte genau, wer der Ex-Cop war, dessen Fingerabdrücke darauf waren.

»Ich glaube, ich schaue besser nach dem Haus«, sagte Ansel. »Ich will sichergehen, daß alles in Ordnung ist.«

»Tony«, sagte Cabell, »Sie gehen mit Mr. Cohan. Fassen Sie nichts an, falls eingebrochen wurde. Buck, Sie bleiben hier. Lassen Sie niemanden an die Leiche oder die Mordwaffe ran, bis ich wieder zurück bin. Ich bringe Mr. Treloar zurück in die Stadt. Wir haben in meinem Büro einiges zu bereden.«

Mein Mund fühlte sich plötzlich trocken an. Ich hätte abhauen sollen, als ich noch die Gelegenheit dazu hatte. Ich ging etwas vor Cabell. Meine Augen wanderten zwischen Ufer und Waldrand hin und her und suchten einen Fluchtweg. Chancenlos. Vielleicht wenn wir auf dem Waldweg waren. Wir entfernten uns vom See weg und tauchten in den Wald ein. Vorhin war er gutartig und harmlos gewesen. Jetzt war es ein bedrohlicher Ort. Ich wünschte mir, ich hätte in Vietnam mehr Buscherfahrung gesammelt und wüßte, wie man im Gebüsch verschwindet und sich unsichtbar macht, wie das die Vietnamesen konnten.

»Okay, Treloar, Sie können stehenbleiben.«

Wir waren auf halbem Weg zur Straße. Weiter vorne, wo sie ihre Fahrzeuge abgestellt hatten, konnte ich die blinkenden roten und blauen Lichter sehen. Von fern waren die Funkgeräte zu hören.

»Kennt Ohio eigentlich das *Ley Fuga*?« fragte ich.

»Das Lei was?«

»Das ist ein altes mexikanisches Gesetz«, sagte ich. »Es erlaubt der Polizei, auf einen Flüchtigen zu schießen, ohne daß man sie dafür zur Verantwortung ziehen kann.«

Ich hörte weiter vorne etwas rascheln. Wahrscheinlich ein Opossum. Zeit, sich für eine Seite zu entscheiden; rechts oder links. Geradeaus kam nicht in Frage. Ich dachte an Cabells Fünfundvierziger in Schnellfeuerstellung und fragte mich, ob ich auch nur den Hauch einer Chance hatte.

Der Lichtblitz überraschte mich total. Ich wußte, daß man den Schuß, der einen trifft, nicht hört. Ich spürte nichts. Aber die anderen Male, als ich getroffen wurde, hatte ich auch nichts gespürt. Aber der Blitz war schrecklich weiß, und Mündungsfeuer war in der Regel orangefarben. Und auf einen Schuß folgt sonst auch nicht ein mechanisches Surren und Klicken.

»Lester Cabell, wo bringst du meinen Liebling hin?« rief eine helle Zwitscherstimme.

»Was zum Teu – Sharon?« Cabell hatte die Hand am Griff seiner Pistole und versucht, sich das Blitzlicht aus den Augen zu blinzeln.

»Sie merken aber auch immer alles, Lester.« Sharon Newell kam näher, schoß noch ein Bild und stellte sich dann neben mich. »Ich habe gehört, Sie haben eine weitere Leiche entdeckt, Gabriel. Wo ist sie?«

»Sharon, gehen Sie weg von ihm! Treloar ist ein Verdächtiger und gefährlich. Er hat ziemlich sicher gerade Ann Smyth ermordet.«

»Ach, seien Sie nicht kindisch. Gabe ist nur ein alter Brummbär.« Sie drückte meinen Arm und gab mir einen Kuß auf die Wange. »*Halten Sie Ihren verdammten Mund*«, flüsterte sie. Das brauchte sie mir nicht zweimal zu sagen.

»Was zum Teufel tun Sie hier?« fragte Cabell. Seine Augen waren wütend, und selbst im Licht des Mondes konnte man sehen, daß sein Gesicht kreideweiß war.

»Nur meinen Job, Lester. Das Recht der Öffentlichkeit auf Information wahrnehmen, Pressefreiheit und so weiter.«

»Verdammt, Sharon!« bellte Cabell. »Sie behindern eine polizeiliche Untersuchung. Ich verhafte Sie auch, wenn Sie nicht auf der Stelle verschwinden.«

Ich überlegte einen Moment, ob ich ihn nicht darauf hinweisen sollte, daß er mich bis jetzt noch nicht verhaftet oder mir meine Rechte vorgelesen hatte. Ich beschloß, meinen Mund zu halten. Er konnte später immer noch sagen, ich hätte gelogen. Im Moment war ich dankbar, daß ich überhaupt noch in der Verfassung war, wegen irgend etwas beschuldigt werden zu können. Dann wieder Geräusche im Unterholz; noch mehr Taschenlampen.

»Ich übernehme ihn, Lester«, sagte Mark Fowles.

»Ich war zuerst, Mark«, sagte Cabell wieder grinsend.

»Meine Zuständigkeit«, sagte Mark. »Hier ist das County zuständig. Sie sind weit über Ihren Zuständigkeitsbereich hinaus.«

Vier Hilfssheriffs stellten sich hinter ihn. Er und Cabell standen sich wie feindselige Kater gegenüber. Mark war um einiges kleiner, aber er war nicht allein.

»Hören Sie, Mark«, sagte Cabell beschwichtigend, »wir sollten hier nicht politische Spielchen treiben.«

»Ganz meine Meinung. Zeigen Sie mir die Leiche. Treloar, du kommst mit.«

Cabell unterdrückte seinen Ärger mühsam, aber er grinste und kicherte bereits wieder. Sharon und ich blieben ein wenig zurück.

»Danke«, sagte ich. »Ich schulde Ihnen was.«

»Sie werden auch bezahlen«, erwiderte sie.

»Wie haben Sie das so schnell gemacht? Haben Sie Lews Telefon angezapft?«

»Das ist ebenso illegal wie unnötig. Wer, denken Sie wohl, hat den Hörer abgenommen, als Sie anriefen?«

»Armer Lew«, sagte ich.

»Aber glücklicher Gabe. Ich rief die Einsatzzentrale an, um herauszufinden, wo Mark war, und ließ meinen Anruf direkt zu seinem Wagen durchstellen. Ich sagte ihm, er hätte größere Sorgen, als daß ein paar Leute auf Cohans geschätzte Erzeugnisse treten.«

»Finden Sie heraus, wie der Unfall passierte.«

»Ein Handel, Gabriel. Was haben Sie auf Ihrem Ausflug herausgefunden? Lew wollte mir nichts sagen.«

»Gut für ihn.« All dies flüsterten wir uns hastig zu, während wir zurück zum See gingen. Als wir bei der Leiche angelangt waren, begann Sharon Fotos zu machen.

»Wenn Sie die veröffentlichen, werfe ich Sie ins Gefängnis«, sagte Mark. »Ihr Männer riegelt das Gebiet ab. Ich will nicht, daß noch mehr Spuren verwischt werden. Wenn es Tag ist, kämmen wir das Gebiet durch. Das dauert nicht mehr lange. »Das Chaos in Ednas Haus hatte ihn wohl nochmals über seine Bücher gehen lassen.

»Du kommst besser mit mir in die Stadt, Treloar.«

»Stehe ich unter Verdacht?«

»Ich sage es dir, wenn es soweit ist.«

»Du weißt, daß du nichts, was ich sage, gegen mich verwenden kannst, solange du mich nicht über meine Rechte informiert hast?«

»Ich habe von dem Gesetz schon mal gehört.«

»Darf ich dir dann einen Vorschlag machen?«

»Schieß los.«

Ich zeigte auf das Bootshaus. »Da drin liegt ein Boot. Ich denke, man sollte es auf Blutspuren untersuchen.« Es war nur eine Vermutung, aber ich konnte jede Hilfe gebrauchen.

»Tu ich. Komm jetzt.« Wir gingen zum Pfad zurück. Sharon

blieb direkt hinter uns. Mark drehte sich um. »Hauen Sie ab, Sharon.«

»Er gehört mir, Mark«, sagte sie mit der Entschlossenheit eines Bullterriers, der sich in sein Opfer verbissen hatte. »Und Sie zwei schulden mir eine ganze Menge, ob Sie es wissen oder nicht.« Dann richtete sie ihre Augen auf mich. »Und ich will dabeisein. Bei allem. Sie könnten jetzt tot sein, Treloar.«

»Was zum Teufel –?« sagte Mark, was wohl der übelste Kraftausdruck sein mußte, den er in zehn Jahren gebraucht hatte. Wir waren jetzt wieder unter den Bäumen, die mir langsam nur allzu vertraut vorkamen.

»Okay, Sie sind dabei. Aber ich bestimme, wann ich Ihnen was sage«, warf ich ein.

»Nicht gut genug. Alles gleich jetzt«, beharrte sie.

»Auf meine Art oder gar nicht«, antwortete ich.

»Treloar«, sagte Mark, »du bist ein Idiot, daß du mit mir sprichst, von ihr ganz zu schweigen.«

»Warten wir damit, bis wir in deinem Büro sind«, sagte ich.

Ein ganzer Schwarm von Polizeiautos wartete oben an der Straße; die Scheinwerfer und Blinklichter tauchten die Nacht in einen surrealen Schein. Mark gab Befehle und bedeutete den Beamten von Stadt und Staat, daß sie sich gefälligst von seinem Tatort fernhalten sollten. Dann gab er Anweisung, meinen Wagen in die Stadt zurückzufahren. Mark und ich stiegen in seinen Wagen, und Sharon folgte dicht dahinter in ihrem roten Jaguar. Mark war sehr still.

»Sharon ist ein Miststück«, sagte ich, »aber ein Miststück mit Mumm, das muß man ihr lassen.«

»Sie würde dir die Kehle durchschneiden, um hier wegzukommen und bei einer großen Zeitung zu arbeiten.«

»Mark, ich sage es dir besser gleich. Auf der Lampe sind meine Fingerabdrücke. Sie gehört mir.« Er drehte sich um und sah mich an, als sei ich plötzlich aus einer grünen Rauchwolke aufgetaucht. »Aber«, fuhr ich fort, »sie werden keine neuen Abdrücke finden. Ich habe sie seit einer Woche nicht mehr angefaßt. Sie werden keine Fingerabdrücke auf dem Blut finden und auch kein Blut an meinen Händen. Die Abdrücke sind bestenfalls Indizien.«

»Es wurden schon Leute aufgrund weit schwächerer Indizien verurteilt.«

Das brauchte er mir nicht zu sagen.

Der Raum vor Marks Büro war gut besetzt zu dieser frühen Stunde. Normalerweise würde ein einziger Mann Bereitschaftsdienst haben. Aber dies war keine gewöhnliche Nacht für Monticello und das Polk County.

»Hat es wirklich einen weiteren Mord gegeben?« fragte eine Sekretärin.

»Ja.« Mark ging in sein Büro und ich hinterher. Sharon Newell war drin, noch bevor ich die Tür zumachen konnte.

»Mark, jemand hat mein Telefon angezapft«, sagte ich. »Wir müssen jemanden hinschicken, um die Wanze zu finden, bevor sie sie entfernen können.«

»Was heißt da ›wir‹?« sagte Mark und goß sich eine Tasse Kaffee ein. »Denk nur nicht, weil ich dich noch nicht eingesperrt habe, seien wir so etwas wie Kollegen. Was mich angeht, gibst du noch immer einen guten Hauptverdächtigen ab.« Er nahm einen Schluck, schnitt eine Grimasse und betrachtete dann Sharon und mich mit Abscheu. »Und ich hatte mal ein friedliches, kleines County«, murmelte er. Dann: »Ich habe niemanden, der eine Wanze erkennen würde, selbst wenn sie ihn in den Hintern beißt.«

»Ich kann sie finden«, sagte Sharon. Wir schauten sie nur an. Sie lächelte und zeigte dabei ihre Goldkrone. »Einer meiner Professoren am College hatte früher beim Justizministerium gearbeitet. Und für die hat er Telefone angezapft. Von ihm habe ich alles gelernt, was man darüber wissen muß.«

»Ich wette, er hat Ihnen gute Zensuren gegeben«, meinte Mark trocken.

Ich tat es sehr ungern, aber ich nahm den Schlüssel vom Ring und gab ihn ihr. »Gehen Sie und holen Sie das Ding. Rühren Sie sonst nichts an.«

Sie schnappte sich den Schlüssel. »Danke für Ihr Vertrauen, Gabe. Bis dann.« Sie deutete mit dem Kopf in Marks Richtung. »Erzählen Sie ihm ja nichts, bevor ich nicht zurück bin.« Sie war durch die Tür wie ein Blitz.

Fowles schüttelte den Kopf. »Du hättest ins Kloster gehen sollen, Gabe. Frauen bringen dir nur Ärger ein.« Dann wurde er ernst. »Und jetzt erzählst du mir am besten alles, bevor Cabell mit Ted Rapley im Schlepptau auftaucht. Erzähl mir was über die Taschenlampe, auch was du heute nacht da draußen zu suchen hattest.«

Ich erzählte ihm von der Nacht, als Edna ermordet wurde, während ich mit Lola zusammen war, und daß ich die Taschenlampe im Bootshaus vergessen hatte. Ich erzählte ihm von dem Abend bei Ann und dem Zusammenstoß mit Jesse Skinner. Ich erzählte ihm, wie Ann mich heute abend angerufen und dann im Lido hatte sitzenlassen, und wie ich dann zur Verabredung mit Lola gehen wollte. Ich erzählte es schnell, weil ich wußte, daß ich keinen Pieps mehr sagen durfte, wenn Cabell mit Verstärkung anrückte.

»Mein Gott, Gabe«, sagte Mark kopfschüttelnd. »Du brauchst kein Kloster. Du solltest dich für vierzig Jahre auf eine dieser Säulen in der Wüste setzen und meditieren. Nimm dir einen Kaffee.«

Während ich mir eine Tasse einschenkte, brütete er vor sich hin. Auf einmal schien mir Kaffee die schönste Sache auf der Welt zu sein. Ich setzte mich wieder ihm gegenüber. Zwischen uns lag das verbeulte alte Magazin der Thompson.

»Erzähl weiter, Gabe. Sag mir, weshalb ich dir glauben sollte. Sag mir, weshalb ich dich nicht einfach verhaften und einsperren sollte.«

Ach zum Teufel, dachte ich. Zeit, reinen Tisch zu machen. »Mark, Edna Tutts Bruder war Stanley Kincaid, der Fahrer beim Lohngeldraub damals. Dein Vater hat ihn erschossen.«

Mark starrte lange auf das defekte Magazin auf seinem Schreibtisch. Ich glaubte zu wissen, was ihm durch den Kopf ging: Der Schlüssel, um dreißig qualvollen Jahren ein Ende zu setzen, lag in Griffweite. Er schaute wieder auf.

»Erzähl mir noch mehr, Gabe.«

Ich war fast fertig, als Sharon zurückkam. Sie trat ohne Anklopfen ins Büro, schloß die Tür hinter sich und griff in ihre Handtasche. In ihrer Hand hielt sie einen dünnen goldenen Draht, an dem ein kleiner Knopf baumelte.

»Ist das nicht süß? Das war in der Sprechmuschel Ihres Telefons, Gabe.«

»Und jetzt sind überall Ihre Fingerabdrücke drauf«, sagte Mark.

»Nur auf dem Draht, mein Bester. Den kleinen Sender habe ich in der Tasche. Wollen wir wetten, daß Sie sowieso keine Fingerabdrücke finden werden?«

Behutsam nahm sie das kleine Ding aus der Tasche und legte es auf den Tisch. Ebenso behutsam steckte Mark es in eine Plastiktüte. Er nahm ein Formular aus seinem Schreibtisch, füllte es aus und heftete es an die Tüte. Dann erhob er sich.

»Ich bringe das in die Asservatenkammer. Ihr zwei sprecht nicht miteinander, bis ich zurück bin.«

»Sind sie nicht widerlich, wenn sie so rumkommandieren?« sagte Sharon, als er gegangen war. »Gabe, weshalb sind Ihre schmuddeligen Bilder alle von derselben Frau?«

»Ich nehme an, Sie mußten einfach schnüffeln. Sie ist eine alte Flamme. Haben Sie denn nicht die altmodische Frisur gesehen?«

Sie stützte sich auf die Lehne meines Stuhls. »Ich habe einen besseren Körper als sie.«

»Mit ihrem Lächeln könnten Sie es niemals aufnehmen.«

»Sie hat eine gewisse Ähnlichkeit mit der verstorbenen Edna Tutt, wenn man den Alterungsprozeß und das Haar in Betracht zieht. Mein Haar lasse ich mir übrigens auch bei Sue machen, aber sie will mir einfach nichts über Edna erzählen.«

»Sue ist eben loyal.«

Sie kam ganz nahe und zischte: »Verdammt, Gabe, wir haben eine Abmachung! Diese Geschichte wird von Minute zu Minute seltsamer, und ich will wissen, was hier vorgeht!«

Ich nahm die fünfhundert Dollar aus der Brieftasche, die mir Lew ein paar Stunden zuvor gegeben hat. »Haben Sie einen Notizblock?«

»Ich bin Reporterin, Dummerchen.« Sie nahm einen Block aus der Tasche und gab mir einen Kugelschreiber.

Ich schrieb: *Ann braucht das Geld nicht mehr. Erzähl Sharon alles. Es macht keinen Sinn mehr, sie nicht mit einzubeziehen.* Ich setzte meine Unterschrift darunter und gab ihr den Zettel.

Sie lächelte. »Sie sind ja so galant.«

»Finden Sie heraus, was mit dem Truck war«, sagte ich ihr.

»Schon unterwegs.« Sie stand auf und ging die Hüften schwingend zur Tür.

»Und danke, daß Sie heute nacht aufgetaucht sind.«

Sie drehte sich nochmals um und zeigte mir wieder ihren Goldzahn. »Sehen Sie zu, daß es mir nicht noch leid tut, Gabe.« Dann war sie verschwunden.

Ich nahm einen Schluck Kaffee und fühlte mich unendlich müde. Kurz darauf kam Mark Fowles wieder herein.

»Die Reporter strömen wieder von überallher nach Monticello«, sagte er. »Es scheint, wir haben hier eine ›Verbrechenswelle‹.«

»Wahrscheinlich ist gerade nichts los in Columbus. Bist du auf meiner Seite, Mark?«

Er nahm einen Schluck Kaffee. »Ich bin auf der Seite des Gesetzes, Gabe.« Zumindest nannte er mich wieder beim Vornamen. Ich interpretierte es als gutes Zeichen. »Ich will nicht so tun, als sähest du nicht schuldig aus. Unter anderen Umständen hätte ich dich jetzt verhaftet und hinter Gitter gesteckt.«

»Und jetzt?« bohrte ich.

»Ob schuldig oder nicht, du bist nicht der einzige, der in diesem County die Gesetze mißachtet. Verbrechen sind eine Sache. Verschwörung eine andere. Mord, Wanzen, die Szene mit Lester gestern nacht . . .« er schüttelte den Kopf ». . . das ist einfach zuviel.«

»Ich kann diesen Fall für dich lösen, Mark«, sagte ich eindringlich, »aber du mußt es mich auf meine Weise erledigen lassen.«

»Ich habe alle Hände voll zu tun, damit dich Ted Rapley nicht zwischen die Finger kriegt. Er wird noch vor den Kamerateams hiersein.« Er stand auf. »Hör zu, ich muß zurück zum See. Ich will, daß du hierbleibst. Schlaf etwas. In dem Zimmer ist eine Couch.« Er zeigte auf eine Tür hinter dem Schreibtisch. »Wenn du auch nur einen Fuß nach draußen auf die Central Avenue setzt, bist du auf Lesters Territorium, und dann kann ich nichts mehr für dich tun.«

»Ich werde hiersein, wenn du zurückkommst«, beruhigte ich ihn.

»Gut. Ich werde veranlassen, daß niemand hier hereinkommt. Wenn ich zurück bin, solltest du ein paar überzeugende Antworten bereit haben.«

Als er gegangen war, betrachtete ich eine Weile das Telefon. Ich wollte Lew anrufen, aber ich traute den Telefonen in Monticello nicht mehr. Ich wußte, daß ich müde und erschöpft war. Mark hatte recht. Was ich mehr als alles andere brauchte, war Schlaf. Ich stand auf und schlurfte in das Zimmer hinter Marks Schreibtisch.

15

Als ich aufwachte, war ich verwirrt; das Zimmer und die Couch, auf der ich lag, waren mir fremd. Ich blieb liegen, hatte Angst, mich zu bewegen, bis ich die Ereignisse des Vortages bis zu dem Moment, als ich mich auf die Couch legte, durchgegangen war. Ich schaute auf die Uhr: kurz vor zwölf. Ich hatte fast sechs Stunden geschlafen. Ich stand auf und stöberte herum, bis ich ein kleines Badezimmer neben Marks Büro gefunden hatte. Ich wusch mir das Gesicht und brachte mein Äußeres einigermaßen in Ordnung. Ich sah ein bißchen heruntergekommen aus, aber der Schlaf hatte mir gutgetan.

Die Tür zum Vorzimmer öffnete sich, und eine Sekunde lang war der Tumult im vorderen Raum zu hören. »Treloar?« Es war Mark.

»Hier drin«, antwortete ich. »Bin gleich fertig.«

Er reichte mir eine kleine Plastiktüte durch die halboffene Tür. »Sieh zu, daß du nach was aussiehst. Da sind ein paar Leute, die dich sprechen wollen.«

In der Tüte, auf der das Logo eines Drugstores prangte, befanden sich ein Wegwerfrasierer, eine Dose Rasierschaum, ein Muster Aftershave, eine Zahnbürste, Zahnpasta und ein Kamm. Zehn Minuter später sah ich fast schon wieder normal aus. Das war wichtig. Eines der kleinen Geheimnisse der Polizei besagt, daß je heruntergekommener ein Mann aussieht oder sich fühlt, desto einfacher ist es, seinen Widerstand zu brechen. Ein großer Teil des Selbstvertrauens und Selbstwertgefühls eines Menschen hängt mit der äußeren Erscheinung zusammen.

Ich ging ins Büro, und Mark musterte mich. Er sah auch ziemlich erledigt aus. Er nickte und wies mir einen Stuhl neben seinem Schreibtisch an. Ich setzte mich. Er schob mir eine Tasse Kaffee zu, die ich sofort runterstürzte.

»Rapley ist hier, mit Lester Cabell und Ansel Cohan. Sie wollen mit dir sprechen, und ich kann es ihnen nicht verwehren, ohne alles noch schlimmer zu machen. Rapley würde sich einfach bei einem staatlichen Richter eine gerichtliche Verfügung besorgen und mich zwingen, dich ihm zu übergeben. Lew Czuk wartet draußen mit einem Anwalt: Chuck Holder. Er ist gut, und er haßt Rapley wie die Pest.«

»Ich kooperiere, so gut ich kann«, sagte ich ihm. »Aber ich werde den dreien da auf keinen Fall alles erzählen.«

»Erzähl die Wahrheit oder halte den Mund. Erzähl einfach keine Lügen.«

Mark öffnete die Tür, und die drei kamen hintereinander ins Büro; zuerst Rapley, dann Ansel, dann Cabell.

Der Polizeichef bedachte mich mit seinem falschen Grinsen. »Sie sind nicht sehr gesellig heute, Gabe.«

»Ich bin sehr beschäftigt.«

»Daran zweifle ich keine Sekunde«, sagte Rapley und nahm sich einen Stuhl.

Ansel setzte sich ebenfalls, während Cabell stehen blieb.

»Wir haben ein paar Fragen an Sie, Mr. Treloar«, sagte Rapley aalglatt und gelackt wie immer. Das einzige, das nicht dazu paßte, waren seine Schuhe, an denen ein kleiner Schmutzrand zu sehen war. Er war draußen am See gewesen.

»Schießen Sie los.«

»Sie haben behauptet, zum Cohan-Anwesen gegangen zu sein, um sich mit Lola Cohan zu treffen, und fanden statt dessen die Leiche von Ann Smyth.«

»Das ist richtig.«

»Ihre Familie behauptet hingegen, Lola Cohan sei schon eine ganze Woche nicht mehr in der Stadt gewesen.«

»Vielleicht war sie im Sommerhaus«, sagte ich.

»Des weiteren«, fuhr Rapley fort, »wurden Sie gestern nacht im Lido gesehen, wo Miss Smyth als Tänzerin arbeitete. Vicky Sutfin, die an der Bar gearbeitet hat, hat Sie identifiziert. Professor Nathan Ames, der neben Ihnen saß, sagt, Sie hätten sich während Miss Smyth' Vorstellung ausführlich über sie unterhalten.«

»Eigentlich hat er die Unterhaltung größtenteils alleine bestritten.«

»Barbara Todd, eine andere Künstlerin des Lido, sagt aus, Sie seien nach der Vorstellung in die Garderobe gekommen und hätten nach Ann Smyth gefragt.«

»Hat sie Ihnen auch gesagt, daß Ann bereits mit jemand anderem gegangen war?«

»Sie sagte, daß Ann weggegangen sei«, sagte Cabell, »aber sie wußte nicht, mit wem. Sie könnten Ann in Ihr Auto gelockt haben und dann wieder hineingegangen sein, um sich ein Alibi zu verschaffen.«

Rapley schnitt Cabell mit einer Handbewegung das Wort ab. »Mr. Treloar, was wollten Sie gestern von Ann Smyth?«

»Sie rief mich gestern abend an und sagte, sie hätte Informationen über Edna Tutts Ermordung zu verkaufen. Sie sagte mir, ich solle fünfhundert Dollar mitbringen und nach ihrem Auftritt auf dem Parkplatz des Lido auf sie warten. Das tat ich auch, aber als sie nicht auftauchte, ging ich hinein und fragte nach ihr. Hat Ihnen Barbara Todd nicht erzählt, daß sie einen Anruf erhielt und zur Hintertür des Lido hinausging?«

»Auf dem Parkplatz des Lido gibt es eine Telefonzelle«, sagte Cabell.

»Man sagte mir, der Anruf sei gleich, nachdem Ann von der Bühne kam, gekommen. Ich sprach noch eine gute Viertelstunde mit Ames, um ihr Zeit zu geben, sich frisch zu machen und etwas anzuziehen, bevor ich nach draußen ging, um sie zu treffen.«

»Barbara ist etwas unsicher, was den Zeitfaktor angeht.«

»Hören Sie«, sagte ich. »Ich habe einen Mord entdeckt und gemeldet. Das ist alles.«

»Wo ist die Mordwaffe?« wandte sich Rapley an Fowles.

»Die Taschenlampe ist auf dem Weg ins Labor«, sagte er. »Wir wissen nicht, ob es die Mordwaffe ist, nur, daß Blut daran ist. Sind Sie nicht etwas voreilig?«

»Ich will den Laborbericht über diese Taschenlampe«, sagte Cabell. »Es sollte nicht allzulange dauern, sie auf Fingerabdrücke zu untersuchen.«

»Ich befolge nur die Vorschriften«, sagte Mark und schaute Cabell dabei fest in die Augen. »Wissen Sie etwas über diese Taschenlampe, das ich nicht weiß?«

»Bleiben wir bei dem, was wir haben«, warf Rapley ein. »Was wir haben, ist Mr. Treloar, dessen Interesse für Ann Smyth in derselben Nacht und dessen Anwesenheit am Tatort ihn zum Hauptverdächtigen in diesem Fall machen. Es kommt öfter vor, daß derjenige, der das Verbrechen begangen hat, es selber meldet, in der Hoffnung, den Verdacht von sich abzulenken.«

»Wieso hätte ich sie töten sollen?« fragte ich.

»Kommen Sie schon, Treloar«, sagte Rapley. »Sie waren lange genug Polizist, um zu wissen, daß Motive etwas fürs Fernsehen sind. Menschen bringen sich grundlos um oder wegen Zwängen, die niemand sonst verstehen kann.«

»Vielleicht verlangten Sie etwas besonders Abartiges von ihr, und Ann weigerte sich«, meinte Cabell. »Selbst die arme Ann muß ihre Grenzen gehabt haben.«

»Und ich bin besonders empört, daß sie auf unserem Grundstück ermordet wurde«, sagte Ansel. »Ich glaube, Mr. Treloar wollte uns in Verlegenheit bringen.«

»Weshalb sollte ich das tun?«

»Weil Sie uns für den Tod Ihres Vaters verantwortlich machen.«

»Worum geht es hier?« fragte Cabell und zog süffisant die Brauen hoch.

»Als Mr. Treloar vor zehn Tagen auftauchte, sich sehr irrational verhielt und sein ... sagen wir, ›eigenartiges‹ Interesse für meine Schwester zeigte, sah ich mir die Geschäftsbücher jener Jahre an und ließ Nachforschungen an der Westküste anstellen. 1964 wurde Ed Treloar von Cohan Chemical entlassen. Die Familie zog nach Kalifornien, und weniger als drei Jahre später fuhr Ed Treloar mit dem Wagen über die Klippen hinaus. Offiziell war es ein Unfall, aber alles deutete auf Selbstmord hin.«

Ich spürte, wie mir das Blut in den Kopf stieg, aber ich ließ ihn weiterreden.

»Es scheint, daß unser Gabriel auf dem besten Weg war, in die Fußstapfen seines Vaters zu treten. Er verließ die Polizei in Los Angeles unter Nebengeräuschen – irgend etwas mit einem Alkoholproblem und einem Partner, der deswegen getötet wurde. Er wurde danach als selbstmordgefährdet eingestuft.«

»Ist Mord nicht ein etwas gar drastisches Mittel, um Ihnen ein paar Unannehmlichkeiten zu bereiten?« fragte ich.

»Niemand hat behauptet, Sie seien rational.«

»Weshalb wurde der alte Ed gefeuert?« fragte Lester. Er lächelte noch immer und genoß das Ganze sichtlich. Mark beobachtete mich die ganze Zeit.

»Um Lesters Frage zu beantworten«, sagte Ansel, »mein Vater feuerte Ed Treloar wegen Unterschlagung.«

Mir war, als hätte man mir den Boden unter den Füßen weggezogen. Mein erster Impuls war, ihn einen Lügner zu nennen, aber war er das? Schlagartig wurde mir bewußt, wie wenig ich über jene Jahre wußte. Aber ich konnte das nicht im Raum stehenlassen.

»Sie sind raffiniert, Cohan, aber mein Vater hat nie auch nur einen Cent gestohlen.«

»Oh, ich mache Ihnen nicht zum Vorwurf, daß Sie Ihren Vater für einen Heiligen halten, Gabe. Aber ich fürchte, die Zahlen lassen keinen anderen Schluß zu. Mein Vater beschloß, keine Anzeige zu erheben. Es lag ihm nichts daran, Ihre Familie bloßzustellen. Es handelte sich schließlich nicht um eine große Summe, und er wollte einen Skandal vermeiden. Wir rüsteten uns für einen neuen Krieg, und es ging um die Vergabe von großen Regierungsaufträgen. Mein Vater bestellte Edward also zu sich ins Haus, konfrontierte ihn mit den Beweisen und entließ ihn.« Ansel lehnte sich zurück, und Befriedigung troff ihm aus allen Poren. »Ich sprach mit Mutter über den Vorfall. Sie kann sich noch gut daran erinnern. Der arme Edward brach in Tränen aus.«

Die Vorstellung ließ mich beinahe die Fassung verlieren, und ich wußte, daß er genau das beabsichtigt hatte. Ich dachte an meinen Vater, wie ich ihn hier in Monticello gekannt hatte; dann meinen Vater als Säufer, der langsam in einem Job ohne Zukunft zerbrach; meinen Vater, wie er tot am Fuß der Klippen unter dem Küsten-Highway lag. Ich sah mich dasselbe tun und meine jahrzehntealten Alpträume Wirklichkeit werden lassen.

»Sheriff«, sagte Ansel, »ich verlange, daß Sie diesen Mann wegen Mordes an Ann Smyth verhaften.«

Mark sah ihn gelassen an. »Ich verhafte ihn oder jemand anderen, wenn ich glaube, genug Beweise zu haben.«

Ansel sah aus, als traute er seinen Ohren nicht. »Verdammt noch mal! Was wollen Sie, Fowles? Wenn Sie auch nur an eine Wiederwahl denken wollen, dann verhaften Sie ihn besser gleich jetzt! Und am besten gleich auch noch für den Mord an Edna Tutt.« Er drehte sich um und sah zu Lester hoch. »Lester, der Mord an Tutt liegt in Ihrer Zuständigkeit. Alle wissen, daß es Treloar gewesen sein muß. Los, verhaften Sie ihn jetzt!« Er zitterte beinahe vor Wut. Unter der Oberfläche schlummerte noch immer der kleine Gauner Ansel.

Cabell schaute zu ihm herab. Sein Oberlippenbart bebte, als er ein höhnisches Grinsen unterdrückte. »Ein Mord nach dem anderen, Mr. Cohan. Wenn es so aussieht, als käme er bei Ann Smyth davon, kriegen wir ihn für Edna dran.«

Ich wußte, woran er dachte: die Taschenlampe. Sobald der Bericht aus dem Labor eintraf, war ich geliefert.

»Sie auch?« rief Ansel. »Was muß ich tun, damit hier jemand etwas unternimmt? Dieser Mann stellt für mich und meine Familie eine Bedrohung dar. Ich will, daß Sie –« Rapley streckte die Hand aus und berührte ihn am Handgelenk. Es war nichts mehr als das, nur eine leichte Berührung, aber Ansel verstummte.

»Ansel?« Rapley sah ihn an, und Cohan beruhigte sich. »Reiß dich zusammen. Das führt zu nichts.« Rapley ließ seine langen Finger auf Ansels schmalem Handgelenk ruhen. Cabell schaute auf die Stelle, wo die zwei Männer sich berührten, und dieses Mal konnte er ein hämisches Grinsen nicht unterdrücken.

»Selbstverständlich«, sagte Ansel. »Du hast recht.« Dann zu Fowles: »Sheriff, ist das Ihr letztes Wort?«

»Nein«, sagte Mark, »aber ich warte mit mehr Worten, bis der Laborbericht hier ist.«

»Sheriff«, sagte Rapley barsch, »ich werde diesen Fall an mich nehmen, sobald die entsprechenden Papiere aus Columbus eintreffen. Sie haben bis morgen Zeit, einen besseren Verdächtigen zu finden.« Er stand auf, drehte sich um und ging aus dem Büro. Ansel und Lester folgten dicht dahinter.

Meine Hände zitterten ein bißchen, als ich mich Fowles zuwandte. »Wie lange habe ich?«

»Ich zögere den Laborbericht hinaus, so lange es geht, aber wenn Rapley erst mal seine Leute in Columbus in Marsch gesetzt hat, bekommt er dich auch ohne ihn. Ich werde ein paar Anrufe machen und versuchen, etwas Zeit zu gewinnen. Einige Leute sind mir noch einen Gefallen schuldig. Viel Zeit bleibt uns trotzdem nicht.«

»Aber du glaubst mir?« fragte ich ihn.

Er musterte mich kühl. »Ich glaube, daß hier etwas im Gang ist, und ich will wissen, was es ist. Du magst Ann getötet haben oder auch nicht. Wenn du es getan hast, werde ich dich kriegen. Aber ich will alle, die darin verwickelt sind, und nicht bloß einen Sündenbock.« Er hielt inne. »Ich hatte dich eben beobachtet. Das mit der Unterschlagung deines Vaters kam überraschend, nicht?«

»Ich glaube es trotzdem nicht. Dad hat durchgedreht gegen Ende. Aber er hat nie gestohlen. Cohan verschweigt etwas.«

Mark schaute auf seinen alten Schreibtisch runter und drehte mit einem Finger langsam das alte Thompson-Magazin. »Das glaube ich auch.« Er stand auf. »Ich werde dir vertrauen, Gabe. Ich werde alle nur erdenklichen Register ziehen, um Zeit zu gewinnen. Aber jetzt wollen dich ein paar andere Leute sprechen.«

»Mark«, sagte ich, bevor er gehen konnte.

Er drehte sich an der Tür nochmals um. »Was?«

»Ich weiß zu schätzen, was du für mich tust. Ich weiß, auf was du dich da einläßt.«

»Es spielt keine Rolle. Wenn ich diesen Wahnsinn nicht beenden kann, ist das hier für mich sowieso erledigt. Ich tu es nicht für dich. In dieser Stadt sind noch einige alte Rechnungen offen.«

»Ich denke, ich kann finden, was wir brauchen, Mark«, sagte ich ihm. »Ich bin so nahe dran, ich fühle es.« Ich hielt die Hand hoch, Daumen und Zeigefinger nur drei Millimeter auseinander. Er nickte und ging hinaus.

Eine Minute später kam Lew mit dem Anwalt, und wir sprachen über meine immer kleiner werdenden Chancen, mit heiler Haut davonzukommen. Chuck Holder war in den Fünfzigern; ein etwas zerzauster, rundlicher Mann mit einer alten, abgewetzten Mappe und einem Paar aufmerksamer, fester Augen hinter kleinen, runden Brillengläsern. Er war einer jener Kleinstadtanwälte, die jeden kannten und gute Kontakte zu den Gerichten unterhielten. Er erzählte mir gar nicht erst, daß er mich freibekommen würde, aber er versicherte mir, daß ich den vollen Schutz des Gesetzes genoß. Was immer das heißen mochte.

Holder ging bald, um den Papierkram zu erledigen, und Lew blieb noch hier. Er zögerte und versuchte, mir nicht in die Augen zu schauen.

»Äh, Gabe, wegen gestern nacht – ich hatte etwas zuviel gehabt, es tut mir leid.«

»Ja, ich weiß, wie es ist. Ich habe es selber auch erlebt. Sharon kam ja, und es ist noch einmal gutgegangen.«

Wir ließen uns etwas zu essen bringen und waren eben fertig, als Mark zurückkam.

»Ich komme gerade aus Skinnertown«, sagte er. »Sie sind ziemlich aufgebracht. Die eigenen Frauen zusammenschlagen ist eines. Sie mögen es hingegen gar nicht, wenn Fremde das tun.«

»Was ist mit Jesse?« fragte ich.

»Er hat ein Alibi. Etwas ist jedoch seltsam. Lester war gar nicht draußen in Skinnertown, um Fragen zu stellen.«

»Wieso sollte er sich die Mühe nehmen, wenn er weiß, daß Gabes Fingerabdrücke auf der Taschenlampe sind?« sagte Lew.

Mark nickte. »Ja, daß Lester sich seiner Sache so sicher ist, ist etwa das einzige, das mich an deiner Schuld zweifeln läßt.«

Sharon kam freudestrahlend herein. »Ich war eben im Krankenhaus, wo ich ein kleines Gespräch mit Gus Hanley, dem Fahrer des Cohan-Trucks, hatte.« Sie setzte sich hin und strich den Rock glatt. »Wie es scheint, sollte diese Lieferung Sprengkapseln nicht vor nächster Woche rausgehen, aber dann eilte es plötzlich, und so ging sie schon letzte Nacht raus. Jedenfalls als Gus zu der engen Kurve auf dem Newark-Highway kam, schoß plötzlich ein Wagen aus der kleinen Nebenstraße, die genau dort einmündete, wo die Kurve beginnt, und schaltete erst im letzten Moment die Scheinwerfer ein. Der arme Gus schwört, er sei nicht schneller als erlaubt gefahren, aber er mußte auf die Bremse treten und ausweichen, und ratet mal, was passierte?«

»Sein rechtes Vorderrad löste sich«, sagte Mark.

»Genau! Und jemand muß vergessen haben, den Lastwagen hinten zu verriegeln, denn als der Truck umkippte, öffnete sich die Tür, und all die kleinen Zündkapseln wurden über den ganzen Highway verteilt.«

»Für wen war die Ladung bestimmt?« fragte Mark.

»Für die Houston-Pulverfabrik in Cincinnati. Wie es aussieht, beziehen sie die meisten Zünder von Cohan. Sie beliefern die Kohlebergbaugesellschaften in den Appalachen mit Sprengstoff.«

»Und er nahm den Newark-Highway?« fragte Lew.

»Ja. Das war eine weitere kleine Panne, die gestern geschah. Normalerweise nehmen die Cohan-Transporte die 36 nach Columbus, aber jemand dachte irrtümlicherweise, daß eine Brücke auf der 36 gesperrt sei, und heftete eine dementsprechende Notiz an die Frachtpapiere. Also sagte man Gus, er solle den Highway 13 nach Süden, dann die 62 nach Columbus nehmen und dann wieder wie gewöhnlich die I-71 nach Cincinnati. Sehen Sie, man kann mit Sprengstoff nicht über irgendeine Straße fahren.« Sie griff in ihre Handtasche und reichte Mark ein paar Papiere. »Das hier sind die Formulare für die neue Route, die gestern nacht um neun Uhr dreißig für das Straßenverkehrsamt ausgefüllt wurden.«

Mark nahm die Formulare. »Ich nehme mal an, auf dem Memo über die geschlossene Brücke war keine Unterschrift?«

Sharon lächelte breit. »Wissen Sie, das muß jemand einfach vergessen haben.« Sie wandte sich mir zu. »Sieht immer besser aus für Sie, Gabe.«

»Das zu beurteilen überlassen Sie mal mir«, beschied sie Mark.

»Was machen wir jetzt?« fragte Lew.

»Ich muß hier raus«, sagte ich. »Es gibt da ein paar Sachen, die ich überprüfen muß.«

»Ich halte dich nicht offiziell fest«, meinte Mark. »Aber wenn du erst mal auf der Straße bist, bleibst du keine Minute in Freiheit. Was meinst du, kannst du überhaupt erreichen?«

Ich lehnte mich mit der Tasse in der Hand zurück. Seit heute morgen hatte ich bereits eineinhalb Krüge getrunken, aber ich wußte, ich hatte eine weitere lange Nacht vor mir. Die nächsten Worte wählte ich mit Bedacht.

»Während der letzten zehn Tage konnte ich Edna Tutt kennenlernen: Edna am Leben, Edna tot, Edna in ihrem früheren Leben. Ich erfuhr von Sally Keane und Lucinda Elkins. Ich sprach mit Leuten, die sie nur flüchtig gekannt hatten, und mit Leuten, die sie gut gekannt hatten, mit alten Freunden, mit solchen, mit denen sie das ganze Leben lang befreundet war, und sogar mit dem Präsidenten ihres Fanklubs.

Sie lebte sehr zurückgezogen, in einem Ausmaß, das sich die meisten Leute nicht vorstellen können, aber ich habe das Gefühl, ich habe gelernt, sie zu verstehen, und jetzt weiß ich besser, wie sie gedacht hat.« Ich blieb einen Augenblick still und überlegte, wie ich das, das jetzt kam, in Worte fassen sollte.

»Ich lernte sie kennen, als ich mich umbringen wollte und auf mein Leben nicht mal mehr eine halbe Flasche abgestandenes Bier gesetzt hätte. Aber sie sah etwas in mir, das es wert war, gerettet zu werden. Sie wußte, daß ich Polizist war, und bevor sie starb, hinterließ sie mir etwas.«

»Sie hinterließ Ihnen ein paar Schmuddelbilder«, sagte Sharon.

»Es war ein Geschenk. Sie hätte mir auch die ganze Geschichte erzählen können, aber sie gab mir statt dessen den Schlüssel und die Chance, herauszufinden, wo er paßte. Ich denke, ich weiß es jetzt. Wenn ihr mich nach Einbruch der Dunkelheit hier herausschmuggeln könnt, hole ich das, von dem sie wollte, daß ich es finde.«

»Du meinst«, sagte Lew, »sie tat dies, daß sie mit einer letzten guten Tat gehen konnte?«

»Ich glaube ja«, antwortete ich. »Ich glaube, das war ihr ganzes Leben lang ein Problem. Sie war eine Frau, die zu sehr liebte.«

»O Gott, ich fange gleich an zu heulen«, sagte Sharon und warf mir einen Blick zu, der besagte, daß ich, wie die meisten Männer, ein sentimentaler Narr war.

»Ich kann dich hier herausschaffen«, sagte Mark, »aber dein Wagen ist beschlagnahmt, und ich habe hier die ganze Nacht zu tun – dank dir.«

»Ich hole ihn ab«, sagte Sharon.

»Ihren roten Jaguar kennt man ziemlich gut hier«, warf Mark ein.

›Dann ich«, sagte Lew.

»Ich komme mit«, beharrte Sharon. »Ich will dabeisein, wenn wir das Wild erlegen.« Ich war mir nicht sicher, ob es ihr nicht egal war, wer hier erlegt wurde.

»Ich brauche Werkzeug«, sagte ich. »Zumindest einen Engländer und ein Brecheisen.«

»Das bringe ich mit«, sagte Lew. Er schien bestrebt, sein Versagen von letzter Nacht wiedergutmachen zu wollen.

»Er wird um neun Uhr dreißig am Hinterausgang warten«, sagte Mark. »Wenn es Schwierigkeiten gibt, haut ihr ab. Ich hatte diesen Monat schon zwei Morde, das reicht. Ihr geht jetzt besser.«

Sie ließen mich allein mit dem Sheriff von Polk County, der ein Interesse an dieser Geschichte hatte, das fast so weit zurückreichte wie das meine. Er schwieg eine ganze Weile, schlürfte wie gewohnt seinen Kaffee und dachte nach. Er gehörte nicht zu denen, die etwas sagten, ohne nachzudenken, und er hatte schon viele Jahre nachgedacht.

»Ich war noch ein Kind, als Dad umgebracht wurde. Ich dachte damals, es sei ein gewöhnliches Verbrechen gewesen. Als Dick Percy überfahren wurde und der Lenker Fahrerflucht beging, dachte ich mir nicht viel dabei. Ich kannte ihn nicht gut. Er war noch nicht lange Hilfssheriff gewesen. Es geschah nur wenige Tage nach Dads Tod, und das war alles, woran ich denken konnte.

Als ich alt genug war, um die zwei Vorfälle in Verbindung zu bringen, hatte man die alten Einsatzpläne bereits weggeworfen. Ich fragte die anderen, die damals schon dabeigewesen waren, aber niemand konnte sich daran erinnern, ob Percy als Wache im Geldtransport vorgesehen gewesen war. Alle hatten die Grippe und lagen tagelang im Bett.

Aber ich war mir all die Jahre immer sicher gewesen, daß er in den Überfall verwickelt gewesen war. Er sollte das Geld bewachen und bekam in letzter Minute kalte Füße. Das bedeutet, daß nicht alle beide der überlebenden Verbrecher die Stadt nach dem Überfall verlassen hatten. Mindestens einer blieb hier, um sich um Percy zu kümmern.«

»Und du kennst Harmon Gilchrists Geschichte: Es gab keine unkontrollierte Schießerei.«

»Genau. Und ich glaube ihm. Es war James Cohan, der die Polizei und die Presse dazu brachte, Harmons Geschichte zu ignorieren. Und Sturdevant, der Fahrer, konnte sich an nichts erinnern, das geschehen war, nachdem er am Vorabend zu Bett gegangen war. Ihm glaube ich auch. Ein Trauma kann das bewirken. Für eine sehr lange Zeit. Ich dachte, Cohan wollte, daß es wie ein gewöhnlicher Raubüberfall aussah, der schiefgegangen war, weil er nicht glauben wollte, daß einer seiner Angestellten darin verwickelt war. Zumindest hätte die Firma eine schlechte Presse gehabt. Jetzt zweifle ich daran, daß das der einzige Grund war.«

»Die Wahrheit finden wir da draußen«, sagte ich. »Jemand hat verzweifelt zu verhindern versucht, daß sie ans Licht kommt.«

»Dann findest du sie besser«, sagte Mark. »Und das am besten heute nacht. Eine andere Gelegenheit wird es nicht geben. Nicht für dich und nicht für mich.«

Der Wagen wartete in der Straße hinter dem Büro des Sheriffs. Ich fühlte mich, als hätte ich einen Trenchcoat, Hut und dunkle Sonnenbrille tragen müssen. Niemand schenkte uns Beachtung, als Mark und ich das Büro verließen, an verschlossenen Türen einen Korridor entlanggingen und über eine Treppe zu einem Notausgang gelangten. Er stieß die Tür auf, und ich konnte die frische, vom Regen gereinigte Luft riechen.

»Ich hoffe, ich höre von dir«, sagte Mark.

»Ich werde alles haben, wenn ich wiederkomme«, antwortete ich um einiges überzeugter, als ich mich fühlte.

Er schloß die Tür, und ich war allein auf dem nassen Straßenpflaster. Eine Tür von Lews Volvo wurde aufgestoßen.

»Wollen Sie die ganze Nacht hier herumstehen und Trübsal blasen?« fragte Sharon. »Wir haben noch viel zu tun. Steigen Sie ein.«

Ich setzte mich neben sie. Auf dem Boden des Wagens lagen ein Werkzeugkasten und Stemmeisen in verschiedenen Größen.

»Wohin fahren wir?« fragte Lew, als er den Gang einlegte.

»Zurück zu Ednas Haus. Aber park nicht in der Maple oder der Wright. Fahr bis zum Ende des Blocks und dann den Weg hinter dem Haus zurück.«

»Sie haben das Haus ziemlich gründlich auseinandergenommen«, sagte Sharon. »Ist Ihnen ein Ort in den Sinn gekommen, wo sie nicht gesucht haben?«

»Der Ort, wo man suchen muß, ist in den Köpfen der Menschen«, gab ich zur Antwort.

»Das Zitat kann ich verwenden. Haben Sie noch mehr davon auf Lager?«

Aber ich hörte ihr gar nicht richtig zu. Ich dachte an Edna, während Lew drei Blocks in östlicher Richtung die Central Avenue entlangfuhr, vorbei an der Wright Street und dann nach Süden in die Bush Street einbog. Wir kreuzten die Maple und bogen dann in der Mitte des Blocks nach Westen in die Allee ein, die die Gärten und Hinterhöfe an der Nordseite des Blocks vom Grundstück der Cohans trennte, das sich über den ganzen südlichen Teil erstreckte.

»Halt hier an«, sagte ich, als wir uns der Garage näherten. Ich kramte in der Werkzeugkiste und fand zwei verstellbare Schraubenschlüssel, ein kleines Stemmeisen und eine Taschenlampe.

»Kann ich mitkommen?« fragte Sharon, deren Zähne in der Dunkelheit blitzten.

»Nein, warten Sie hier. Es wird nicht lange dauern.« Sie fauchte ein wenig, aber ich schenkte ihr keine Beachtung.

Ich stieg aus, und über das Dach des Volvos hinweg konnte

man durch die Bäume auf der Südseite das sanfte Licht aus den Fenstern des Cohan-Anwesens sehen. Ich wandte mich um und ging zu dem weißen Gartenzaun, der von der Rückwand der Garage bis zum Zaun des Nachbarhauses reichte. Ich öffnete das niedere Tor und ging in Ednas Garten.

Ich dachte an Edna, wie sie sich verhalten hatte und wie sie gedacht hatte. Es gäbe nur eine einzige Frau, die ihre Geheimnisse kennt, und die würde niemals reden, hatte Edna Jane Okamura einmal erzählt. Ich ging zwischen Reihen von lieblichen Blumen hindurch, die fahl im Schein der Straßenlaterne an der Ecke schienen. Dann stand ich vor der kleinen Bronzegöttin, die ihre Hände zum ewigen Segen zum Himmel streckte.

Es begann wieder zu regnen, ein warmer Sommerschauer. Ich ließ den Schein der Taschenlampe über den Sockel gleiten und knipste sie dann aus. Ich umfaßte den Sockel und wuchtete ihn von seinem Platz in der Betonplatte in der Mitte des Gartens. Er war schwer, aber ich brauchte nicht lange, bis ich ihn zur Seite geschoben hatte. Ich richtete die Lampe auf den hellen Fleck auf dem Beton. Kein Anzeichen für ein Loch oder einen Deckel. Ich hoffte, ich würde nicht durch die Platte brechen müssen.

Mit dem Stemmeisen hob ich die Platte leicht an. Nichts als nackte, schwarze Erde, Wurzeln und Kanäle, die die Würmer gegraben hatten. Ich ließ sie fallen. Der Ordnung halber stellte ich die Statue wieder an ihren alten Platz zurück, bevor ich mich an die Arbeit machte.

Die Statue war mit vier Schrauben am Sockel festgemacht. Ich nahm die zwei Schraubenschlüssel und verstellte sie so, daß sie auf die Schrauben und die Muttern unten an der Plattform paßten. Dann lockerte ich die Schrauben vorsichtig. Sie ließen sich leicht lösen, so als wären sie erst kürzlich entfernt worden. Eins, zwei, drei und vier. Ich deponierte die Schrauben, Muttern und Unterlagsscheiben säuberlich auf dem Boden.

Mein Atem ging stoßweise und mein Magen flatterte, als ich die bronzene Göttin anhob. Sie war schwer und ließ sich nur widerwillig von ihrem Altar entfernen. Aber sie gab nach, und ich blickte in das schwarze Loch, das sie bedeckt hatte. Ich stellte sie vorsichtig neben die Schrauben und leuchtete mit der Lampe in das Loch.

Darin war ein Metallbehälter mit einem luftdichten Deckel, wie man ihn bei der Armee zum Transport von Munition oder Sprengstoff verwendet. Er stand hochkant und paßte gerade eben in das Loch. Auf der Seite war ein Griff, und ich faßte hinein und zog den Behälter heraus. Ich setzte ihn ab und schraubte die Statue wieder auf den Sockel. Bevor ich ging, tätschelte ich noch einmal ihren glänzenden Hintern, wie es Edna einmal getan hatte.

»Du warst eine gute Freundin«, sagte ich ihr. Dann ging ich zurück zum Wagen.

»Sie haben es gefunden«, sagte Sharon ganz aufgeregt.

»Es war dort, wo ich vermutet hatte.«

»Dann steigen Sie schon ein, und wir sehen uns an, was es ist«, drängte sie und wand sich förmlich vor Ungeduld.

»Nein, ich habe diese Heimlichtuerei satt«, sagte ich. »Wir gehen in mein Appartement. Schließlich bezahle ich Miete.«

»Wieso zum Teufel auch nicht?« sagte Lew lachend. Er schien zum ersten Mal seit langer Zeit glücklich zu sein. »Wenn sie uns suchen, dann zeigen wir ihnen, wo wir sind.«

Wir gingen also die Treppe hoch, ins Zimmer hinein und drehten das Licht an. Es sah nicht so aus, als wäre seit Sharon jemand hiergewesen. Das Telefon hatte sie wieder fein säuberlich zusammengesetzt. Ich setzte mich aufs Bett, und sie setzte sich neben mich. Sie ließ den Blick nicht von der Kiste zu unseren Füßen. Lew nahm sich den Stuhl.

Ich schob die Fingerspitzen unter die Bügel auf der Seite und zog sie hoch. Der Verschluß sprang auf, und der Deckel hob sich leicht. Dann nahm ich den Deckel ab, und die Gummidichtung löste sich mit einem schmatzenden Geräusch. Der Deckel ließ sich leicht abnehmen, obwohl die Gummifetzen, die am Rand klebten, vermuten ließen, daß der Behälter einmal für lange, lange Zeit verschlossen gewesen sein mußte. Jemand hatte ihn erst kürzlich geöffnet.

Zuoberst lagen einige zusammengerollte Säcke. Ich nahm einen. Sharon und Lew taten dasselbe. Wir rollten sie auf und legten sie flach auf den Boden. Es waren insgesamt fünf; altmodische Leinensäcke mit massiven Messingreißverschlüssen. Die Säcke waren mit dem Namen der Cohan Chemical Company und dem Firmensignet bedruckt.

»Die Geldsäcke aus dem Raubüberfall von '65«, sagte Lew, faßte in einen der Säcke und zog ein paar Papierstreifen heraus, wie man sie für das Bündeln von Banknoten verwendet. Sharon griff in einen anderen, fand noch mehr Papierstreifen sowie Zeitungspapier, das in rechteckige Zettel von etwa fünf mal fünfzehn Zentimeter geschnitten war.

»Was ist das?« fragte Sharon und hielt sie hoch.

»Das ist das, worum sich alles dreht«, antwortete ich. Ich nahm ein dickes Paket aus dem Behälter, zerriß die Schnur und packte es aus. Es war ein Stapel Fotos, unzählige. Alle waren von Sally Keane; allein oder mit anderen Models, bekleidet oder nackt. Ich fragte mich, was Irving Schwartz und die Fans wohl für diesen Schatz bezahlen würden.

»Etwas ist noch übrig«, sagte Sharon, die gierig auf den Umschlag, der auf dem Boden des Behälters lag, starrte, aber klug genug war, ihn nicht selbst herauszunehmen.

Ich reichte Lew den Stapel Fotos und nahm den großen braunen Umschlag heraus. Ich öffnete ihn und entnahm ihm zwei 18 x 24-Bilder.

»Ach du meine Güte«, schnurrte Sharon. »Sally Keane hat also doch Hardcore-Pornos gemacht.«

Das erste Bild war ein bißchen unscharf, Anzeichen dafür, daß die Kamera mit einem Zeitauslöser versehen war. Es waren zwei Liebende auf einem Bett, der Mann lag auf die ausgestreckten Arme aufgestützt auf der Frau. Die Frau war Edna vor fast dreißig Jahren, und es war allerdings Hardcore; die Penetration war deutlich zu sehen. Das einzige, was das Foto von gewöhnlichem Porno unterschied, war der von Liebe überflutete Ausdruck, der ihr Gesicht erfüllte.

Mit dem Mann war es eine andere Sache. Der James-Dean-Haarschnitt und die Koteletten waren einer frühen Beatles-Frisur gewichen, aber über seine Identität gab es keinen Zweifel: Es war Ansel Cohan.

»Ach du meine Güte«, gurrte Sharon. »Und wir dachten alle –

natürlich ohne es auszusprechen –, Ansel Cohan stände auf weniger feminine Partner.«

»Seit ich Edna kenne, hat sie mich pausenlos überrascht«, sagte ich. »Weshalb sollte Ansel weniger kompliziert sein?« Ich betrachtete das zweite Foto eine gute Minute lang, ließ es einsinken und fühlte, wie langsam alles zusammenpaßte.

»Was ist drauf?« wollte Sharon wissen und versuchte, mir über die Schulter zu sehen.

»Dieses ist noch viel besser.« Ich zeigte es ihnen. Es war perfekt in Szene gesetzt und gestochen scharf. Sally Keane hatte nicht nur gelernt, wie man posierte, sondern auch, wie man fotografierte. In der Mitte des Bildes war Ansel, noch immer mit seinem Beatles-Haarschnitt, der auf dem Boden lag. Er schlief, war betrunken oder stand unter Drogen; auf jeden Fall war er bewußtlos. Säuberlich um ihn herum lagen die Geldsäcke mit der gut lesbaren Beschriftung und eine *L.A.-Times* vom 2. Dezember 1965 mit der Titelgeschichte über den Raub. Ich konnte mich noch gut erinnern, die Zeitung gelesen zu haben.

»Die Zeitungsreportage gehört dir, Lew«, sagte Sharon, alles andere als gurrend. »Ich schreibe ein Buch.«

Lew betrachtete die Bilder noch eine Zeitlang. »Und was jetzt?«

»Ich habe alles, was es hier zu finden gab«, sagte ich ihnen. »Der Rest der Story ist da drüben.« Ich zeigte auf das Fenster, das nach Süden lag und durch das man die Bäume des Cohan-Anwesens sehen konnte.

»Wir gehen da rüber?« sagte Lew, und seine Augen bekamen hinter den Brillengläsern einen seltsamen Ausdruck.

»Nein«, sagte ihm Sharon. »Das tun wir nicht.« Sie wandte sich zu mir. »Das ist ein Ort, zu dem ich Ihnen nicht folgen werde.«

»Gut, weil ich es sowieso nicht zulassen würde. Lew, hast du eine Waffe?«

»Weshalb sollte ich eine Waffe haben?« Das von einem Mann, der mal in Miami gelebt hatte.

»Sharon, ich nehme nicht an, daß Sie zufällig eine in Ihrer Handtasche haben?«

»Aber, mein Lieber, das wäre illegal. Würde eine Dose Tränengas reichen?« Sie hielt eine kleine Spraydose hoch, die wahrscheinlich gerade gereicht hätte, um einen Hund zu vertreiben.

»Vielen Dank«, sagte ich und stand auf. »Dann muß es eben ohne gehen.« Ich öffnete die Tür.

»Gabe«, sagte Lew. »Wie lange sollen wir auf dich warten?«

Ich dachte einen Augenblick nach und schüttelte dann den Kopf.

»Es spielt keine Rolle.« Ich ging hinaus in den Nachtregen.

16

Der Regen tröpfelte sanft von den Blättern der Bäume, die den Weg säumten und den Block in zwei Hälften teilten. Einige der Häuser waren dunkel. Aus anderen drang warmes Licht durch geschlossene Vorhänge. In einigen Fenstern flimmerten die bunten Geister von Fernsehbildern über das Glas. In der Ferne war Straßenlärm zu hören, und zwei, drei Blocks weiter bellte ein Hund. Sonst war es außer dem Prasseln der Regentropfen still.

Ich fühlte mich aufgeladen durch diese erhöhte Sinneswahrnehmung, die sich einstellt, wenn man sich wissentlich in eine Situation begibt, aus der man möglicherweise nicht mehr zurückkommt. Ich hatte dieses Gefühl sehr intensiv während der Tet-Offensive 1968 erlebt, als ich, hinten auf einem offenen Jeep am Maschinengewehr stehend, durch die Straßen von Saigon patrouillierte, im Bewußtsein, daß jeden Augenblick aus irgendeinem Haus jemand das Feuer eröffnen konnte. In L. A. hatte ich es wieder erlebt, dieses Herzklopfen, wenn man einen bewaffneten Irren in eine dunkle Seitenstraße verfolgt, der soeben in einem Schnapsladen sechs Menschen das Licht ausgeblasen oder eine Hure mit einem Rasiermesser aufgeschlitzt hat.

Manche Menschen werden süchtig nach dem Gefühl, obwohl ich selbst es nie gemocht habe. Trotzdem wußte ich, daß es, so lange, wie es anhält, nichts Erregenderes gab. Danach war ich immer völlig ausgepumpt, und mir war speiübel, und ich schwor wie ein Säufer nach einem dreitägigen Gelage, das wäre das letzte Mal. Aber jetzt, auf dem Weg, den ich ging, fühlte es sich gut an. Es würde nicht lange dauern, aber in diesem Moment fühlte ich Leben in mir.

Früher war der Teil des Grundstücks hinter den Stallungen vom Weg durch einen hohen Holzzaun abgetrennt gewesen, der mich immer an jenen erinnerte, den Tom Sawyer durch seine Freunde hatte anstreichen lassen.

Gleich neben dem verschlossenen Tor streckte ich mich und vermochte mit meinen Fingerspitzen gerade noch die Enden der zwei Bretter zu erreichen, die ein paar Zentimeter kürzer waren als die anderen. Das Holz fühlte sich etwas weich an und roch faulig, als ich mich hochzog und über den Zaun kletterte. Der Boden auf der anderen Seite war mit Moos gepolstert, und ich machte kaum ein Geräusch, als ich landete. Eine Minute lang kauerte ich reglos am Boden, lauschte und blickte mich um.

Da und dort flutete Licht aus den Fenstern der Villa über den riesigen Rasen, aber hinter dem Haus war es dunkel. Die Szenerie wäre perfekt gewesen, wenn in der von einer schmiedeeisernen Plattform umgebenen Kuppel, die zuoberst auf dem Gebäude thronte, ein einzelnes Licht gebrannt hätte. Aber meine Gedanken drehten sich um Profaneres als Schauergeschichten, zum Beispiel um Alarmanlagen. Ich war als Einbrecher nicht unbegabt, aber diese Leute konnten sich ein erstklassiges Alarmsystem leisten.

Auf der anderen Seite war es natürlich gut möglich, daß sie sich in ihrer Kleinstadt-Arroganz nie die Mühe gemacht hatten, eines zu installieren. Wer würde es denn schon wagen, den Cohans etwas anzutun? Ich ging also die vier Steinstufen zu einer Hintertür hoch. Sie war aus massivem Holz und stammte wahrscheinlich noch aus der Zeit der Jahrhundertwende. Es war der Lieferanteneingang gewesen, und in der Mitte der Tür befand sich eine dieser altmodischen Türklingeln, die man betätigte, indem man einen Schlüssel in der Mitte drehte. Über der Klingel waren sechs Glasscheiben in die Tür eingelassen, durch die ich einen kurzen, engen Korridor sehen konnte. Von ihm gelangte man zu mindestens zwei Zimmern, und zur Linken führte eine Treppe nach oben.

Vorsichtig drehte ich am Türknopf. Abgeschlossen. Das wäre auch zu einfach gewesen. Ich fuhr mit dem Fingernagel die Türkante entlang und stellte fest, daß zwischen Tür und Rahmen ein beträchtlicher Spalt war. In der Hoffnung, die Schlösser möchten so veraltet sein wie in Ednas Haus, zückte ich meine Bibliothekskarte.

Den Knopf drehend, schob ich die Karte zwischen Tür und Rahmen und drückte sie gegen das Schloß, indem ich die Abdeckplatte als Hebel benutzte. Das Schloß ließ sich bewegen, und der Türknopf gab urplötzlich nach. In der Stille der Nacht kam mir der Lärm, den ich machte, sehr laut vor, und ich blieb wie angewurzelt stehen und wartete, ob jemand nachsehen kam. Ich wartete ganze fünf Minuten, aber es sah nicht so aus, als hätte mich jemand gehört.

Ganz langsam stieß ich die Tür auf. Sie quietschte kaum, und ich trat ein und schloß sie ebenso vorsichtig wieder. Wieder blieb ich ein paar Minuten stehen, schaute nach links und nach rechts, bemühte mich, auch die leisesten Geräusche wahrzunehmen und die Dunkelheit zu durchdringen. Nach dem sanften, aber konstanten Prasseln des Regens, erschien mir alles im Haus totenstill. Während meine Augen sich langsam an das düstere Innere anpaßten, nahmen meine Ohren Geräusche wahr, die kaum zu hören waren. Irgendwo vorne im Haus waren Stimmen zu hören; Leute, die miteinander sprachen. Von Zeit zu Zeit wurde jemand lauter. Vielleicht stritten sie sich. Oben an der Treppe hörte ich eine große Standuhr ticken und die Sekunden einer Totenwache zählen, die vielleicht schon ein Jahrhundert andauerte.

Der Geruch, der in der Luft lag, sagte mir, daß ich in der Nähe der Küche war; dieses Gemisch von Gewürzen und Lebensmitteln, das auch die beste Ventilation nicht verhindern kann.

Ich ging an der Küche vorbei, und die Stimmen waren schon etwas lauter, aber noch immer nicht verständlich. Ich war mir ziemlich sicher, daß ich das, wonach ich suchte, nicht in den Gemeinschaftsräumlichkeiten im Erdgeschoß finden würde. Ich bewegte mich nach links die Treppe hoch.

Das alte Haus war solide gebaut, und die Treppe knarrte nicht unter meinen Schritten. Das Ticken der Standuhr wurde lauter, und dann war ich oben im ersten Stock.

Hier waren die Wände mit dunklem Holz ausgekleidet und mit Stukkaturen versehen. Es roch nach altem Geld und Macht. Ich ging den Gang entlang und schaute in die verschiedenen Räume. Es waren Schlafzimmer, von Männern wie auch von Frauen. An der Ecke gegen Südwesten fand ich schließlich ein Büro. Ich war mir ziemlich sicher, daß es damals, als ich noch ein Junge war, James Cohans Büro gewesen sein mußte und Ansel es höchstwahrscheinlich ebenfalls als solches nutzte.

In der Mitte des Raums stand ein massiver lederüberzogener Schreibtisch mit einem opulent gepolsterten Plüschsessel dahinter. An der Vorderkante stand in der Mitte eine gebogene Lampe mit grünem Glasschirm. Das einzige andere Objekt darauf war ein Telefon. Ich ging hinein und schloß die Tür hinter mir. Die Wände nach Süden und Westen wiesen Fenster auf, und eine Tür führte zu einem Salon mit noch mehr Polstersesseln und einem Stützflügel. Ich versicherte mich, daß die Tür nur angelehnt war. Es war gut möglich, daß ich schnell verschwinden mußte, und ich wollte keine Zeit verlieren oder unnötig Lärm machen. Dann zog ich die Jalousien vor den Fenstern herunter und schaltete die Schreibtischlampe ein.

Im Schein der Lampe machte ich einen Rundgang durch den Raum und schaute hinter die Bilder. Es waren meist Fotografien von Ansel, die ihn mit verschiedenen wichtigen Leuten zeigten, darunter die letzten vier republikanischen Präsidenten. Dann gab es noch ein atemberaubendes Porträt von Lola und ein altes Familienbild mit einem strahlenden James Cohan und einer stoisch dreinschauenden Angelica. Ansel und Lola waren so um die fünfzehn, respektive sechzehn Jahre alt. Es war am Haus am See aufgenommen worden. Aber einen Safe fand ich hinter den Bildern nicht. Ich setzte mich ans Pult. Einen Augenblick fragte ich mich, was für ein Gefühl es wohl war, von solch einem Thron aus die Fäden zu ziehen. Ich vermutete, daß es in der Tat ein sehr gutes Gefühl sein mußte, Da nichts auf dem Schreibtisch lag, begann ich, die Schubladen zu durchsuchen.

Der Schreibtisch verfügte auf jeder Seite über zwei große Schubladen. Ich öffnete die linke obere. Sie war voller Akten, und ich hatte sie in ein paar Sekunden durchgeblättert; nichts als Papiere von Cohan Chemical. Dasselbe mit der unteren. Ich öffnete die obere rechte Schublade. Mehr Akten, aber diesmal politische. Es waren Dossiers über lokale Richter, Politiker aus Ohio, Parteifunktionäre und so weiter. Es machte den Anschein, als nähme Ansel seine politischen Ambitionen ernst. Ich konnte kein Dossier über Ted Rapley oder Lester Cabell finden. Ich wußte, daß ich keine Zeit hatte, die Papiere mit der Aufmerksamkeit zu studieren, die ihnen gebührte, und schloß zögerlich die Schublade. Ich zog die untere Schublade heraus. Das einzige, was sie enthielt, war ein großes, in Leder gebundenes Fotoalbum. Ich nahm es heraus und legte es auf den Schreibtisch; dann öffnete ich es.

Auf den ersten paar Seiten waren Bilder von Männern; alleine, Paare oder in Gruppen. Auf ein paar der Fotos erkannte ich Ansel. Einige der Männer waren sehr jung, so zwischen sechzehn und zwanzig. Einige waren nackt, aber sie sahen nicht aus wie Models, die für ein unpersönliches Objektiv posierten. Dies waren alles Männer, die Ansel irgendwann etwas bedeutet hatten. Ich wollte das Album eben schließen, als ich die zwei letzten Bilder sah.

Das eine zeigte Ansel und Edna, wie sie miteinander schliefen, und war ganz klar zusammen mit dem anderen aufgenommen worden, das ich vorhin gesehen hatte. Auf diesem waren sie eng aneinandergepreßt. Ansels Gesicht war durch sein halblanges Haar verdeckt, aber Ednas Gesicht war schonungslos bloßgelegt; sie hatte den Kopf zurückgeworfen, ihr langes schwarzes Haar hing über den Rand der Matratze herab; die Augen waren zusammengepreßt und die Zähne entblößt, während sie in den Zuckungen des Orgasmus erstarrte. Einmal mehr schien für Sally Keane die Kamera überhaupt nicht zu existieren. Ich fragte mich, wie viele Jahre er dieses Bild betrachtet hatte, während diese Frau auf der anderen Seite des Zaunes lebte.

Dann blätterte ich um und erblickte die atemberaubendste Fotografie, die ich je gesehen hatte.

Einmal mehr war es eine nackte Frau. Aber dieses Bild hatte mit Softporno ebensowenig zu tun wie Michelangelos David mit einer frivolen Karikatur an der Wand eines Pissoirs.

Die Frau stand, das Gewicht auf einem Fuß, gegen den Rahmen einer Verbindungstür zwischen zwei Zimmern gelehnt. Der eine Arm hing entspannt zwischen Körper und Türrahmen. Zwischen den Fingern der eleganten, feingliedrigen Hand, die an ihrem Schenkel baumelte, hielt sie eine Zigarette. Die andere hatte sie in die Hüfte gestemmt, so daß sie das Fleisch leicht eindrückte und die geschwungene S-Kurve ihres Körpers noch betonte. Sie wirkte unbeholfen und anmutig zugleich.

Es gab keine Anzeichen von Kosmetika, Epilation oder Retuschen, die das Animalische ihres Körpers gemildert hätten.

Ihre Beine waren unrasiert und bis zu den Oberschenkeln mit drahtigem, dunklem Haar bedeckt. Aus den Achselhöhlen wuchsen Büschel von schwarzem Haar, und das üppige Schamhaar, wild und ungezähmt, kündete vom Mysterium der Fruchtbarkeit. Die Brüste waren jugendlich voll, aber die Brustwarzen waren flach und in die Vorhöfe eingesunken.

In all den Bildern von Sally Keane, die ich in den letzten Tagen gesehen hatte, hatte ihre Fähigkeit, die Kamera zu dominieren und sich selbst in ein Kunstwerk zu verwandeln, den schäbigen Hintergrund und das zweitklassige Handwerk wettgemacht. Hier hatte ich das genaue Gegenteil vor mir. Die Frau, so schön sie auch war, war bloß das Motiv. Das Bild war das Werk eines herausragenden Künstlers. Und während vom Alter, Körper und Haar des Models eine gewisse Ähnlichkeit bestand, war dies nicht Sally Keane.

Die Frau auf dem Bild war Angelica Cohan.

»Wunderschön, nicht wahr?«

Das Bild hatte mich so gefangen, daß ich alles um mich herum vergaß. Die Stimme ließ mich herumfahren, und da, unter der Tür zum Salon, stand Angelica selbst, fünfzig Jahre und einen Ozean von Schnaps von dem herrlichen Wesen auf der Fotografie entfernt. Sie hielt sogar eine Zigarette in der Hand, obwohl sie dieses Mal in der anderen einen Martini hatte und ihr gebrechlicher, gealterter Körper niemals die gelassene, entspannte Haltung wie auf dem Bild anzunehmen vermochte.

»Es ist phantastisch«, sagte ich und meinte es auch. Ich kombinierte allerlei Dinge, die ich in den letzten paar Tagen gehört oder gesehen hatte. Die gerahmten Fotografien, die ich unten gesehen hatte, kamen mir in den Sinn. »Hat Ansel Adams das gemacht?«

Sie schüttelte den Kopf. »Nein, Adams hat sehr wenige Studien von Personen gemacht. Es wurde von seinem Zeitgenossen und meiner Meinung nach größten Fotografen aller Zeiten aufgenommen. Dieses Bild hat Edward Weston gemacht.« Das sagte sie, als sie das Büro durchquerte und sich neben mich stellte, um liebevoll auf das Bild einer jugendlichen Angelica herabzublicken. Dabei setzte sie vorsichtig einen Fuß vor den anderen, und es kostete sie einige Anstrengung aber sie sprach, ohne auch nur im geringsten zu lallen.

»Im letzten Jahr am College kam Mr. Weston, um ein Sommerseminar zu geben, und ich hatte das einzigartige Privileg teilzunehmen. Er hatte soeben seine berühmte Serie mit Nackten und Sanddünen in Mexiko abgeschlossen. Er näherte sich dem Höhepunkt seiner Arbeiten über die weibliche Form, bevor er sich anderen Dingen zuwandte. Er war so freundlich, mir bei meinen amateurhaften Anstrengungen behilflich zu sein, und am Tag, bevor er abreiste, fragte er mich, ob ich für ihn Modell stehen würde. Selbstverständlich war ich begeistert und geschmeichelt, und ich willigte sofort ein.« Sie lächelte sanft, als sie über die Jahrzehnte zurück an bessere Zeiten dachte.

»Wie Sie sehen, machte ich zu der Zeit meine unkonventionelle Phase durch. Ich war eine ernsthafte Künstlerin und hatte mit bürgerlichen Konventionen wie rasierten Beinen oder Strümpfen nichts am Hut. Nun, ich war noch sehr jung. Wie sich herausstellte, war es genau das, was Mr. Weston wollte. Haben Sie jemals ein solch kompromißlos ehrliches Werk gesehen?«

Ich dachte an all die widerwärtigen Fotos von den Tatorten, die ich gesehen hatte, aber die konnte man nicht gerade als Kunst bezeichnen. »Noch nie«, stimmte ich ihr zu.

Sie nickte. »Meine Zimmergefährtin, die sich als emanzipierte

Künstlerin betrachtete, war vollkommen schockiert. Sie hatte keine Vorstellung davon, was Nacktheit für einen Künstler wie Mr. Weston bedeutete. Wissen Sie, was Edward Weston fotografierte, wenn er Erotik vermitteln wollte? Glauben Sie, es waren nackte Frauen? Wohl kaum. Er fotografierte Peperoni.«

»Wirklich?« sagte ich und versuchte, es mir vorzustellen. Ich fragte mich, ob das nicht vielleicht eine Idee ihres alkoholisierten Hirns war. »Und wann genau«, fragte ich sie, »hat Ihr Ansel dieses Bild entdeckt?«

»Er war elf oder zwölf Jahre alt.« Sie nahm einen Zug von ihrer Zigarette und spülte mit einem Schluck Martini nach.

»Selbstverständlich mußte ich es verstecken. Natürlich nicht, weil ich mich schämte. Im Gegenteil. Dieses Bild hat mich immer mit Stolz und Befriedigung erfüllt. Das Wissen, einmal in meinem Leben an der Schaffung eines Kunstwerks mitgewirkt zu haben, hat mir über einige wirklich trostlose Zeiten in meinem Leben hinweggeholfen.« Sie hielt inne und dachte nach.

»Nein, ich mußte es vor James verstecken. Er war ein durch und durch vulgärer Mann, ein ganz gewöhnlicher Ire – trotz all seines Geldes und politischen Einflusses. Er hätte dieses Bild nie begriffen. Also versteckte ich es auf dem Estrich, zuunterst in einer Truhe.« Sie drückte die Zigarette aus, kramte in der Tasche ihres Jacketts und steckte sich eine neue zwischen die Lippen. Dann zog sie ein altmodisches Feuerzeug hervor, das eine Flamme von gut sieben Zentimetern abgab. Sie zündete ihre Zigarette an der Miniaturfackel an und lächelte schwach.

»Kleine Jungs stöbern natürlich in all solchen Verstecken herum. Es war im Sommer, als ich auf den Estrich ging und sah, wie Ansel es anschaute. Er spielte an sich herum, aber das ist bei einem Jungen in der Pubertät nicht anders zu erwarten. Er wäre am liebsten in den Boden versunken, als er mich sah, aber ich war ihm überhaupt nicht böse. Ich erzählte ihm von Mr. Weston und worin sich ein Künstler von einem gewöhnlichen Fotografen unterscheidet. Ich zeigte ihm ein Album mit Westons Werken und verschaffte ihm einen Einblick in eine Welt jenseits von Monticello und seinen kleinen Bewohnern.«

Ein weiterer Zug, ein weiterer Schluck.

»Notgedrungenermaßen mußte ich ihm sagen, er dürfe es auf keinen Fall seinem Vater erzählen. Es wurde unser kleines Geheimnis.«

Ich dachte darüber nach; wie es für Ansel in dem Alter gewesen sein mußte, als er bereits durch Triebe verwirrt war, von denen er wußte, daß sie sich von jenen seiner Altersgenossen unterschieden – und dann dieses Bild; nicht irgendein Pornofoto, sondern ein atemberaubendes Statement unverfälschter weiblicher Sexualität, mit Mama in der Hauptrolle. Dann wurde mehr daraus als etwas, dem man in einsamen, schuldbeladenen Phantasien frönte: ein Geheimnis, das man mit der Mutter teilte und bei dem man den Vater ausschloß.

»Das waren schlimme Jahre, Mr. Treloar«, fuhr Angelica fort. »Keine Fotografie, kein Kontakt mit kreativen, künstlerisch tätigen Leuten. James wollte nichts davon wissen. Ich hatte die Gastgeberin zu spielen, mußte seine Geschäftspartner und politischen Freunde unterhalten, mußte jeden Sonntag mit meinen herausgeputzten Kindern zur Kirche.« Eine Träne perlte der Nase entlang über die Wange und verharrte beim Mundwinkel. »Ansel war mir in jenen Jahren eine große Stütze. Er war künstlerisch so begabt – wir hatten so viel gemeinsam. James versuchte, ihn zu brechen, und Ansel rebellierte, aber das tun Jungs in dem Alter nun mal. Er legte sich ein Rowdy-Image zu, wie es damals populär war. Er pflegte mit dem Abschaum der Stadt Umgang, kam wegen kleinerer Sachen mit dem Gesetz in Konflikt, aber er war kein schlechter Junge. Es war James, der ihn zwang, diese absurde Pose anzunehmen.«

Klar doch. Armer, kleiner Ansel, dachte ich und rief mir den frettchengesichtigen Ganoven von vor dreißig Jahren in Erinnerung, als seine illustre Karriere ihren Anfang nahm. Gezwungen, eine Pose anzunehmen? Die Maske, die ihm nicht paßte, war die, die er jetzt trug.

»Und wozu zwang James Ansel sonst noch?« fragte ich sie.

Zuerst verstand sie meine Frage falsch. »Ach, diese – diese *Neigungen* – wie hat James doch überreagiert! Es war bloß eine Phase, wie sie verwirrte Heranwachsende durchmachen. Aber James wollte nichts davon wissen. Er erniedrigte und verstieß

Ansel aus Angst, er könnte sich wegen seiner kleinen Eskapaden irgendwie blamieren. Also wirklich! Als ob die Meinung dieser engen, beschränkten Kleinstadt von Bedeutung wäre.«

Sie riß sich vom Weston-Foto los und schaute mich an, als wollte sie wirklich, daß ich sie verstehe. »Aber James schickte ihn weg, und er ging nach Kalifornien und lernte dort *diese Frau* kennen!« Sie konnte mit zwei kurzen Wörtern eine Menge Gift verspritzen. Sie gab ein kurzes, bitteres Lachen von sich. »Sie haben das andere Bild ja gesehen. Zumindest zeigt es, daß Ansel in dieser Beziehung ganz normal sein kann.« Der tiefe Haß ließ ihre Gedanken zurückschweifen. »Selbstverständlich rief ihn James zurück, als er ihn brauchte.«

»Erzählen Sie mir davon, Angelica.«

Sie blickte mich scharf an. »Mr. Treloar, ich muß darauf bestehen, daß Sie aufhören, meinen Sohn zu verfolgen.«

»Ich versuche, die Wahrheit herauszufinden, Angelica. Zwei Frauen wurden ermordet, und den einen Mord will man mir anhängen, vielleicht auch beide.«

»Zwei?« sagte sie. ›Ich dachte, es ginge nur um diese Tutt.«

Nur um diese Tutt, nichts weiter. Ich schluckte meinen Zorn hinunter. Es gab viel schlimmere Menschen in diesem Haus, und mit ihr war es sowieso bald vorbei. Bei ihrem Alter und dem Alkoholkonsum gab ich ihr vielleicht noch ein, zwei Jahre.

»Gestern nacht wurde etwa um diese Zeit eine Frau namens Ann Smyth in der Nähe Ihres Sommerhauses ermordet. Sie war die Frau von Mel Skinner. Mel ist der Sohn von Jarvis Skinner, und Jarvis und Ansel kannten sich mal sehr gut.«

Sie seufzte. »Ich kann beim besten Willen nicht verstehen, wie Ansel dazu kam, sich mit dieser Sippe von Neandertalern einzulassen. Nun, wenn die Frau Schwierigkeiten gemacht hat, dann wird es wohl notwendig gewesen sein.«

»Das reicht jetzt, Treloar«, tönte eine weitere Stimme von der Tür her. Dieses Mal war es Ansel. Er hielt eine Pistole auf mich gerichtet; es war eine elegante, kleine europäische Automatik, die gut zum neuen Ansel paßte. Ich behielt meine Hände auf dem Tisch und musterte ihn. Er sah äußerst gepflegt aus und trug selbst zu dieser späten Stunde einen dunklen Anzug und Krawatte.

»Etwas fehlt noch«, sagte ich. »Dieses Haus, die Pistole – jetzt weiß ich es: Die ganze Szene schreit förmlich nach einer Hausjacke. Haben Sie eine, Ansel?«

Er lächelte nachsichtig. »Es gibt nicht vieles, das langweiliger ist als ein intellektuell anmaßender Cop.« Er kam langsam näher, wobei er die Pistole immer auf mich gerichtet hielt. Angelica nippte verdrossen an ihrem Martini. Er setzte sich mir direkt gegenüber.

»Na ja. Ich habe den guten alten Intellekt in den letzten Tagen wieder in Gang gesetzt. Zugegeben, ich habe ihn in den letzten Jahren etwas verdorren lassen, aber als er erst einmal lief, war ich doch selbst überrascht. Ich glaube, das habe ich Edna zu verdanken. Sie war eine gute Frau, Ansel. Wieso haben Sie sie umgebracht?«

Seine Fassade bekam Risse. »Das war nicht ich. Ihre Fähigkeiten lassen Sie also doch noch im Stich.«

»Oh, ich wollte damit nicht sagen, daß Sie es waren, der das Messer oder den Lötkolben benutzte, dazu fehlt Ihnen die Courage. Aber Sie waren dabei, und das macht Sie auch zum Mörder.«

»Das war nicht Ansel!« fauchte Angelica. »Das war sein Freund Ted Rapley!«

Es gab also noch einen Rivalen um Ansels Gunst.

Ansel fuhr herum. Die Waffe zitterte einen Augenblick in seiner Hand. »Das reicht jetzt, Mutter!« Er wirbelte wieder herum zu mir, und sein Gesicht war bleich und starr, die Waffe lag ruhig in seiner Hand. Es würde einen weiteren solchen Ausbruch brauchen, um eine Gelegenheit zu bekommen, an seine Waffe zu gelangen. Selbstverständlich konnte er mich ebensogut auch erschießen, aber man kann schließlich nicht alles haben.

»Na, kommen Sie schon Ansel, ich muß es wissen.« Meine rechte Hand ging zur Brusttasche, und er machte eine warnende Bewegung mit der Waffe. »Ach hören Sie schon auf! Sie können ja sehen, daß ich da drin keine Waffe habe.« Ich griff in die Tasche und zog einen der Zeitungspapierschnipsel und ein paar der Papierstreifen heraus. »Erzählen Sie mir etwas darüber.«

Er stutzte einen Moment lang. »Was ist das ...« Dann ging ihm ein Licht auf. »Scheiße! Sie haben es gefunden!« Da war er wieder, der kleine Ganove Ansel.

»Richtig. Sehen wir mal, ob ich mir das richtig zurechtgelegt habe – Sie gönnen mir doch die Freude, oder nicht?« Ich rechnete damit, daß er mich nicht in Anwesenheit seiner Mutter erschießen würde. Es war viel wahrscheinlicher, daß er ohnehin warten würde. Bis der Scharfrichter kam.

»Nur zu. Wir haben keine Eile.«

»Damals, 1963, hatte Ihr Alter Sie rausgeworfen. Sie wußten nicht, wohin, und Sie taten sich mit Ihrem alten Spielhallen-Kumpel Jarvis Skinner zusammen. In Monticello konnten Sie nicht bleiben, aber Jarvis hatte einen alten Freund aus dem Knast in L. A., Stanley Kincaid. Sie beschlossen, ihm einen Besuch abzustatten, und, wenn er vielleicht etwas am Laufen hatte, bei ihm mitzumischen. L. A. war in diesen Tagen ein Mekka für einen Kleinstadt-Rowdy mit einer James-Dean-Tolle, obwohl die Welle eigentlich schon vorbei war. Sie gingen also nach Kalifornien. Ist das bis hierher korrekt?«

»Sehr stark vereinfacht, aber im Prinzip entspricht es so in etwa den Tatsachen«, stimmte Ansel zu, dem es langsam wieder gelang, seine Maske aufzusetzen.

»Also zogen Sie dorthin und brachten sich mit Gelegenheitsjobs und kleinen Diebstählen über die Runden, genau wie Stanley. Zwischendurch surften Sie ein bißchen, nehme ich an.«

»In Wirklichkeit arbeitete ich die meiste Zeit als Rettungsschwimmer. Ein bißchen gesurft habe ich auch.«

»Aber eines schönen Tages lernten Sie Stanleys Schwester kennen, die ihren Bruder die meiste Zeit durchfütterte und die restliche Zeit damit beschäftigt war, ihn aus dem Gefängnis zu holen. Sie war Fotomodell und die schönste Frau, die Sie je gesehen hatten. Sie erinnerte Sie ein bißchen an Ihre Mutter. Sie hatten allerdings keine Ahnung, daß sie auch fast so alt war wie Ihre Mutter. Hat Stanley Ihnen das nicht gesagt?«

»Es spielte keine Rolle«, meinte er achselzuckend.

»Eine Zeitlang waren Sie wirklich glücklich mit einer Frau, nicht wahr?«

Angelica gab einen verächtlichen Laut von sich und zündete sich mit ihrem Flammenwerfer eine weitere Zigarette an.

»Was war es, das Ihr zufriedenes Leben mit kleinen Diebstählen und Herummachen mit Edna unterbrach? Ich nehme an, Sie nannten sie Lucy?«

»Ich nannte sie Lucinda, das war ihr richtiger Name.«

»Sehr schön. Hat Ihr Vater also angerufen, oder kam er persönlich? Ihnen zu schreiben wäre zu auffällig gewesen.«

Das Telefon auf dem Tisch läutete. Ansel nahm den Hörer ab und hörte einen Moment lang zu. »Kommt rauf.« Dann legte er auf. Dann wieder zu mir: »Entweder sind Sie cleverer, als ich dachte, oder das war ein Glückstreffer. Mein Vater kam selbst, um mich zu bitten. Was hat Sie darauf gebracht?«

»Es war eines von mehreren Szenarios, die ich mir ausgedacht hatte. Das hier hat den Ausschlag gegeben.« Ich zeigte auf den Papierstreifen. »Es gab gar keine zweieinhalb Millionen, nicht wahr? Nur ein Haufen gebündeltes Zeitungspapier.«

»Es waren etwas über zweihunderttausend Dollar.«

»Ihre Dienste waren nicht billig.«

»Ich war nicht alleine.«

Dann hörte ich Schritte auf dem Korridor. Er beugte sich vor und klappte das Album sacht zu. Die Tür zum Korridor öffnete sich, und Ted Rapley kam herein. Angelica warf ihm einen giftigen Blick zu. Lola kam gleich nach ihm und hinter ihr Lester Cabell.

»Dann ist ja die ganze Gang versammelt«, sagte ich. »Ansel und ich hatten ein nettes, kleines Gespräch. Er hat mir geholfen, einige Lücken zu füllen.«

»Ansel hat schon immer zuviel geplaudert«, sagte Cabell.

»Seien Sie ein bißchen nachsichtig mit dem Mann, Lester«, sagte ich. »Er mußte das all die Jahre mit sich herumtragen. Es wird ihm guttun, es sich von der Seele zu reden.«

»In Ihrer Lage empfiehlt es sich nicht unbedingt, den Klugscheißer zu spielen«, warnte mich Rapley. Er nahm sich einen Stuhl. Lola und Cabell blieben stehen.

»Was ist mein Platz, Ted? Wollen Sie mir ein Geschäft vorschlagen? Habe ich denn etwas zu gewinnen, wenn ich vor Ih-

nen krieche?« Ich schaute zu Lola. Sie sah nicht zufrieden mit sich aus, aber ihre stählernen Augen blieben auf mich gerichtet.
»Und du, Lola?« sagte ich.
»Du hättest nicht zurückkommen sollen, Gabe«, sagte sie.
»Ich hatte gerade nichts Besseres vor«, gab ich zur Antwort.
»Um nichts auf der Welt hätte ich dies versäumen wollen. Erzählen Sie, Ansel, wie hat Ihr Vater Cohan Chemical in diesen Schlamassel geritten?«
Ansel lehnte sich zurück. Mit seinen Freunden um sich zeigte er wieder mehr Selbstvertrauen. »Wie sehr ich den alten Bastard auch gehaßt habe, so muß ich zugeben, daß es nicht wirklich sein Fehler war. Es waren die Demokraten.«
Ich mußte mir Mühe geben, nicht lauthals herauszulachen. »Die Demokraten?«
»Vor allem Lyndon B. Johnson. Während der Kennedy-Ära realisierte mein Vater, daß es zu einem großen, langen Krieg in Südostasien kommen würde. In unserem Geschäft weiß man über solche Dinge lange vor der breiten Bevölkerung Bescheid. Er erwartete lukrative Regierungsaufträge und begann, in großem Stil zu expandieren. Unglücklicherweise kamen die Aufträge nur schleppend.«
»Und was ist schiefgelaufen?«
»Es war dieser Stümper Johnson!« sagte er, noch immer wütend darüber. »Er wollte nicht zugeben, daß wir uns im Krieg befanden, damit ihm der Kongreß nicht dreinreden konnte. Also versuchte er die Truppen aus den Beständen zu versorgen. Als er dann den Tatsachen ins Auge sehen mußte und im Kongreß ein Kriegsbudget beantragte, saß mein Vater schon zu tief in der Klemme.«
»Also fingierte er einen Überfall und ließ die Versicherung das Defizit ausgleichen.«
Ansel zuckte die Schultern. »Das geschieht viel häufiger, als Sie glauben. Selbstverständlich war es nicht ganz so simpel.«
»Selbstverständlich nicht«, sagte ich. »Da gab es auch noch den Buchhalter, Raymond Purvis. Harmon Gilchrist erzählte mir, daß er gesehen hätte, wie einer der Verbrecher Raymond kaltblütig umbrachte. Nicht Harmon, der ebenfalls Zeuge war, nicht den

Fahrer, bloß Raymond. Ich hatte jahrelang mit Gaunern zu tun, Ansel. Es gibt zwei Gründe, einen Buchhalter umzubringen: Entweder er steckt Geld in die eigene Tasche, oder man erwartet eine Untersuchung und hat etwas zu vertuschen.« Ich wandte mich an Angelica. »Tut mir leid, wenn ich von den Cohans wie von gewöhnlichen Gaunern spreche, aber genau das sind Sie.«

»James war so ein Narr«, sagte sie. »So ein Narr.«

»Der arme alte Ray war nicht der einzige Buchhalter in jenen Jahren«, sagte Cabell mit seinem hämischen Lächeln. »Auf jenen frisierten Büchern von '62 und '63 steht Ed Treloars Name. Haufenweise schwere Verbrechen auf diesen Seiten: Steuerhinterziehung, Veruntreuung von Pensionskassengeldern – der gute James machte vor nichts halt, um die Firma zu retten.«

Es war fast eine Erleichterung. Armer Dad. »Mein Vater hatte also schließlich genug und hat gekündigt, war es das?«

Angelica war noch immer da. »Edward kam hierher. Er und James schrien sich fürchterlich an. Es war genau hier, in diesem Büro. Edward drohte damit, zur Polizei zu gehen, aber James wußte, daß er dafür zu wenig Rückgrat hatte. Edward hatte sich wie alle anderen schuldig gemacht. James hat ihn einfach entlassen und ihm gesagt, er solle den Mund halten.«

»Hat James meinen Vater umbringen lassen?« fragte ich.

»Nicht daß ich wüßte«, sagte Ansel. »Mein Vater war nach dem Raub extrem nervös. Er hat sich vielleicht Sorgen gemacht, daß Ed reden könnte, aber ich bezweifle, daß er ernsthaft beunruhigt war. Und wenn Ed wußte, was es mit dem Überfall auf sich hatte, so hätte ihn das erst recht schuldig gemacht. Ich glaube, er hat das Problem selbst gelöst. Manche Menschen können mit Schuld einfach nicht umgehen.«

»Edna sagte, daß mein Gewissen mir jeglichen Sinn für Proportionen geraubt hat«, sagte ich und schaute dabei Lola an. »All die Jahre dachte ich, ich sei an allem schuld, weil ich in jener Nacht im Bootshaus meine Hand in deinem Höschen gehabt hatte.«

Sie sah echt überrascht aus. »Es hat dir so viel bedeutet? Hast du gedacht, du seist der einzige gewesen, den ich damals mit ins Bootshaus nahm? Ich war sechzehn, ich übte fleißig.«

»Du hast also nicht den Kopf verloren? Du hattest einfach genug trainiert?«

»Sie waren bei weitem nicht der einzige Junge, der dieses Bootshaus von innen gesehen hat«, versicherte mir Cabell. »Das kann ich bezeugen.« Beiläufig legte er besitzergreifend einen Arm um sie.

»Kinder, also wirklich«, murmelte Angelica.

Rapley schaute gelangweilt auf die Uhr.

»Was geschah also, Ansel? Was geschah, als Sie nach L. A. zurückkehrten und Edna erzählten, daß ihr kleiner Bruder bei Ihrem mißglückten Raubüberfall ums Leben gekommen war?«

Seine Augen verengten sich. »Sie ... wurde ein bißchen hysterisch, wie Sie sich vorstellen können. Ich dachte, sie würde sich mit der Zeit beruhigen und Vernunft annehmen, aber sie hat nicht so lange gewartet.«

»Er war betrunken«, warf Lester ein. »Als er bewußtlos war, hat sie alles zusammengepackt – die Säcke, das echte Geld, das falsche Geld, belastende Fotos – und machte sich aus dem Staub.«

»Ich habe nach ihr gesucht«, sagte Ansel. »Gott, was habe ich nach ihr gesucht! In ganz Kalifornien, Las Vegas, New York, überall, wo Models Arbeit fanden oder wo es sie zum Showbusineß ziehen könnte. Ich ging in ihre Geburtsstadt in Tennessee. Keine Spur von ihr. Eine Zeitlang klapperte ich die Agenturen und Fotografen ab, für die sie gearbeitet hatte, aber niemand hatte sie mehr gesehen.«

»Sie muß Ihnen ein paar bange Jahre bereitet haben, bis Ihr Vater Ihnen sagte, Sie könnten jetzt nach Hause kommen. Es ist Ihnen nie in den Sinn gekommen, sie könnte hierhergekommen sein und gleich nebenan wohnen.«

»Ich hatte keine Ahnung, wer sie war«, sagte Cabell. »Ich war nicht mit Ansel, Jarvis und Stan in Kalifornien. Man hat mich sozusagen vor Ort engagiert.«

»Das dachte ich mir. Sie waren derjenige, der Sheriff Fowles und Raymond Purvis erschossen hat. Harmon sagte, der größere der Räuber hätte Raymond erschossen.«

»In Wirklichkeit haben Ansel und ich beide auf John Fowles geschossen, aber Raymond nehme ich auf mein Konto.«

»Und Sie blieben zurück, um sich um Richard Percy zu kümmern.«

»Der Feigling hatte es in letzter Minute mit der Angst zu tun bekommen!« sagte Ansel, der jetzt ein bißchen erregt war. »Sonst wäre alles glattgegangen. Ich hatte alles genau geplant, aber er meldete sich krank und an seiner Stelle kam Fowles mit seiner verdammten Maschinenpistole.«

»Hat es Sie denn nicht mißtrauisch gemacht, Lester, als Ansel Ihnen sagte, Sie bekämen Ihren Anteil nicht?« fragte ich.

»Er sagte, eine Frau sei mit dem Geld abgehauen. Um ehrlich zu sein, ich fand es irgendwie lustig. James Cohan hat sich um mich gekümmert.«

»Ihr Anteil war Ihnen gar nicht so wichtig, nicht wahr?« fragte ich ihn. »Es war Ihnen viel wichtiger, daß Sie die Cohans in der Hand hatten.«

»Wir haben uns gegenseitig in der Hand«, sagte er. »Das schafft ein enges familiäres Verhältnis.«

»Diese *böse* Frau!« sagte Angelica, die langsam die Nerven verlor. »Sie hat meinen Sohn all die Jahre erpreßt!«

»Was war es, Ansel?« sagte ich. »War es Erpressung? Oder versuchte sie bloß zu verhindern, daß aus Ihnen eine noch größere Ratte wird, als Sie es ohnehin schon sind?«

»Ich habe sie geliebt, verdammt noch mal!« schrie er. »Und sie liebte mich auch! Sie hat nie aufgehört, mich zu lieben! Sie hat fast dreißig Jahre lang geschwiegen!«

»Es muß eine nette Abwechslung gewesen sein, diese kleinen, fast normalen Ausflüge in die Welt der Heterosexuellen.« Ich hielt meinen Blick auf Rapley gerichtet, der vor Zorn den Mund zusammenkniff. »Aber alles hat einmal ein Ende. Sie liebte Sie, aber sie kannte Sie auch, und sie konnte den Gedanken, daß Sie in die Politik wollten, nicht ertragen. Hier in Monticello konnten Sie nicht viel Schaden anrichten, aber Sie und Ihr Freund Ted Rapley an den Schalthebeln der Macht, das war zuviel für sie. Drohte sie, mit dem, was sie hatte, an die Öffentlichkeit zu gehen?«

»Ich habe sie geliebt«, sagte Ansel, dessen Augen ein bißchen glänzten, »aber ich konnte nicht zulassen, daß sie uns das antat. Wenn sie die Sachen herausgerückt hätte, wäre ihr nichts geschehen.«

»Klar doch«, sagte ich. »Lester und Ted hätten sie gehen lassen, mit allem, was sie wußte. Sie liebten sie? Durften die andern deshalb ihr Gesicht nicht anrühren?«

Ansel wollte etwas sagen, aber er brachte kein Wort heraus.

Rapley stand unvermittelt auf. »Das ist bloß Zeitverschwendung. Ich muß jetzt gehen.« Er blickte zu Cabell. »Lester, Sie kümmern sich hier um alles?«

Cabell nickte. »Ich nehme ihm alles ab und räume auf.«

Rapley legte eine Hand auf Ansels Schulter und ließ sie dort einen Moment lang ruhen. Dann war Rapley zur Tür hinaus.

»Es war nicht sehr schwer, mich in jener Nacht wegzulocken«, sagte ich und schaute dabei Lola an.

»Ich tat, was ich tun mußte, Gabe«, sagte sie. »Für die Familie. Ich bin immer noch eine Cohan. Ich wollte wirklich nicht, daß es so endet, glaub mir.«

»Die Taschenlampe war ein nettes Präsent«, sagte Cabell. »Vielen Dank.«

»Hat Mel Ann erzählt, daß Sie und Ansel die beiden anderen Männer beim Raubüberfall waren? War es das, was sie mir anzubieten hatte?«

»Ich habe nicht die leiseste Ahnung«, anwortete er. »Aber ich konnte kein Risiko eingehen.«

»Ich denke, Mel wird das Gefängnis wohl nicht lebend verlassen.«

»Es gibt dort einige Leute, die mir noch einen Gefallen schulden.« Er schüttelte den Kopf und seufzte. »Ich kann es kaum fassen, was für eine Schweinerei das geworden ist. Wenn Edna uns das Zeug einfach gegeben hätte, hätte sie sich und einer Menge anderer Leute viel Ärger erspart. Aber sie war eine starke Frau. Sie hat es lange ausgehalten. Ich glaube, wenn Rapley mit dem Messer nicht verrückt gespielt hätte, wäre sie zusammengebrochen.«

»Sie hatte eine eigene Auffassung von Gerechtigkeit«, sagte

ich. »Auf ihre Art hat sie es für Ansel getan. Und für den armen, toten Stanley. Und für mich.«

Ansel streckte den Arm aus und richtete die Pistole auf meinen Kopf. Seine Hand zitterte. »Genug jetzt, Treloar! Wo ist es? Sie haben es gefunden, jetzt sagen Sie mir, wo es ist!« Seine Stimme überschlug sich.

Cabell wandte sich zu Lola. »Lola, Liebling, wieso gehst du nicht nach unten? Das hier wird nicht sehr angenehm werden.«

Sie ging folgsam, drehte sich aber an der Tür noch einmal um. »Es tut mir wirklich leid, Gabe.« Dann war sie gegangen.

Cabell sagte: »Du gibst die Waffe besser mir, Ansel. Du bist nicht sehr gut in diesen Dingen.«

Ansel zögerte, aber reichte ihm die Waffe schließlich. Er sah erschöpft aus.

»Wirklich Pech, Gabe«, sagte Cabell. »Sie kamen genau im falschen Moment nach Hause.«

»Bearbeite ihn«, sagte Ansel müde. »Finde heraus, wo er es versteckt –«

»Nicht in diesem Haus!« bellte Angelica. Sie steckte sich eine weitere Zigarette in den Mund und zündete ihr Feuerzeug an. Während sie sich darauf konzentrierte, die Zigarette und die Flamme zusammenzubringen, schoß ihr Cabell in die Stirn. Das Martiniglas flog in die eine, das noch immer brennende Feuerzeug in eine andere Richtung, und sie sank zu Boden.

Ansel fuhr herum, als der Schuß fiel, und er sah ungläubig zu, wie seine Mutter umfiel. Er versuchte etwas zu sagen, aber Lester schoß ihm über der Nasenwurzel in den Schädel. Der Kopf wurde nach hinten gerissen, und er sackte, die Hände entspannt auf den Armlehnen, im Stuhl zusammen. Er sah beinahe glücklich aus. Lester Cabell richtete die kleine Automatik auf mich.

»Sie sind komplett unzuverlässig geworden‹,‹ sagte er. »Sie mußten einfach weg. Und falls ich einen Cohan benötigen sollte, ist da immer noch Lola.« Hinter ihm war das Feuerzeug unter einen Vorhang gerollt und brannte noch immer. Es war eine vielversprechende Entwicklung, solange er es nicht bemerkte. »Die Cohans sind sowieso am Ende. Aber Ted Rapley ist auf dem Weg nach oben, und ich gehe mit ihm. Es gibt nichts, was ihn mit dem hier in Verbindung bringen könnte, solange ich es nicht will. Auch nichts, das mir gefährlich werden könnte. Da ich nicht mit in Kalifornien war, hatte Edna nichts gegen mich in der Hand.«

»Ich nehme an, Sie haben auch Material gegen Rapley?« fragte ich, um ein bißchen Zeit zu gewinnen. Diese ewigen Halbstarken müssen einfach prahlen.

»Ich sollte das Messer für ihn loswerden. Nun, Gabe, es tut mir schreklich leid, daß wir nicht als Freunde auseinandergehen. Sie haben das wirklich hervorragend gelöst für mich. Unter anderen Umständen würde ich Ihnen einen Job anbieten.« Er schüttelte in gespielter Verwunderung den Kopf. »Ist schon eine tolle Sache, wie Sie auf Ihrer verrückten Vendetta gegen die Cohans in die Stadt kamen und den bedauernswerten Ansel und seine Mutter erschossen haben. Zum Glück habe ich Sie erwischt, bevor Sie Lola auch noch töten konnten.«

»Nein, nein, nein, Lester«, sagte ich und hob meinen Zeigefinger, während ich beobachtete, wie der Vorhang hinter ihm Feuer fing. »Es geht nicht, wenn Sie diese Pistole benutzen. Sie müssen mich mit Ihrer Waffe erschießen und mir die andere dann in die Hand legen.«

»Jetzt, wo Sie es erwähnen, denke ich, ich sollte es so machen. Man muß schon ein L.-A.-Cop sein, um zu wissen, wie man jemandem einen Mord unterjubelt. Sie sind wirklich sehr hilfreich, Gabe.« Er griff an sein Holster, als er den Schein des Feuers sah oder den Rauch roch. Er drehte sich ein wenig um, um zu sehen, was hinter ihm vorging, und ich packte das schwere Fotoalbum und warf es ihm an den Kopf. Es traf ihn aus zwei Metern Entfernung hart genug, daß er ein paar Schritte zurückstolperte.

Ich hechtete zur Seitentür und rollte mich ab. Ein Schuß pfiff über mich hinweg, und ich hörte, wie er in das Piano einschlug. Dem Klang nach war es die kleine Automatik und nicht seine 45er. Ein Panikschuß. Ich krabbelte quer über den Fußboden, kroch beinahe wie ein Soldat unter feindlichem Beschuß. Ich hörte, wie er hinter mir herrannte, während ich mich hinter den Möbeln durchschlängelte und verzweifelt nach einem Ausweg suchte, nach einem Weg nach unten. Ich hätte einen Sprung durch ein Fenster wagen können, aber die sahen so solide aus wie Panzerglas.

»Was ist los?« Es war Lolas Stimme.

»Er hat Ansel die Pistole weggenommen und ihn erschossen. Deine Mutter ebenfalls. Sei vorsichtig. Er ist irgendwo hier oben.«

»Wie zum Teufel konntest du das zulassen?« Ihre Stimme klang schrill.

»Wir sprechen nachher darüber. Hilf mir, ihn zu finden.«

Ich konnte sie nicht sehen, aber ich sah den Schein des Feuers im Büro. Verdammte Cohans: keine Alarmanlage, keine Sprinkleranlage, keine Rauchmelder. Was für ein arroganter Haufen.

»Hier, nimm die«, sagte Lester.

»Wie bist du da rangekommen?«

»Ich konnte sie ihm abnehmen, aber er war zur Tür raus, bevor ich auf ihn schießen konnte.« Lola hatte jetzt also eine Waffe. »Du fängst am anderen Ende des Gangs an, und ich hier. Wir arbeiten uns Zimmer für Zimmer zur Mitte vor.«

»Großer Gott, Lester, das Haus steht in Flammen!« Schrill, aber noch nicht in Panik.

»Die Feuerwehr ist in fünf Minuten hier. Wir müssen ihn jetzt kriegen! Also los!«

Dann waren Schritte zu hören, und ich rannte nach hinten, durch die Verbindungstüren, von Zimmer zu Zimmer. Besser, mich mit Lola anzulegen als mit Cabell.

Dann kam ich in einen Raum, von dem aus es nicht mehr weiterging. Es war ein Eckzimmer, und ich konnte entweder wieder zurück oder auf den Korridor hinaus. Während ich noch überlegte, wohin ich gehen sollte, kam Lola herein. Sie blickte wild um sich. Ich bewegte mich, und sie feuerte einen Schuß ab, der mich um gut zwei Meter verfehlte. Sie tastete nach dem Lichtschalter, und dann kam mir wieder in den Sinn, daß sie bei schlechtem Licht fast blind war. Ich rannte wieder durch die Tür, durch die ich gekommen war, und sie schoß wieder – wieder daneben. Fünf Schüsse aus dieser Pistole. Wie viele hatte sie noch? Mindestens zwei, vielleicht auch drei.

Keine Spur von Cabell. War er abgehauen, oder wartete er

draußen im Korridor? Ich sah eine weitere Tür auf der anderen Seite des Ganges. Zu warten machte keinen Sinn. Ich rannte hinaus, und eine Kugel pfiff an meinem Kopf vorbei. Ich hatte die Hand am Türgriff. Er ließ sich drehen, und ich war drinnen, schlug die Tür hinter mir zu und schloß sie mit zitternden Händen ab. Ich befand mich in einem hohen, düsteren Ballsaal, der muffig roch und seit Jahren nicht mehr benutzt worden war. Die Kronleuchter hingen etwas verloren von der Decke und träumten von der Jahrhundertwende und Gentlemen in Abendgarderobe und eleganten Frauen in tief ausgeschnittenen Kleidern. Der muffige Geruch wich schnell dem schweren Rauch. Das trockene Holz des Hauses brannte wie Zunder. Ich rannte zum anderen Ende des Ballsaals und öffnete die Tür. Rauch drang herein, und ich konnte die Hitze spüren. Die Tür führte auf einen breiteren Korridor oder irgendeinen Vorplatz.

Ich hörte ein Geräusch hinter mir und drehte mich um. Lola kam durch eine Seitentür. Sie sah mich und hob die Pistole. Ich nahm einen Satz durch die Tür und schlug sie hinter mir zu.

»Vergessen Sie's, Treloar.« Es war Cabell. Er stand oben an der Haupttreppe. »Dies ist der einzige Weg nach unten. Bis dann.« Er hätte in dem Moment schießen sollen, als ich durch die Tür gekommen war, aber er mußte seinen Triumph unbedingt auskosten. Dann begann er zu tanzen: ungelenke, kleine Schritte, bis er mit dem Rücken zur Wand stand. Er zuckte wie ein Sektierer, in den der Heilige Geist eingefahren war, und die Pistole fiel ihm aus der Hand. Das Feuer toste mittlerweile, und ich hörte die Schüsse nicht, höchstens im Unterbewußtsein.

Er hörte auf zu tanzen und fiel kopfüber nach vorne die Treppe hinunter, während ich noch nach der Pistole hechtete, mit ihr in der Hand wieder hochkam und sie gegen das andere Ende des Korridors richtete. Lola trat aus dem Saal und hob ihre Waffe.

»Es tut mir leid, Gabe«, sagte sie. Zumindest las ich das von ihren Lippen ab. Sie schoß, und irgend etwas schlug an der linken Hüfte gegen meinen Gürtel. Ich hatte die 45er genau zwischen ihre schönen grauen Augen gerichtet, die Waffe entsichert und den Finger am Abzug.

Und verdammt, ich konnte es nicht tun. Nicht bei Lola. Ich ließ die Pistole fallen, und rannte zur Treppe, und sie feuerte erneut. Etwas brannte quer über meine Schultern, und ich rannte die Treppe hinunter. Unten stand Mark Fowles, die Tommy in die Hüfte gestützt, über Cabells zerfetztem Körper. Er schien gänzlich unberührt – ein Mann im Frieden mit sich selbst.

»Das erste, was ich tat, als ich zum Sheriff gewählt wurde«, sagte er, als ich bei ihm war, »war, ein neues Magazin für die Thompson zu kaufen.«

Ich schaute die Treppe hoch. »Lola ist noch dort oben.«

»Sie kann runterkommen, wenn sie will«, sagte er. »Ich habe nicht vor, sie aufzuhalten.« Der Rauch wurde dichter, und vom oberen Stockwerk leuchtete es hell. »Komm, Gabe, gehen wir raus.«

Wir gingen am Porträt von Patrick Cohan vorbei in die kühle klare Nacht. Durch das Tosen und Krachen konnte ich Löschfahrzeuge und Krankenwagen hören, die auf dem Weg hierher waren. Nachbarn aus den umliegenden Blocks strömten herbei und schauten sich das Spektakel vom Rand des riesigen Grundstücks an. Lew und Sharon kamen zu uns herübergerannt.

»Bist zu verletzt?« fragte Mark.

Ich überprüfte meinen Oberkörper. Die Kugel hatte eine Furche in den Gürtel gerissen, und ich würde wahrscheinlich eine Prellung davontragen, aber das war alles. Mein Rücken brannte ein wenig, aber am meisten hatte das Hemd abbekommen.

»Nichts Ernstes.«

»Dann laß uns reden. Laß uns schnell reden. Ich habe eine anstrengende Nacht vor mir.«

Wir gingen also zu einem der mächtigen Bäume, und während die Feuerwehr erfolglos versuchte, das Haus zu retten, erzählte ich ihm die ganze Geschichte. Ich war selbst erstaunt, wie schnell das ging. Es zu erleben war mir wie eine Ewigkeit vorgekommen. Als ich damit fertig war, überkam mich die Erschöpfung, und ich setzte mich, ungeachtet meines schmerzenden Rückens, gegen die rauhe Rinde des Baumes.

»Mein Gott!« sagte Lew kopfschüttelnd. »Mein Gott! Das

ist . . . das ist absolut unglaublich. Mark, was wirst du gegen Rapley unternehmen?«

»Den kriege ich schon«, sagte er stoisch. »Ich finde heraus, wo Lester das Messer versteckt hat, und dann ist er dran. Ich nehme kaum an, daß er es auf einen Prozeß ankommen läßt. Er wird sich vorher eine Pistole in den Mund stecken. Ich muß jetzt gehen. Gabe, du gehst nirgendwohin. Wir haben noch einiges zu bereden.«

»Später«, sagte ich. »Wenn ich ausgeschlafen bin.«

Lew kritzelte wie wild auf seinem Notizblock. »Sharon, wie klingt das als Schlagzeile? ›Der Fall des Hauses Usher von Monticello‹?«

»Zu reißerisch und gleichzeitig zu literarisch. Aber klingt gut.«

»Eine heißere Story kriege ich nie wieder«, sagte er voller Eifer. »Das nehme ich.«

Sie zuckte die Schultern. »Wie du meinst.« Sie gingen davon, um Leute zu interviewen und Fotos zu machen.

Eine lange Zeit saß ich am Fuß des Baumes und sah zu, wie das alte Haus niederbrannte. Im Geiste wanderte ich durch die Jahre, besuchte vertraute Orte, alte Freunde und nahm von allem Abschied. Ich sah die Gräber meiner Eltern, gab ihnen den Segen oder erhielt den ihren, ich bin mir nicht ganz sicher, was zutraf. Ich nahm Abschied von Murray, und er lachte nur und sagte, ich solle mal wiederkommen und ein Bier mit ihm trinken. Ganz zuletzt sah ich Rose. Sie war jung und schön – wie damals, bevor sie Krebs bekam – und trug ihr Lieblingskleid. Sie küßte mich, gab mir ihren Segen und verschwand.

Es war noch zu früh, um mich von Edna zu verabschieden.

Im Osten färbte sich der Himmel grau, als das Haus nur noch ein schwelender Haufen Schutt und Asche war und die Feuerwehr bereits wieder zusammenpackte. Die Fahrzeuge fuhren davon, und die Nachbarn machten sich auf den Heimweg. Sie hatten eine verrückte Woche hinter sich.

Lola war nie herausgekommen.

Nach einer Weile kam Sharon herüber und setzte sich zu mir. Ihr Gesicht war von Ruß verschmiert, das Kleid ruiniert, und ihre hochhackigen Schuhe schauten aus der Handtasche hervor. Sie seufzte, musterte mich und lächelte – ein müdes, gelassenes Lächeln.

»Menschen tun, wenn es um Liebe geht, die merkwürdigsten Dinge, nicht wahr, Gabe?«

Ich lächelte zurück und war überrascht, wie leicht mir das fiel. »Das gäbe einen guten Titel für Ihr Buch ab.«

Sie zupfte mich am Ärmel und erhob sich. »Kommen Sie. Zeit, Sie zu Bett zu bringen.« Sie half mir beim Aufstehen, und ich konnte jede Hilfe gebrauchen. Ich war so schwach wie der Stengel einer Wasserlilie. »Das ist kein Angebot. Ich habe heute viel zuviel zu tun. Vielleicht ein andermal.«

»Vielleicht ein andermal«, sagte ich, aber ich wußte, mit Sharon würde es kein anderes Mal geben. Wir gingen in verschiedene Richtungen.

Meinen Arm um ihre überraschend kräftigen Schultern gelegt, gingen wir zurück zur Garage hinter Ednas Haus, die Treppe hoch und in mein kleines Appartement. Sie zog mir das Hemd aus und reinigte die Schußwunde quer über meinen Rücken mit einem feuchten Waschlappen. Dann drückte sie mich nach hinten aufs Bett, zog mir ohne Umschweife die Schuhe, Socken und Hosen aus, zog die Jalousien herunter und ging ohne ein weiteres Wort hinaus.

Ich schlief friedlich und mühelos ein. Ich wußte, daß ich zum ersten Mal seit vielen, vielen Jahren keine Angst vor Alpträumen haben mußte.

17

Zwei Tage später gab die Gerichtsmedizin Edna Tutts Leiche zur Beisetzung frei, und wir beerdigten sie. Die meiste Zeit bis dahin verbrachte ich mit Reden, Reden, Reden, hauptsächlich mit Ermittlern aus Columbus. Ich wurde nicht angeklagt. Innerhalb von vierundzwanzig Stunden hatte Mark Fowles das Messer in Lester Cabells Haus gefunden. Eine Stunde später klopften die

Beamten an Rapleys Tür. Der Lauf der Pistole in seinem Mund war noch warm, als sie ihn fanden.

Mark kam zu der Beerdigung. Die Frauen vom Gartenverein waren da sowie einige andere Freunde und Bekannte. Lew und Sharon waren da. Hinten saß, ganz in Schwarz, Sue Oldenburg. Ich konnte mich nicht erinnern, wann ich zum letzten Mal eine Frau mit schwarzem Schleier gesehen hatte. Die Kleider stammten wahrscheinlich noch von ihrer Mutter.

Der Priester hielt eine nette, aber routinierte Leichenrede über eine Frau, die zurückgezogen und in Ruhe und Frieden leben wollte und deren Leben durch sinnlose Gewalt abrupt beendet wurde. Einzelne Leute erhoben sich und sagten ein paar Worte darüber, was für ein wunderbarer Mensch Edna gewesen war. Sue stand auf und versuchte zwei lange, qualvolle Minuten etwas zu sagen und setzte sich dann schluchzend wieder. Schließlich erhob ich mich. Ich räusperte mich.

»In den vier Tagen, die ich Edna gekannt hatte, wurde sie zu einem der wichtigsten Menschen in meinem Leben. Als ich vor zwei Wochen nach fast dreißig Jahren wieder in meine Heimatstadt kam, hätte ich ebensogut tot sein können. Sie packte mich und gab mir mein Leben zurück, während sie wußte, daß sie das ihre verlieren würde. Ich hätte mir nie vorstellen können, daß jemand das tut, aber so ein Mensch war sie.

Edna hatte eines der seltsamsten und unglücklichsten Leben, aber sie lebte dieses Leben so gut, wie sie konnte. Eine Zeitlang dachte ich, sie sei eine Frau, die zu sehr liebte, aber jetzt denke ich nicht, daß das möglich ist.

Auf eine gewisse Weise habe ich sie mein ganzes Leben lang gekannt, obwohl wir uns erst trafen, als ihres beinahe zu Ende war. Ich vermisse Edna, und ich weiß, daß ich sie immer vermissen werde.« Ich setzte mich wieder und ließ den Tränen freien Lauf. Es fühlte sich gut an.

Am Grabe standen Blumen, die ihre Freundinnen vom Gartenverein zu pflanzen und zu pflegen versprachen. Ich half, den Sarg zu tragen, und warf die rituelle Handvoll Erde ins Grab. Dann wandte ich mich ab und ging zu meinem Plymouth, wo Sue Oldenburg auf mich wartete.

»Danke, daß Sie sie gerächt haben.«

»Sie wollte nie Rache«, antwortete ich. »Sie und ich wollten das für sie.« Ich nahm ein dickes Paket aus dem Wagen. Darin waren alle Fotos von Sally Keane, außer denjenigen, die ich Irving Schwartz versprochen hatte, und jenem, das sie mit einer Widmung für mich versehen hatte. »Die sind für Sie.« Ich gab ihr das Paket.

Sue nahm es, schob den Schleier zurück, stellte sich auf die Zehenspitzen und gab mir einen Kuß auf die Wange, genau wie Edna es in jener Nacht getan hatte. Dann senkte sie den Schleier wieder und ging davon.

Es gab die üblichen betretenen Abschiedsszenen. Ich sagte Mark, Lew und Sharon, daß ich irgendwann wiederkommen würde, wohl wissend, daß es nie dazu kommen würde, und nachdem das Händeschütteln und Schulterklopfen vorüber war, stieg ich in den Plymouth und fuhr los.

Die Straße vom Friedhof führte zurück durch das Zentrum der Stadt und um den Platz mit dem Soldatendenkmal aus dem Bürgerkrieg, der für ewig über den kleinen, friedlichen Ort wachte. Dann war ich wieder auf der Straße, auf der ich zwei Wochen zuvor bei meiner unvermittelten Heimkehr gekommen war.

Ich fuhr weg von der Stadt, in der ich zweimal geboren wurde.

DAS CHRISTIE-FESTIVAL

400 Seiten, Paperback

Ein Meisterdetektiv in Hochform.
Eine skurrile Lady mit
gesundem Menschenverstand. Monsieur Poirot
setzt seine kleinen grauen Zellen ein.
Miss Marple ihren scharfen, untrüglichen Verstand.
Das reinste Lesevergnügen –
von der ersten bis zur letzten Seite.

Scherz

HOCHSPANNUNG ZUR ENTSPANNUNG

384 Seiten, Paperback

Erstklassige kleine Gänsehaut-Thriller für Liebhaber effektvoller mörderischer Erzählkunst.

Das Gala-Geschenk für köstliche Lesestunden am knisternden Kamin.

15x heisse Ware
für kalte Nächte

400 Seiten / Paperback

**Jede Story ein fesselndes Ereignis der Extraklasse.
Krimi-Volltreffer für lange Winterabende.**